HAYMON taschenbuch **282**

MIX
Papier aus verantwortungsvollen Quellen
FSC® C083411
www.fsc.org

Auflage:
4 3 2 1
2023 2022 2021 2020

HAYMON tb **282**

Originalausgabe

www.haymonverlag.at

ISBN 978-3-7099-7929-7

Buchinnengestaltung nach Entwürfen von: himmel. Studio für Design und Kommunikation, Innsbruck / Scheffau – www.himmel.co.at
Satz: Da-TeX Gerd Blumenstein, Leipzig
Umschlag: Eisele Grafik · Design, München, unter Verwendung folgender Bildelemente: Bigstock/alexandr_1958 (Brusthaar), iStock/Orbon Alija (Mann im Hawaiihemd), Etsy/HausofMonogram (Goldkette)
Autorenfoto: Maximilian Lottmann

Gedruckt auf umweltfreundlichem,
chlor- und säurefrei gebleichtem Papier.

Manfred Rebhandl

Sommer ohne Horst

Rockenschaub löst auf alle Fälle alle Fälle

Krimi

Manfred Rebhandl

Sommer ohne Horst

Über den Azoren hatte sich ein stabiles Hoch gebildet, und ein stabiles Hoch über den Azoren war das mindeste, was ich mir von einem gelungenen Sommer erwartete. Da wollte ich meine Ruhe haben und eben mein Azorenhoch, denn mit diesem Hoch über den Azoren stand oder fiel jedes Jahr mein Glück.

Ein Hoch über den Azoren bedeutete Sonne, Hitze, kühle Drinks und heiße Mädchen, und es war das genaue Gegenteil eines Tiefdruckwirbels über dem Atlantik, den ich hasste. Da schwappte das Wasser hinunter in den Keller meines Kumpels Lemmy, aus dem heraus er traditionell sein Gras verkaufte; und es schwappte Wasser von der Alten Donau hinein in den Garten meines Kumpels Dirty Willi drüben in Neu-Brasilien, der dort traditionell seine Tage mit einer fröhlichen Kartenrunde verbrachte; und das Ottakringer Bad, in dem mein Kumpel Horst Bademeister war und auf der Liegewiese, auf der ich traditionell meine Beine hochlegte, für Anstand und Ordnung sorgte, hatte bei einem Tiefdruckwirbel über dem Atlantik geschlossen, weil Bäder bei Starkregen einfach nicht öffnen. Und wenn es ganz schlimm herging, dann stand bei einem Tiefdruckwirbel über dem Atlantik mein Freund Kubelka, der Psychofuzzi, in seinem Regelmantel der Marke Derrick vor meiner Bude und wollte mit mir über Ladys reden, die er gerne flachlegen würde, die sich von einem Krummrücken wie ihm aber natürlich nie im Leben flachlegen lassen, weil er einfach überhaupt nichts Geiles an sich hatte.

Daher hasste ich diese Sommer mit ihren Tiefdruckwirbeln über dem Atlantik, und ich liebte die wenigen mit ihrem Hoch über den Azoren. Ich stand dann immer eine gute Stunde nach Mittag auf, hüpfte in die enge Badehose der Marke Fila und zog darüber die grüne Rapid-Hose der Marke Adidas aus den Achtzigerjahren an, die meine strammen, gut gebräunten und ausreichend behaarten Schenkel gut zur Geltung brachten. Anschließend bedeckte ich die behaarte Brust mit einem weißen Unterhemd, hängte mir ein löwenzahngelbes Hawaiihemd mit grün-weißen Einsprengseln über die Schultern, schlüpfte in die Adiletten, schob mir die Siebzigerjahre-Sonnenbrille der Marke Carrera auf die Nase und setzte mir am Ende noch einen kleinen Trilby-Strohhut aus dem Ein-Euro-Shop auf den Scheitel, der meinen Kopf gegen die Sonne schützen sollte.

So fuhr ich hinaus ins Bad zu Horst, der dort an jedem verdammten Tag, an dem die Sonne schien, kurz nach Mittag in der Kantine auf mich wartete, um mit mir zusammen ein erstes Herrengedeck einzunehmen und über die Frauchens zu reden, die ihm ihre Nummer gegeben hatten, damit er sie eincremte und anschließend flachlegte. Danach leerte er die Mülltonnen aus und wies ein paar zugewanderte Rotzlöffel darauf hin, dass sie keinesfalls seitlich ins Becken springen durften, damit ich wieder in Ruhe die Beine hochlegen und gar nichts machen konnte.

Es hätte also einer dieser herrlichen Sommer werden können, in denen wirklich alles passte. Aber natürlich kam wieder einmal alles ganz anders.

***

Die Sonne stand noch lange nicht im Zenit, da lenkte ich meinen mintgrünen Datsun 280ZX schon in Richtung Busbahnhof draußen in St. Marx. Mein Freund Guttmann, der Bulle beim Wiener Kommissariat Mord-West war, saß neben mir und hatte eine alte Ledertasche zwischen seine fleischigen Waden geklemmt, die ihrerseits in schwarzen Stutzen steckten, welche er wiederum samt seinen riesigen Füßen in alte Sandalen gespannt hatte. Und dann trug dieser Fleischberg seit ein paar Tagen auch noch eine gelbe Warnweste der Größe XXL über seinem kurzärmeligen, beigen Hemd, weil ihm plötzlich irgendetwas mit „der Welt" und „dem Klima" wichtiger war als die Filme mit Big Mama Joy. Manchmal glaubte ich selbst nicht, dass ich mit dem befreundet war!

Gutti war nämlich das genaue Gegenteil von einem gelungenen Sommer, er war tiefster Winter. Seine hundertfünfzig Kilo wuchtete er am liebsten auf seinen Massivstahlsessel in seinem stickigen, fensterlosen Büro in der Mordkommission, wo er seit dreißig Jahren arbeitete. Oder waren es fünfzig Jahre? Was weiß ich! In diesem Loch hatten sie ihn untergebracht, seit der neue Innenminister nur noch welche in schlanken Anzügen haben wollte. Gutti hatte sich dort für die Tage des Azorenhochs, das er hasste, einen Ventilator auf den Schreibtisch gestellt, der ihm verlässlich gegen die riesigen Schweißflecken an seinem Hemd blies. Ohne diesen Ventilator klebte sein Hemd an ihm wie eine Tapete an einer sehr dicken Wand in den Tropen.

Ich kannte ihn aus Dirty Willis Swedish Pornhouse, wo er immer in der letzten Reihe Mitte saß und sich jeden Mittwoch *Big-Mama-*, *Biggest-Mama-* oder *Bigger-than-Big-Mama-*Filme anschaute, eben mit Big Mama Joy in der Hauptrolle. Die längste Zeit gefielen ihm nur Filme mit Ladys, an denen richtig viel Fleisch dran war. Das hatte etwas mit seiner Mutter zu tun, hatte mir Kubelka einmal erzählt, entweder war Gutti zu lange gestillt worden oder eben zu kurz. Keine Ahnung! Aber gegen die wirklich sehr heiße, sehr gut gebräunte und von oben bis unten sehr gut eingeölte Bunny Beach hatte er am Ende auch nichts einzuwenden. Nur, dass er halt seit ein paar Wochen diese Warnweste trug und immer wieder sagte: „Ihr mit euren Scheißpornos! Ist das wirklich alles, was euch interessiert?“ Und ich ihm dann immer sagen musste: „Das ist natürlich nicht alles, was uns interessiert, Gutti. Aber das ist doch schon mal etwas!“

Es musste also dringend etwas passieren in seinem Leben, denn diese Weste war der letzte Hinweis darauf, dass mit ihm etwas nicht stimmte. Kubelka, Lemmy, Willi und ich setzten uns also bei Jolanda im Hard & Heavy zusammen, bestellten feurige Gulaschsuppe und warfen zehn Euro in die Mitte, jeder zwei Euro fünfzig. Dann überlegten wir, wie wir Gutti damit eine Freude machen könnten, aber mit zehn Euro ging sich keine Freude aus! Gott sei Dank hatte Lemmy immer die neueste Ausgabe der *Gosse* mit dabei, weil er die Seiten brauchte, um darin sein Gras zu portionieren. In diesem Drecksblatt fanden wir schließlich ein Gewinnspiel, mit dem man ein Wochenende inkl. zwei Übernachtungen beim Beachvolleyballturnier unten in Podersdorf am Neusiedlersee gewinnen konnte, und Glückskinder, die wir nun mal waren, gewannen wir zwei Wochen später auch!

Die heißen Girls dort unten sollten Guttis Hose wieder unter Spannung setzen, wenn er im Sommer schon nicht ins Bad ging, um sich dort die heißen Ladys anzuschauen und sie zu einer Eincremesession zu überreden. Anfangs hatte er noch gezögert, unser Geschenk auch anzunehmen, aber dann überraschte er mich mit der Frage: „Kommen dort auch viele reiche Säcke mit ihren vollkommen überdimensionierten, viel zu teuren Autos hin?“ Und ich antwortete ebenso überrascht: „Natürlich, Gutti! Aber das ist doch hoffentlich nicht das

Einzige, das dich daran interessiert? Beim Beachvolleyball geht es um die Girls, und nicht um teure Autos!"

Ich sparte dann auch nicht mit Glitter und Girlanden, als ich versuchte, ihm diese Girls beim Beachvolleyball schmackhaft zu machen: „Die tragen dort wirklich sehr kurze Höschen. Und die Tops sind wirklich sehr eng."

Aber er fragte nur: „Was sind Tops?"

Wie alle Männer in seinem Alter kriegte er nicht mehr viel mit von der Welt. Und in seinen beigen, gebügelten Khakihosen stand er schon ein wenig verloren in den neuen Zeiten.

Nachdem ich es ihm erklärt hatte, wollte er es noch einmal ganz genau wissen: „Da stecken also ihre Titten drin?"

„Und wenn du Glück hast, dann rutschen sie sogar raus! Und weil immer die Sonne scheint, wenn sie spielen, cremen sie sich am ganzen Körper ein, und dann glänzen sie! Und weißt du was? Der feine Sand bleibt auf ihrer Haut kleben, wenn sie sich darin wälzen!"

„Sie wälzen sich im Sand?"

„Na, was denkst du denn?"

„Aber warum?"

„Weil es geil aussieht, verdammt! Kannst du dich denn nicht mehr an die *Beachbunny-I–IV*-Filme erinnern, mit Bunny Beach in der Hauptrolle? Wo sie auch immer voll mit Sand ist, bevor sie der Rettungsschwimmer ins Hotel trägt?"

Natürlich konnte er sich erinnern! Aber jetzt, da wir uns dem Busbahnhof näherten, fragte er mich nur, wie er dieses Hotel in Podersdorf finden solle. Ich sagte: „Herrgott, dieser Neusiedlersee kann doch nicht so groß sein, dass du dort dieses Scheißhotel nicht findest! Wie heißt es denn?"

Er sagte: „Zur Braunen Sau.“

Das war ein typisch österreichischer Hotelname, also sagte ich: „Das findest du!“

„Und glaubst du, dass es eine Tiefgarage hat?“

„Ganz sicher hat es eine Tiefgarage! Aber warum zum Teufel brauchst du denn eine Tiefgarage? Du fährst doch mit dem Zug!“

Dann schwieg er zufrieden, als hätte er plötzlich einen Plan. Eine genaue Vorstellung von etwas, was mit einer Tiefgarage zu tun hatte und mit überdimensionierten, teuren Autos. Bevor er dann doch noch fragte: „Und wo genau spielen sie Beachvolleyball?“

„He! Am Beach vielleicht?“

„Gibt es dort einen Parkplatz?“

Darauf wusste ich dann wirklich keine Antwort mehr, und es war mir auch scheißegal. Wenn die Worte nicht mehr purzelten, dann drehte man einfach das Radio lauter. Wir waren ja keine Hausfrauen, die Rezepte austauschten, wir waren Männer, die auch mal den Mund halten konnten. Aus den Lautsprechern hörten wir dann *Summertime*, das er leiser haben wollte und ich lauter. Darüber gerieten wir noch nicht in Streit, erst über *Summer in the City*, das er lauter haben wollte und ich ganz abgedreht.

„Lauter!“

„Leiser!“

„Lauter!“

„Leck mich!“

Erschöpft lenkte ich den Datsun zum Parkplatz vor dem Busbahnhof, wo er endlich ausstieg. Dann klemmte sich seine alte Ledertasche unter den Arm und schaute sich um. Die Tasche war so gut gefüllt, dass ich ihn das fragen musste: „Gutti, du hast doch nicht wieder Würfelzucker da drin?“

Würfelzucker war nämlich seine Leibspeise. Aber seit der Doktor ihm Zucker verboten hatte, tat ich mein Möglichstes, damit er die Finger davon ließ. Als er mir versicherte, dass er nur Wurst mithatte, bohrte ich nicht weiter, auch wenn ich ihm nicht glaubte.

Er sagte: „Diese verdammten SUVs! Und ist dir überhaupt schon aufgefallen, dass diese Idioten mit ihren Schwanzproblemen jetzt alle Pick-ups fahren? Als wären wir in Kansas und müssten den Mais in den Stall bringen! Greta hat recht! So kann das einfach nicht weitergehen."

Während er ebenso wütend wie verloren dastand und nicht recht wusste, ob er diese abenteuerliche Reise zum Wörthersee jetzt auch wirklich antreten sollte oder nicht, hörten wir aus dem Radio die Nachrichten: Wahnsinn hier und Wahnsinn da. Wir hörten uns den täglichen Schwachsinn von diesem amerikanischen Idioten an und auch den täglichen Schwachsinn von unserem heimischen Schmalanzugträger, der wieder irgendeine Route schließen wollte. Was für ein Schließmuskel! Bis die sexy Nachrichtensprecherinnenstimme plötzlich meinte: „Während der letzten drei Nächte kam es in Wien-Meidling im Bereich der Schönbrunner Allee zu zahlreichen Angriffen auf sogenannte SUVs der Marken Porsche, BMW und Audi. Die Kraftfahrzeuge wurden mit Nägeln aus einem Druckluftnagler durchlöchert. Der Sachschaden ist enorm."

Ich nickte zufrieden und sagte: „Bravo!"

Während ich mir einen Joint der Marke Vaya Con Dios aus der Produktion des Hauses Lemmy drehte, fragte ich Gutti beiläufig: „Wo wohnst du noch mal genau?"

Er wohnte im 12. Bezirk in der Gegend um die Schönbrunner Allee. Von dort hatte ich ihn nämlich vor einer Stunde abgeholt.

Plötzlich wirkte er müde und antwortete nicht mehr auf meine Frage. Stattdessen drückte er seine Tasche fester an sich und watschelte zwischen den Autos davon wie Homer Simpson, der eine gelbe Warnweste trug und dringend scheißen musste.

Ich rief ihm nach: „Wer ist eigentlich Greta?"

***

Meinem alten Kumpel Lemmy gehörte am Wiener Brunnenmarkt ein altes Haus, das er dort vor dreißig Jahren gekauft hatte, als die Häuser noch billig waren und die Gegend versaut und verdreckt. Im Souterrain dieses Hauses war früher eine Pizzeria untergebracht, aus der heraus er heute sein Gras verkaufte, das er weiter hinten im Keller anbaute. Im Hochparterre dieses Hauses hatte er mir eine kleine Wohnung samt Büro überlassen, für die ich nur unregelmäßig Miete zahlen musste. Dort hatte ich in den Staub einer Fensterscheibe, durch die ich auf den Brunnenmarkt hinausblicken konnte, mit dem Finger geschrieben:

Superschnüffler Rock Rockenschaub
Löst auf alle Fälle alle Fälle
0–24 Uhr

Sobald die Sonne richtig am Himmel stand, konnte man das sogar von draußen lesen, wenn auch natürlich verkehrt herum. Und seit ein paar Tagen stand dort noch:

Im Urlaub!

Ich hüpfte hinunter zu Lemmy, der sich für die Freuden des Sommers noch weniger interessierte als Janis

Joplin für ein gesundes und langes Leben. Bei Sonnenschein saß er am liebsten in seinem stinkenden, finsteren Loch auf seiner versauten Couch herum und portionierte sein Gras. Trotzdem versuchte ich ihn immer wieder mal für einen Badeausflug zu begeistern oder jedenfalls dafür, mit mir an die frische Luft zu gehen. Ich fragte: „Möchtest du mitkommen?"

„Wohin?"

„Zu Horst hinaus ins Bad, Lemmy! Ins Bad zu Horst! Weißt du denn nicht, dass sich endlich ein stabiles Azorenhoch gebildet hat?"

„Aber ich habe doch erst zu Weihnachten gebadet!"

Es war nicht einfach mit Leuten, die seit vierzig Jahren regelmäßig Gras rauchten, und das nicht täglich, sondern stündlich.

Trotzdem schaffte ich es nun, ihn hinauf in die Hitze der Stadt zu schleppen, ich sperrte den Laden hinter uns zu und setzte ihn in meinen Wagen. Wir drehten eine Runde entlang der Höhenstraße, wobei ich darüber redete, wie glücklich Horst im Vergleich zu ihm war und wie unglücklich er im Vergleich zu Horst. Aber er hielt nur seinen Schädel hinaus beim Fenster, und seine langen Haare der Marke Willie Nelson flatterten dabei ebenso im Fahrtwind wie seine Ohren der Marke Windhund. Immer wieder mal schaute ich zu ihm hinüber, und dabei merkte ich, was für eine alte Oma er geworden war. Ihm fehlten einfach die sinnlichen Erfahrungen, die einen jung hielten, die geilen Eindrücke, die einen im Leben ein bisschen anschoben. Die Karotte vor der Nase. Er war schon zufrieden, wenn er nur den Zungenlappen in den Wind hängen konnte, aber schon das Grün der Straßenbegrenzung, an dem wir vorbeirasten, interessierte ihn nicht mehr. Ich dachte: Der alte Lemmy braucht ganz dringend eine Beschäftigung! Eine andere jedenfalls, als Joints zu rauchen und Gras zu verkaufen. Aber welche? Wenn er so weitermachte, dann würde er im Alter zum Problemfall werden, und ich würde ihn pflegen müssen. Ich hatte aber genug andere Probleme am Arsch. Darum hätte ich es gerne gesehen, wenn er noch ein paar Jahre ohne Rollstuhl auskommen würde.

Ich fragte: „Lemmy, was interessiert dich eigentlich im Leben? Möchtest du noch irgendetwas tun? Eine Ausbildung machen?"

Aber er war Ende fünfzig, da war es schwierig mit Ausbildung. Und sein Hirn war nicht mehr ganz fabriksneu, er schien nicht einmal meine Frage zu verstehen. Also suchte ich den Zugang über sein Herz: „Hast du noch irgendwelche Träume?"

Aber auch hier: keine Antwort.

Ich drehte Suicide mit *Dream Baby Dream* auf, von dem ich dachte, dass es in ihm vielleicht irgendetwas auslösen würde, aber es kam einfach nichts. Bis er, und da waren wir schon richtig weit draußen in der Natur, plötzlich heftig anfing zu niesen und ihm die Augen tränten, als wäre gerade Neil Young gestorben. Es fehlte nicht viel, und es hätte ihn zerrissen. Besorgt fragte ich: „Verdammt, was ist denn mit dir los?" Und er antwortete: „Das fragst du mich? Ich hab keine Ahnung! Vielleicht bin ich algerisch auf irgendetwas. Also bring mich endlich zurück!"

„Algerisch?"

Erst als ich den Datsun wieder in der Stadt vor dem Quattro Stazzione einparkte, war es vorbei mit Niesen. Und da war ich auch richtig froh darüber, weil er mein Wageninneres schon ganz schön vollgesaut hatte. Soll der doch in seinem Loch unten verfaulen, dachte ich, als wir ausstiegen. Ich fahre mit dem jedenfalls nicht mehr in die Natur.

Unten im Keller setzte ich ihn zurück auf die Couch. Ich stellte ihm den Trinknapf daneben, damit er nicht dehydrierte, während ich weg war, und zündete ihm einen Joint an, der so fett war, dass er den ganzen Tag lang daran nuckeln konnte. Den steckte ich ihm in den Kaubereich, und dann legte ich noch *Made in Japan* von Deep Purple aufs Vinylgetriebe, damit wenigstens seine Ohren ein paar Minuten lang etwas zu tun hatten, während ich weg war. Ich selbst nahm mir ein paar Tüten Gras aus seiner Verkaufslade, die ich für einen langen, gemütlichen Tag draußen im Bad bei Horst benötigen würde, und verabschiedete mich mit herzlichem Gruß. Er aber grüßte nicht zurück, sondern sagte nur: „No pasarán!“

Alter Kämpfer.

***

Vor drei Tagen hatte ich auf der Wiese im Bad eine angefilmt, die keine Kinder bei sich am Badetuch sitzen hatte – ein seltenes Glück in diesen Tagen! –, und verdammt noch mal: Sie hatte sogar zurückgefilmt. Aber dann war ich eingeschlafen, bevor ich sie eincremen konnte, vielleicht wegen des dritten Bieres, das ich in der heißen Sonne getrunken hatte, vielleicht aber auch einfach, weil ich die Nacht davor wegen der stehenden Hitze nicht schlafen konnte. Und die Tage darauf war ich nicht da, um mit ihr etwas ins Laufen zu bringen, weil ich Willi, das Schwein, in seine Datscha draußen an der Alten Donau bringen musste.

Nun aber lenkte ich den Datsun endlich wieder beschwingt hinaus zum Bad, das an den Ausläufern des Wienerwaldes lag und von dem aus man einen schönen Blick auf die Stadt hinunter hatte. Ich parkte in einer engen Lücke vor dem Eingang, die dort immer für mich freigehalten wurde, drehte den Motor ab und stieg aus. Die Schlüssel klirrten in meiner Hand, als sie gegen das falsche Gold meiner Armbanduhr schlugen. Vor dem Kassenhäuschen blieb ich stehen, schob meine Brille hinauf und sagte freundlich: „Guten Morgen, Friederike, wie geht's denn heute so?" Wer wie ich mit Friederike eng befreundet war, der musste im Bad keinen Eintritt zahlen, jedenfalls nicht in diesem. Darüber war ich ganz froh, denn die verdammten Schnüfflergeschäfte liefen schlecht in diesen Tagen. Und mein Kumpel Willi zögerte, mir sein Pornhouse-Imperium zu überschreiben, was mir ein Überleben auf immerhin niedrigem Niveau gesichert hätte. Mit anderen Worten: Ich war pleite. Und so eine Saisonkarte hätte unnötig auf die Ausgabenseite gedrückt.

Friederike arbeitete hier seit über zwanzig Jahren, vielleicht auch seit über dreißig. Was weiß ich! Und früher ... naja. Früher war sie ein echtes Rennpferd gewesen, aber heute war natürlich auch sie weitgehend verwelkt. Ihr Dekolleté zog sich zwischen ihren fleischigen Oberarmen zusammen wie ein Zigeunerakkordeon, und ihr Arsch glich einer zweihundert Euro teuren Wurstsemmel. Alles, was sie zu bieten hatte, steckte in einem viel zu engen, viel zu blauen Badeanzug, über den sie immerhin ein weites Tuch warf. Mit anderen Worten: Das Rennpferd lahmte schon gewaltig. Aber die Erinnerungen an sie waren immer noch süß. Meinen freundlichen Guten-Morgen-Gruß erwiderte sie stets mit einem neckischen „Aber Rocky! Es ist doch schon nach vierzehn Uhr!" Und ich antwortete dann jedes Mal: „Aber Friederike! Sag doch bitte nicht Rocky zu mir. Ich heiße Rock wie der Felsen und nicht Rocky wie das Felschen. Aber das weißt du doch, nicht wahr?“

Und natürlich wusste sie es.

Außerdem sagten mir ihre Augen, dass ihr der Felsen immer noch gut gefiel. Ihre lüsternen Blicke landeten auf meinen Brusthaaren ebenso wie auf meinen Schenkeln, und irgendwann natürlich auch an der Stelle dazwischen. Ich musste dann immer wieder mal streng mit ihr sein und sie an den Zahn der Zeit erinnern: „Wie alt bist du eigentlich, Friederike? Ha?“

„Bald fünfzig ...“

„Friederike!“

„Zweiundfünfzig ... Also gut, vierundfünfzig.“

„Friederike!“

„Okay, achtundfünzig.“

„Und wie heißt es weltweit zum Thema?“

„Fick nicht deinen Offizier?“

„So ungefähr.“

Dann bat ich sie, mir endlich mein gelbes Casali-Badetuch sowie meine Eincremehilfe der Marke Tiroler Nussöl zu geben – beides hatte ich bei ihr im Spind deponiert –, bevor ich mich mit den immer gleichen Worten von ihr verabschiedete: „Ich geh dann mal hinüber zu Horst.“ Zu meinem Freund Horst nämlich, dem Bademeister, der um diese Zeit des Tages immer schon drüben in der Kantine saß, wo wir bei Kantinenwirt Erwin ein Herrengedeck als spätes Frühstück zu uns nahmen. Aber Friederike schaute mich plötzlich mit besorgtem Augenaufschlag an und sagte: „Horst ist doch heute gar nicht da!“

Und ich sagte, als es mir den Sack in der Hose zusammenzog: „Machst du Witze? Horst ist doch immer da!“

***

Es war, als wäre die Sonne in ein tiefes Loch gefallen! Weder hatte Horst Friederike angerufen, dass er nicht kommen würde, noch war er drangegangen, als Friederike ihn anrief, um zu fragen, wann er denn kommen würde.

Dabei stand Horst seit gut dreißig Jahren verlässlich jeden Tag hier als Bademeister in der Wiese herum, vielleicht sogar seit vierzig Jahren. Was weiß ich! Mit einem Körper, der ein streng nach der Form eines Cornettos gemeißelter Stein war. An seinem mächtigen Schädel hingen bis halb zum Arsch lange blonde Haare, die er sich freilich mittlerweile nachfärben lassen musste. Unter seiner mächtigen Nase trug er einen blonden, festen, unfassbar männlichen Schnauzer. Die in Bademeisterkreisen vorgeschriebene braune Lederhaut bildete die Grundlage für die in Bademeisterkreisen ebenfalls vorgeschriebenen Goldkettchen über den wiederum dazu passenden Brusthaaren und die das Gesamtbild perfektionierende weiße, enge Badehose, in der sich sein mächtiges Teil deutlich abzeichnete. Horst sah aus wie der große Bruder von Hulk. Mit der kleinen Einschränkung vielleicht, dass an der Rückseite dieses gewaltigen Körpers die Haut auch schon ein wenig faltig geworden war und dass aus dem engen Bademeistertanga heraushing, was früher mal an seinem steinharten Arschmuskel klebte. Aber eben jetzt nicht mehr, wo auch er schon Mitte fünfzig war. Und okay, das ehemals steinharte Brustfleisch bewegte sich auch schon ein wenig in Richtung Süden. Aber insgesamt war er natürlich immer noch eine Toperscheinung, die von allen im Bad „Blondie" genannt wurde. Und jeder konnte sich vielleicht denken, warum. Die schlanken, braungebrannten Ladys der Bauart Bunny Beach klebten jedenfalls an ihm und wollten nichts anderes, als von ihm eingecremt zu werden und dann ...

Ich hatte auch Blondie in Dirty Willis Swedish Pornhouse kennengelernt, wo ich für Willi im Nebenjob das Mädchen für alles spielte: die Filme einlegen, die Plakate aufhängen, die Sportgummis verkaufen und die verdreckten Taschentücher wegräumen, sobald die letzten Kunden das Kino irgendwann nach Mitternacht verlassen hatten. Horst war dort regelmäßiger Gast während der ausgedehnten Swimmingpool-, Summersplash- oder Wet-T-Shirt-Sommerfestwochen. Alles mit Wasser gefiel ihm halt. Aber vor allem gefielen ihm die Frauchens, und er liebte es, sie einzucremen, er liebte es wirklich.

Da war ich mir sicher.

Eincremen war vielleicht das, was er in seinem Leben am liebsten tat und am besten konnte, besser sogar noch als Schwimmen. Und natürlich hatte auch ich von Horst gelernt, wie man die Ladys fachmännisch eincremte: Man fing immer unten bei den süßen Zehen an und arbeitete sich dann langsam nach oben bis hin zum ebenso süßen Arsch. Bevor man aber dort in der Mitte angekommen war, verlegte man seine Finger hinauf zu den süßen Ohrläppchen und arbeitete sich von dort wieder nach unten, abermals bis zum süßen Arsch. Erst dann schob man die Hand dorthin, wo die Freude wohnte, und fragte mit säuselnder Stimme: „Na?" So jedenfalls hatte er mir erklärt, dass man es machen müsse. Zuschauen ließ er mich dabei aber natürlich nie, Betriebsgeheimnis.

Leider hatte sich das Publikum im Bad in den letzten Jahren ganz schön verändert, und Sätze wie „Am Abend schon was vor, Beste?" fielen heute deutlich seltener als früher. Das lag aber nicht an Horst oder an mir oder gar an unserem langsamen Verwelken. Das lag an einer Entwicklung, die ganz und gar unerfreulich war: Früher kamen nämlich hauptsächlich Frauchens zu Horst ins Bad und wollten ihren Spaß haben. Nun aber waren es hauptsächlich Mütter, die noch nie etwas von Spaß gehört hatten und schon gar nichts von Spaß verstanden. Sätze wie „Böser, böser Onkel, weg, weg, weg!“ hörte man heute deutlich häufiger als „Zu dir oder zu mir?“, knapp gefolgt von „Lass dir von dem Onkel ja kein Eis schenken!“ in Richtung der Kinder.

Und dann gab es auch noch diesen neuen Trend, dass sich alle sofort sexuell belästigt fühlten, sobald man sie auch nur ein wenig länger und ein kleines bisschen geiler anschaute, als die Ladys es von ihren Milchshaketrinkern zu Hause gewohnt waren. Immer öfter gab es daher auch für Horst einfach mal ein paar Stunden lang überhaupt nichts zu tun – weder etwas zu schauen, weil man sofort schroff angegangen wurde, noch etwas zum Eincremen, weil sich diese Mütter nicht von uns eincremen lassen wollten, während sie ihre Rotznasen stillten. Was früher der Name einer leidlich guten Band war, das war heute angeblich ein Statement in die Richtung, dass eine Lady noch lange keinen Sex mit einem haben wollte, nur weil alle Signale genau darauf hindeuteten: „*No means no*!“ Es wurde eben nie etwas einfacher im Leben, sondern eher im Gegenteil immer alles noch schwieriger.

Daher kam es immer öfter vor, dass ich abends ganz ohne Lady an meiner Seite nach Hause fahren musste und mir dann einredete, dass der Tag trotzdem schön gewesen war; dass der Duft nach Sonnencreme, nach Wassereis am Stiel und nach Schweiß, der die weiblichen Körper ja immer noch bedeckte, mir genügte und ich auch einfach so glücklich sein konnte. (Oder ich nahm Friederike mit nach Hause, was aber wirklich die allerletzte Option war, während Horst *immer* irgendeine andere Option hatte, und immer war sie schlank.) Glücklich war ich dann aber natürlich nur im Vergleich zum ganzen Rest des beschissenen Jahres, in dem dann wieder Dauerwinter herrschte, und das dann immer mit diesem elenden Weihnachten ausklang und mit dem noch viel elenderen Silvester endete, bevor sich dann im Jahr darauf vielleicht wieder ein Azorenhoch bildete, aber viel öfter natürlich nicht.

Zufriedenheit war eben eine Frage der Perspektive.

In letzter Zeit kam es aber vor, dass ich Horst mitten auf der Liegewiese hocken sah, wo er kleine Blümchen auszupfte, an ihnen roch, als wäre er der Vollromantiker, und sie dann nachdenklich in den Wind warf. Sehnsuchtsvolle Gedanken schienen ihn dann zu quälen. Und er wirkte wie dieser Typ, der die ganze Welt auf seinen Schultern tragen musste und dem dabei die Knie schlotterig wurden. Oder wie eine Schlange, die dabei war, ihre alte Haut abzustreifen, sie aber nicht herunterkriegte. Oder was weiß ich, wie er wirkte!

Deswegen fragte ich ihn dann sogar einmal beim Herrengedeck in der Kantine, während Erwin uns noch ein Bier brachte: „Was denkst du eigentlich, wenn du so in der Wiese hockst und Blümchen zupfst?"

Diese eine Frage ließ normalerweise jeden Mann durchdrehen, sobald sie ihm gestellt wurde. Aber Horst erschrak nur kurz, als wäre es ihm unangenehm, dabei beobachtet zu werden, wie er Blümchen zupfte und nachdachte. Und wie auch nicht? Er war doch Horst, das Tier! Und Tiere denken nicht nach, Tiere erlegen ihre Beute.

Seufzend sagte er: „Ach, weißt du, Rock. Ich habe manchmal tief in mir drinnen das Gefühl, dass ...“

„... du nicht alleine bist?“

Das hatte mir nämlich Kubelka mal über ihn gesagt, als er Horst in Willis Pornhouse sitzen sah, wo er lieber nachdenklich in seinen Popcornsack hineinschaute und die Körner zählte als auf die Leinwand, wo sich Bunny Beach gerade mit ihrem Rettungsschwimmer vergnügte. Als würde es ihn überhaupt nicht interessieren! „Der ist auch nicht alleine“, hatte Ku mir damals zugeflüstert, als er ihn so sah. Aber Horst schüttelte nur den Kopf über meine Frage: „Was? Warum soll ich denn so einen Scheiß denken? Und was soll das überhaupt heißen?“

„Keine Ahnung!“

„Also, wenn du wissen willst, was ich denke, dann sage ich es dir.“

„Sag!“

„Ich denke, dass ich ... nicht bin, der ich wirklich bin.“

„Dass du nicht bist, wer du wirklich bist? Was denkst du denn für einen Scheiß? Wenn wir mal davon absehen, dass du Pamela Anderson noch nicht gehabt hast, dann bist du doch der, der sie alle gehabt hat. Du hast doch ein echt geiles Leben!“

Da schaute er nachdenklich in sein Bierglas hinein, umfasste es wie ein Bär sein Honigglas und meinte irgendwie resigniert: „Wenn du es so siehst, dann Ja. Dann allerdings Ja.“

Und er schaute mich an, als würde ich rein gar nichts verstehen von der Welt, in der er lebte, und von dem, wonach er sich sehnte. Und als ich ihm dann die nächste heiße, braungebrannte und durchtrainierte Lady auf der Wiese zeigte und „Los, los!“ sagte, erhob er sich nur müde und ohne wirklichen Antrieb, und er näherte sich ihr nicht wie der hungrige Löwe, den ich in ihm sah, sondern wie der alte Wolf, der nur noch schlafen wollte. Natürlich dauerte es trotzdem keine zwei Minuten, bis sie ihm mit Sonnencreme ihre Telefonnummer an die Innenseite seiner gewaltigen Schenkel malte und er ihr dabei tief in die Augen schaute. Auf einen Anruf von ihm musste sie dann wie so oft lange warten, denn Horst musste ja vorher noch ein paar andere glücklich machen.

Das war mein Horst. Und das waren die Zeiten.

***

Aber wo verdammt noch mal war Horst?

Ich betrat die Wiese und merkte sofort, dass ohne ihn jede Ordnung verloren gegangen war. Dabei hasste ich nichts mehr, als wenn die Jugendlichen seitlich ins Becken sprangen, was selten vorkam, wenn er hier war. Horst wusste nämlich von uns allen am besten, wie man den Bauch richtig einzog und dadurch den Brustkorb möglichst noch mächtiger erscheinen ließ. So war er im Bad auch für die vorstädtische, männliche Jugend zu einem freilich unerreichten Vorbild geworden, das ihnen zu Hause fehlte. Wie er immer dastand am Rand des Beckens: stoisch und unangreifbar; die langen, blonden Haare im Nacken; die Hände gegen die Hüften gestemmt; das Kinn gerade nach vorne. So konnte jeder lernen, wie man stehen musste, wenn man ein richtiger Mann sein wollte. Diese Ruhe in Kombination mit den zusammengekniffenen Augen (weil die Sehkraft natürlich auch bei ihm langsam nachließ) verschaffte ihm eine Autorität, die alle Rotzlöffel, die noch nie etwas von Benimm gehört hatten, davon abhalten sollte, seitlich ins Becken zu springen. Und sein wütendes Schreien, mit dem er sie vom Beckenrand vertrieb, wenn sie seiner Autorität nicht Folge leisteten, schaffte es dann tatsächlich. Horst konnte richtig unangenehm werden, wenn einer nicht tat, was er wollte. Dann pfiff er wie ein Kochtopf, und das Gesicht um seinen Schnauzer herum wurde ganz rot. Manchmal hatte selbst ich Angst vor ihm, und ich fragte mich, woher diese Wut bei ihm kam, aber ich hatte keine Antwort darauf. Und die von Kubelka, dass er „nicht alleine" war, genügte mir nicht. Es war dann nur so, dass ich manchmal auch bei Horst nicht glaubte, dass ich mit ihm befreundet war.

Die meisten der Jugendlichen waren aber mittlerweile ohnehin so fett, dass sie gar nicht mehr ins Becken springen konnten. Sie lagen daher einfach nur mitten am Weg zur Wiese irgendwo auf dem Beton herum, hatten die Lautsprecher ihrer Scheißphones voll aufgedreht, und hörten sich darauf ihre Scheißmusik an: „Yo!" und „Ey!" und irgendwas mit „Ficken!" war dann zu hören von irgendwelchen Scheißtypen, die von Muschis, Fotzen, Sahne und Autos sangen. Und von allerlei Müttern, die sie ebenfalls ficken wollten, und zwar bevorzugt in den Arsch. Man wollte zwar schon möglichst lange jung bleiben, aber irgendwie nicht zu lange so jung. Dieses ständige „Yo!" und „Ey!" machte einen richtig fertig. Ich sagte also zum Nachwuchs: „Habt ihr noch nie von Creedence Clearwater Revival gehört?" Das war nämlich richtig gute Musik! Aber sie lachten nur über mich und drehten den Scheiß wegen mir nicht leiser, sondern im Gegenteil noch lauter: „Ey! Yo!"

Ich verzichtete auf das Herrengedeck in der Kantine bei Erwin und kaufte mir stattdessen eine Semmel mit Leberkäse drin, der vor drei Tagen noch unter einem Sattel stand. Dann biss ich hinein und überlegte, wo

Horst sein könnte: auf einer Lady? Unter einem Auto? Ich fragte Erwin, der auch ganz schön blond war an seinem Vokuhila, ob er eine Ahnung hätte. Aber der stützte nur die linke Hand in die Hüfte und verscheuchte mit einem Geschirrtuch in der rechten eine Fliege, bevor er säuselte: „Nein! Und ich mache mir wirklich Sorgen um ihn!“ Mit Betonung auf *wirklich*.

„Und ich vielleicht nicht?“

Nachdem also auch er keine Antwort hatte auf die Frage, wo Horst sein könnte, suchte ich vorläufig das Positive im Leben und dachte: Wenn Blondie heute nicht eincremte, dann war vielleicht ich es, der es tun würde?

Ich verließ die Kantine und latschte zurück zur Wiese, und auf dem Weg dorthin legte ich mir sogar schon einen guten Anmachspruch zurecht, der in etwa lautete: „Na?“

Vielleicht würde ich heute sogar eine mit nach Hause nehmen? Ich musste dann nur damit leben, dass ich nicht die erste Wahl für die Mädels hier war. Die erste Wahl war nämlich Horst, und zwar immer. Allerdings war die zweite Wahl in diesen schwierigen Zeiten auch nicht ganz schlecht. Ich musste dann nur ruhig bleiben, wenn eine „Horst? Bist du es?“ zu mir sagte, sobald sie morgen früh neben mir aufwachte. Und wenn sie dann enttäuscht wäre, dann wäre es egal, weil wir den guten Teil der Übung ja längst hinter uns gebracht hätten.

Ich checkte die Lage auf der Wiese und sah – nichts. Enttäuscht legte ich mein Tuch neben einen Scheißbaum, der da irgendwo in der Mitte der Wiese herumstand und in einem Umkreis von zwanzig Metern unnötigen Schatten warf, und legte mich hin, um eine Mütze Schlaf zu nehmen.

Da sah ich plötzlich etwas Porzellanweißes auf mich zukommen, etwas, das sich orientierungslos herumtrieb. Wie viele Krebse ging es seitwärts, also im Krebsgang. Wenn es nicht aufpasste, dann würde es gleich ins Wasser fallen, was aber auf dieser Seite des Beckens verboten war.

Dieses Etwas fiel dann aber doch nicht hinein, sondern taumelte immer weiter auf mich zu. Und da hatte ich schon diese Befürchtung: Immer wieder kam es nämlich vor, dass ich irgendwo alleine herumsaß, und dann setzte sich jemand, den ich genau in diesem Moment nicht sehen wollte, genau neben mich. Der taumelnde Wackelpudding war nun schon so nahe an mir dran, dass er mich mit seiner Weißheit blendete. Dann hob er plötzlich die Arme und legte sich ungefragt neben mich – aber nicht so, als wollte er von mir eingecremt werden!

Ich sagte: „Verdammt, Ku! Was soll der Scheiß? Dich kann ich hier wirklich nicht brauchen!"

Es war nämlich mein Freund Kubelka, der normalerweise um diese Zeit des Tages in seiner Praxis herumsaß und dort irgendwelche Psychos hinter zugezogenen Vorhängen therapierte. Mit bis oben hin zugeknöpftem Hemd, den Ärmeln immer unten und die Hose auch nicht ganz selten.

Ich kannte auch ihn aus Dirty Willis Swedish Pornhouse, wo er sich am liebsten Filme mit Immanuela Cunt in der weiblichen Hauptrolle anschaute und mit Ziggy Joy in der männlichen. So einer kam selten in die Sonne. Und wenn ich mir anschaute, wie seine Kugelwampe den Krummrücken belastete, dann auch nicht zum Sport. Es sah wirklich abstoßend aus, wie er sich da neben mich fallen ließ, und das sagte ich ihm auch: „Dein Körper bedeutet dir wohl gar nichts?"

Er meinte: „Ihutinrnvrze."
„Was?"
„Ic pnkte mt andrn Vrzügn."
„Du punktest mit anderen Vorzügen? Im Ernst?"
„Ja."
„Aber nicht mit deinem Gesicht, oder?"

Sein Gesicht war nämlich gerade der schwächste Teil an ihm. Das linke Auge war blau und grün und vollkommen geschlossen, das rechte nur blau und sogar noch ein wenig geöffnet, sodass er sich halbwegs orientieren konnte. Und die Nase war ganz sicher nicht mehr so gerade wie früher. Ich erkannte ihn eigentlich nur an seinem Herrenhandtäschchen, ohne das er nie außer Haus ging, weil da seine Visitenkarten drin steckten, die er ständig verteilte. Und an seiner linken Hand, an der er über die fünf Finger hinweg F-R-E-U-D tätowiert hatte.

Manchmal glaubte ich auch bei dem nicht, dass ich mit ihm befreundet war!

Mein Tag war jedenfalls ganz schön versaut, seit ich erfahren hatte, dass Horst nicht hier war. Aber jetzt lief er völlig aus dem Ruder, seit der neben mir saß und versuchte, sich hinter mir zu verstecken. Er wirkte nervös und fahrig. Die lockere Sommerstimmung war verflogen, und die Ladys, die nun langsam auftauchten und sich in die Nachmittagssonne legten, nachdem sie den Friseurbesuch und die Maniküre hinter sich gebracht hatten, machten einen weiten Bogen um mich. Aber nicht wegen mir, sondern wegen des weißen Monsters, das ich nun schon länger nicht mehr gesehen hatte.

Ku war letztes Jahr fünfzig geworden, was er nicht leugnen konnte. Seine Erfolgsgeschichten mit den Ladys waren zum Fünfziger hin immer weniger geworden, sodass er bei denen vorstellig werden musste, die wegen ihrer Probleme mit der Menopause oder dem ganzen frustrierenden Kram mit Mann und Kindern zu Hause bei ihm auftauchten. Oder er musste sich überhaupt um orangefarbene Hosen tragende, rothaarige Kindergärtnerinnen kümmern. Also echt nichts, womit man bei seinen Freunden angeben konnte. Vielmehr war es so, dass wir ihn wegen dieser Ladys immer auslachten.

Vor ein paar Wochen aber sagte er überraschend, er hätte „etwas Regelmäßiges“ mit einer „Perfekten“ laufen. Hörte sich an wie ein verdammter Angeber, der auch mal einen offenstehenden Mund bei seinen Kumpels sehen und ein „Respekt, Oida!“ hören wollte. Aber eine „Perfekte“ verziehen wir kaum mal einem unserer Kumpels, denn warum sollte man einem auch „etwas Regelmäßiges“ mit einer solchen gönnen, wenn es bei einem selbst immer holpriger lief?

Außerdem: Anders, als das die Hausfrauen untereinander machten, hatte uns Ku auch nie etwas Genaueres über seine neue Flamme erzählt, weswegen wir auch begründete Zweifel hatten, ob es diese „Perfekte“ überhaupt gab. Wenn er tatsächlich diesen dicken Fisch an der Angel hatte, warum erzählte er uns dann nicht, ob dieser Fisch schluckte oder spuckte? Er wollte schließlich nicht mehr verraten, als dass sie irgendwo „unterrichtete“.

Seither nannte ich sie: die Lehrerin.

Nachdem er sich halbwegs beruhigt hatte, fing er genau von der an zu reden: „Ich hab dir doch mal von Ludmilla erzählt.“

„Von der Lehrerin?“

„Sie ist doch keine Lehrerin, Herrgott! Sie kommt aus bestem Wiener Bürgerhaus und ist Professorin für

Neurologie an der Universität Wien mit Gastprofessuren in Berkeley und Uppsala. Insgesamt ist sie weltweit führend auf ihrem Gebiet!"

Ich blieb dabei: „Als Lehrerin?"

„Verdammt, nein! Als Professorin!

„Als Lehrerin!"

„Professorin!"

„Lehrerin!"

Ich konnte da ziemlich stur sein, fast ein wenig kindisch. Dabei war „Lehrerin" von mir gar nicht abwertend gemeint, im Gegenteil. Meistens sahen Lehrerinnen ja fantastisch aus. Jedenfalls auf der Leinwand im Pornhouse. Wie sie in Wirklichkeit aussahen, das wusste keiner von uns so recht, denn Lehrerinnen waren nicht die Sorte Mensch, mit der wir viel zu tun haben wollten. Hingegen liebten wir Lehrerinnenfilme, sie waren die Meisterschaft des Pornofilms. Jeder Heranwachsende fing mit Lehrerinnenfilmen an und schaute sich dann hoch bis zu den MILFs und später vielleicht sogar bis zu den Grannys, die aber natürlich nur etwas für Spezialisten waren. Also verdammt, ich liebte Lehrerinnen!

Darum blieb ich dabei: „Sie ist Lehrerin! Und überhaupt – idealisierst du sie nicht ein wenig? Sie muss doch auch Fehler haben!"

Mit „idealisiert" wollte ich ihn an seinen eigenen Eiern packen, denn das war eines seiner verdammten Lieblingswörter: „idealisieren". Immer wieder sagte er zu mir, dass ich Horst „idealisieren" würde, was natürlich lächerlich war. Horst war schließlich so perfekt, dass er es nicht nötig hatte, sich von mir idealisieren zu lassen!

„Hat sie aber nicht!", sagte er, ohne auch nur einen Augenblick lang zu überlegen. „Ludmilla ist und bleibt perfekt."

Da war einer ganz schön verblendet, was diese Lady anging, jedenfalls, wenn man sich sein Gesicht anschaute. Denn ohne Zweifel musste das etwas mit dieser Lehrerin zu tun haben. Die Farben Blau, Gelb und Grün im Gesicht eines Mannes waren im besten Fall so etwas wie sein Ritterschlag: Wer wegen einer Lady so eine Visage hatte, der musste wirklich für Gefühle in ihrem Umfeld sorgen. Und Eifersucht war ein sehr starkes Gefühl.

Ich deutete also auf seine Nase und fragte: „Hat sie dich mit dem Lehrerinnenrohrstab so hergerichtet? Oder war es ihr Typ?"

Er drehte fast durch: „Es waren natürlich die Schläger von ihrem durch und durch eifersüchtigen Mann! Und sie ist keine Lehrerin!"

Und ich sagte: „Ist sie doch!"

***

Plötzlich hörten wir eine von unter dem Baum, neben dem wir saßen, „Ähem" sagen. Und dann: „Es ist doch nichts schlecht daran, wenn man Lehrerin ist. Kerstin Block, die Lehrerin mit dem Blog, ist auch Lehrerin."

Ich weiß auch nicht, wieso, aber ich sagte plötzlich: „Wer?"

„Kerstin Block, nie gehört? Die Lehrerin mit dem Blog. Sie ist ziemlich berühmt, also echt. Sie bloggt für Frauen mit Größe XL aufwärts, da geht es viel um Selbstbewusstsein und Selbstannahme: Wie steh ich zu mir? Sag ich Ja zu mir? Sag ich Nein? Das ist jeden Tag eine Entscheidung, verlangt jeden Tag eine Antwort ..."

Heilige Scheiße. Da sprach uns also eine an, die mir überhaupt nicht aufgefallen war, als ich Ausschau nach einer gehalten hatte, die ich eincremen könnte, obwohl sie sich keine fünf Meter neben mir befand. Aber wie auch? Sie lag ja unter einem Baum! Und dort trug sie sogar noch einen Sonnenhut, der so groß war, dass man darauf einen Kreisverkehr hätte einrichten können, sodass man von ihrem Gesicht fast nichts sehen konnte. Außerdem: Was sollte man mit einer auch machen, die im Sommer unter einem Baum lag und Chips futterte? Über Bäume reden vielleicht? Sie war weiß wie ein Eisbär und schwer wie Blei, also nicht ganz mein Typ. Okay, wer es darauf anlegte, der konnte mit der einen schönen Tag hier verbringen und sie eincremen. Er brauchte dann nur genug Creme!

Sie kicherte zu uns herüber und meinte: „Ich weiß, ich bin euch wahrscheinlich gar nicht aufgefallen, no problem, das passiert mir öfter. Und Kerstin Block, die Lehrerin mit dem Blog, kennt das Problem auch. Aber, he! Wir nehmen das locker."

Sie wurde nicht einmal rot, als sie hysterisch lachte, und auch nicht, als sie weiterredete: „Ich habe halt irgendwie das Talent, dass man durch mich hindurchschaut, aber das passiert Kerstin Block auch ..." Sie kicherte weiter wie eine Dreijährige, die gerade einen hat fahren lassen, zuckte dabei mit den Schultern und meinte wieder: „Kerstin Block? Die Lehrerin mit dem Blog? Noch nie gehört? Sie postet auf Youtube und auf Insta über die Themenbereiche Resilienz, Achtsamkeit und ..."

Ich unterbrach sie und fragte: „Was war das Zweite?"

„Achtsamkeit."

Dann herrschte Schweigen, bis sie „... gesunde Ernährung" sagte.

Kubelka und ich schauten uns an, aber es fiel uns beiden nichts ein, was wir darauf hätten sagen können, außer vielleicht: „Gesunde Ernährung für Dicke?"

Auch diesen Treffer steckte sie weg, klang aber schon ein wenig verzweifelt, als sie weiterredete: „WWW – Punkt – kerstinblock – klein und zusammengeschrieben – Punkt – com. Nie gehört?"

Da wollte es eine unbedingt wissen, aber wir wussten es halt nicht. Und uns fiel auch nichts ein, was wir darauf hätten antworten können, also redete wieder sie: „Manchmal kommt sie sogar hierher. Ich kann euch ihre Nummer geben, wenn ihr mit ihr reden wollt. Ich habe euch vorhin ein wenig zugehört, und ich denke, ihr habt ein paar echte Probleme."

Endlich stieß ich Ku ins schwabbelige Bauchfleisch, weil er ja auf solche mit Dachschaden spezialisiert war und uns jetzt aus dieser Scheiße herausboxen musste: „Sag doch du mal was!"

Und er sagte: „Ich hab von ihr gehört."

Das war wie ein Schlag in mein Gesicht: „Was!?"

Aber der Plus-Size-Lady ging ein breites Grinsen über die Lippen: „Echt? Von Kerstin Block, der Lehrerin mit dem Blog?"

Schon filmte sie Ku an, als wäre er der Letzte mit einem Schwanz auf einer Insel und sie die Letzte mit dem dazu passenden Gegenstück. Dass er ein Psychofuzzi war („Gestatten, Dr. Kubelka, Psychotherapeut mit Schwerpunkt Systemische Analyse"), schien sie obendrein schwer zu beeindrucken. Vielleicht hatte sie aber auch einfach nur Mitleid mit seinem Gesicht. Diese Dicken haben ja häufig Mitleid und sind auf Kümmern aus, damit sie selbst etwas zurückkriegten.

Ku hätte jetzt Schluss machen müssen, den Pflock einschlagen, der das Ende des Gespräches bedeutet hätte. Stattdessen legte er noch eins drauf und sagte: „Tut mir übrigens wirklich leid, dass ich sie nicht richtig sehen kann ..."

Da hatte eine doppeltes Pech: Alle schauten ohnehin schon durch sie hindurch. Und dann konnte einer nicht einmal das richtig, weil er auf einem Auge gar nichts mehr sah!

Ich wollte weg von hier, aber zwischen Ku und der Achtsamen schien es zu knistern. Dabei war er doch gerade erst wegen einer anderen, die er „Traumfrau" nannte, verprügelt worden. Er tastete sich von meinem Tuch weg hinein in die Wiese halbwegs in ihre Richtung, verlor aber bald die Orientierung. Also stand sie auf – versuchte es, scheiterte, versuchte es wieder, schaffte es endlich –, holte ein Taschentuch aus ihrer riesigen Tasche, führte es zum Mund und machte es nass. Es war also höchste Zeit davonzulaufen, bevor sie ihm das getrocknete Blut mit ihrer Spucke aus seinem Gesicht wischen konnte. Ich sagte, und ich sagte es deutlich: „Was ist jetzt eigentlich mit dir und dieser Lehrerin? Wolltest du auch sie nur ficken? Ganz ohne Gefühle, wie du das mit allen machst? Du mit deiner Sucht nach gefühllosem Ficken!"

Dieser Treffer zeigte Wirkung. Die Achtsame verlor das Gleichgewicht und fiel mit ihren zwei gewaltigen Milchdrüsen voran auf sein Gesicht. Das konnte geil sein, man konnte aber auch daran ersticken.

Als die Zugewanderten mit ihren eigenen Fettbrüstchen das sahen, lachten sie nicht nur über uns, sondern hielten auch längst ihre Scheißphones in unsere Richtung und filmten den Ringkampf, der sich da unter dem Baum abspielte. Da lagen zweihundert Kilo Schwabbelmasse auf einem Haufen zusammen, und der weibliche Teil davon schnaubte den männlichen wütend an: „Ohne Gefühle also?"

Sie versuchte aufzustehen, was ihr nach einigen Anläufen auch gelang, und verpasste ihm eine dorthin, wo er ohnehin schon nichts mehr sehen konnte. Wütend stapfte sie zurück zu ihrer Decke, schnappte sie samt mitgebrachter Futterboxen, packte alles zusammen und marschierte davon. Schneller war sie in den letzten Jahren nicht gewesen, und wütender hatte sie noch nie geschrien: „Ich werde mich beschweren!"

„Am besten bei Horst!", rief ich ihr nach.

Als sie „Horst" hörte, stolperte sie und kam dann fast nicht mehr auf die Beine.

„Der weiß am besten, wie man mit solchen wie dir umgeht!"

***

Als die Dicke endlich weg war, wollte ich hier nicht länger gesehen werden, jedenfalls nicht zusammen mit Ku. Daher warf ich aus Gründen des Anstandes und des Restes an Ansehen, das ich hier vielleicht noch genoss, mein Casali-Badetuch über ihn, schaute ihn streng an und sagte: „Du weißt also, was Youtube ist?"

„Naja. Dort höre ich mir die alten Beatles-Nummern an von den Platten, die ich mir jetzt nicht mehr kaufen möchte, nachdem ich die Erstpressungen auf Vinyl alle weggeschmissen habe, ich Volldepp."

„Und Kerstin Block, die Lehrerin mit dem Blog, von der hast du auch schon gehört?"

„Natürlich nicht! Aber sie schien mir ein wenig Aufmerksamkeit zu brauchen, darum gab ich sie ihr, ist doch nichts dabei. Außerdem beschäftige ich mich nun mal selbst mit den Themenbereichen Resilienz und Achtsamkeit, ich habe sogar Horst schon mal Tipps gegeben, wie er resilienter werden kann."

„Horst?"

„Ja, Horst, den du ständig nur idealisierst."

„Tu ich nicht!“

„Tust du doch!“

„Nein!“

„Vor einem Monat“, erzählte er mir, als ich die Faust auf seine Eier sacken ließ, „saß Horst in einem dieser Summersplash-Filme und war echt durch den Wind, schaute in seinen Popcornsack und wirkte, als würde er unter einem nicht näher definierten Druck bald zusammenbrechen. Hat er dir nie von seinen Versagensängsten erzählt? Herrgott, wo ist er denn überhaupt?“

Ich lachte ein wenig unsicher, dann sagte ich: „Naja, er ist ... nicht da.“

Während ich noch überlegte, ob Horsts Verschwinden etwas damit zu tun haben könnte, dass er „den Druck“ spürte (oder vielleicht noch schlimmer: dass er „Versagensängste“ hatte?), nutzten die zugewanderten Jugendlichen seine Abwesenheit, um mit uns Streit anzufangen. Sie riefen „Spasti!“ und „Opfer!“ in unsere Richtung, und manche von denen nannten uns sogar „Schwulis!“.

Da fiel natürlich auch mir auf, dass Kubelka und ich die ganze Zeit wie zwei Hausfrauen, die ihre Häkelarbeiten austauschten, miteinander redeten, und ich überlegte, wie das wohl auf andere wirkte: Ein bisschen peinlich vermutlich schon!

Ku war mittlerweile von deren Scheißmusik so genervt, dass er nun zurückschrie: „Hallo! Habt ihr noch nie etwas von dem Philosophen Pfaller gehört?“

Das war die Frage des Tages: Hast du noch nie von dem gehört, schon mal von der?

Die Fetten lachten so sehr über ihn, dass ihre Brüstchen auf und ab hüpften, und dann zeigten sie uns den Finger. Aber nicht den Daumen als Zeichen dafür, dass sie von dem Typen schon einmal gehört hatten, sondern den mittleren als Zeichen dafür, dass Ku ihn sich in den Arsch schieben konnte.

Der aber redete unverdrossen weiter: „Pfaller sagt, dass man den anderen nicht mit seinem eigenen Selbst belasten soll, kapiert? Also dreht endlich diese schreckliche Musik ab!“ Um dann die Frage des Tages zu stellen: „Herrgott im Himmel, habt ihr noch nie von Schostakowitsch gehört?“

Sogar ich kratzte mich hinterm Ohr: „Von wem?“

***

Dieser Tag war im Arsch. Ich brauchte dringend ein paar Quadratmeter Ruhe um mich herum, bevor mich am Ende doch noch ein paar heiße Ladys zusammen mit dem Krummrücken hier sehen konnten, und wollte zum Auto. Das konnte man nämlich auch von innen her abschließen, und dort konnte man seine eigene Musik hören.

Aber sicher nicht Schostakowitsch!

Auf dem Weg dorthin kriegte sich Ku noch immer nicht ein wegen der Rotzlöffel im Bad: „Frage mich bitte nicht, wie groß deren Angst vor den Frauen ist, dass sie immer alle gleich in den Anus penetrieren müssen, wenn ich kurz auf die eben gehörte Musik Bezug nehmen darf, traurig, traurig, traurig. Ihnen fehlt einfach die reife Sexualität des aufgeklärten europäischen Mannes.“

Mir zog es beinahe die Adiletten aus: „Ihnen fehlt was?“

„Auch mal akzeptieren können, dass es nicht immer so läuft, wie man es selbst gerade gerne hätte ...“

„Dann akzeptier mal, dass ich meine Ruhe will!“

Wir stiegen ein. Ich startete den Datsun, parkte aus, und dann ging es zurück in die Stadt. Dass ich meine Ruhe haben wollte, interessierte ihn nicht, denn er wollte wissen, ob es mich gar nicht interessierte, was mit seinem Gesicht passiert war.

„Eigentlich nicht."

„Also hör zu: Vor zwei Monaten kam Ludmilla zu mir in die Praxis, weil sie in dieser frustrierenden Beziehung mit einem unfassbar dominanten, sie in jeder Phase ihres Lebens einengenden Chirurgen migrantischen Hintergrundes namens Dr. Hassan feststeckte."

„Dazu von mir zwei Fragen: Warum sagst du nicht einfach Ausländer zum Chirurgen? Und warum ließ sie sich mit dem Hassan ein, wenn er sie so einengt?"

Ich hätte nie gedacht, dass ich dieses Wort einmal in den Mund nehmen würde: „einengt".

Ku schien zu überlegen, bevor er richtig dick auftrug: „Muss ich dir genau erklären, was der schier unlösbare Konflikt für eine Frau im gerade noch gebärfähigen Alter ist? Einerseits sucht sie das Breitschultrige, das Virile, also die beste DNA für ihr noch ungeborenes Kind, das sie dringend möchte, Stichwort biologische Uhr. Andererseits will sie das Abgesicherte, das Nest für ihr noch ungeborenes Kind, den goldenen Käfig, die Kuschelecke mit Plüschsofa zum Füßehochlegen."

Schon kriegte ich Kopfschmerzen von dem ganzen Scheiß. Ich bat ihn, mir aus dem Handschuhfach einen Flachmann zu reichen, nahm einen kräftigen Schluck daraus und fragte: „Okay. Aber als was kommst du in dieser Seifenoper vor? Als der Breitschultrige wohl eher nicht?"

Ich gab ihm den Flachmann, damit er trank und nicht redete, aber Trinken machte ihm lange nicht so viel Spaß wie Reden: „Jedenfalls konnte Ludmilla nicht benennen, was wichtig ist in einer reifen Beziehung und was nicht."

Ich dachte: Wenn ich jetzt die richtige Frage stelle, dann werde ich es vielleicht endlich erfahren. „Und was ist wichtig in einer reifen Beziehung?“

„Jedenfalls nicht etwas zusammen unternehmen, wie die meisten irrtümlich glauben!“, schrie er beinahe. „Nicht Aktion und Vollstopfen des Tages mit sinnlosem Tun, Stichwörter Camping, Rafting, Mountainbiking! Sondern Verständnis füreinander und dem anderen zuhören können. Dazu Zärtlichkeit und Geborgenheit.“

Mehr denn je vermisste ich die raue Männlichkeit meines Freundes Horst! Ich fragte: „Machst du Witze?“

Wir hatten die Fenster hinuntergedreht und ich die Sonnenbrille auf meiner Nase, während er die seine hielt. Ich rauchte gemütlich und dachte an Horst, ja, ich dachte wirklich an ihn. Nicht so, aber schon intensiv.

Ku holte mich aus meinen Träumen: „Willst du gar nicht wissen, wie es weiterging?“

„Nein.“

„Also hör zu. Ihr Typ heißt ... äh ... Dr. Hassan. Gestern musste dieser Dickeiertyp zu irgendeinem Kongress irgendwohin, und Ludmilla war alleine zu Hause. Natürlich war sie einsam und kam zu mir.“

Ich warf ein: „Was glaubst du, wie es Anita Pallenberg ging, wenn Mick und Keith zu einer Tour aufbrachen? Damit muss man halt umgehen können!“

„Nachdem er sie mehrmals in der Doppelstunde, während der sie bei mir auf der Couch lag, angerufen hatte, musste ihm geschossen sein, dass sie ihn während dieser Zeit betrog. Und voilà! Kaum ging sie bei der Türe hinaus, kamen drei aus seinem Araberclan zu mir und zack. Dabei überspielte dieser Hassan mit seiner ausgestellten Männlichkeit nur seine latente Homosexualität!“

„Im Ernst? Das geht?“

„Ja klar geht das. Im Bett lief bei dem nämlich überhaupt nichts mehr. Ständig hatte er Kopfschmerzen oder ging noch schnell ins Gym nach der Arbeit. Darum war er ständig müde!“

„Hört sich an, als wäre er nicht heimlich schwul, sondern heimlich eine Frau.“

„Nein! Er war einfach nur ständig müde und hatte Kopfschmerzen!“

„Wie eine Frau!“

„Nein!“

„Doch.“

„Nein!“

„Ach, leck mich!

***

Wir waren am Brunnenmarkt angekommen, wo ich einen Parkplatz in der Nähe meines Büros suchte, aber die längste Zeit keinen fand. Während dem Sinnlosherumkurven erzählte Ku mir noch, dass Ludmilla zu ihrer Mutter gezogen war – „Keine Ahnung, wohin genau!“ – und dass er es nach diesem Zwischenfall vermied, sie anzurufen. Es herrschte also Funkstille zwischen den beiden, denn er hatte gestrichen die Hosen voll von den Arabern. Und wenn man sich das eine verschwollene Auge anschaute, dann musste man sagen: zu Recht! Irgendwann musste sich auch der stärkste Krieger zurückziehen und seine Wunden lecken. Erst recht einer wie Ku, der rein gar nichts von einem starken Krieger hatte.

Eine Sache war mir aber trotz vieler blumiger Worte nicht ganz klar: „Stehst du jetzt zu dieser Lehrerin oder nicht? Denn wäre es nicht so geschwollen, dann hättest du vorhin ein Auge auf die Dicke geworfen, ich hab es genau gesehen!“

„Das ist doch ein natürlicher Reflex …"

Diese Psychofuzzis hatten einfach auf alles eine Antwort. Darum war ich zur Psychologie so distanziert wie zu Gurken in der Küche: Wenn eine da war, dann schälte ich sie, schnitt sie in kleine Stücke und warf sie beim Fenster hinaus, weil ich sie nicht brauchte.

„Wenn ein Mann in der Krise ist", hörte er nicht auf, Scheiße zu reden, „dann sucht er Zuflucht in der Geborgenheit. Und Dicke strahlen nun mal Geborgenheit aus."

Ich sagte: „Du nicht!"

Ihm aber war egal, was er ausstrahlte, er schien von der Dicken geblendet. Hatte gerade wegen einer anderen (einer „Perfekten") die Visage poliert bekommen und schwenkte schon auf die nächste (eine „Dicke") ein: „Sie scheint jedenfalls eine faszinierende Persönlichkeit zu sein", sagte er. „Sie schämt sich einerseits, dass sie dick ist, hat aber andererseits keinen Grund, sich zu schämen."

„Nein?"

„Nein. Sie ist ganz Frau. Frau durch und durch. Sehr, sehr fraulich. Hat alles, was man an einer Frau liebt. Sie …"

„Ich glaube, ich habe verstanden, was du meinst. Du findest eben, dass sie sehr fraulich ist."

„Ja, sehr. Alles bei ihr ist am richtigen Platz …"

„Und nicht zu wenig davon!"

„Ich meine … wie sie sich bewegt …"

„Und man hätte nicht gedacht, dass sie sich bewegen kann!"

„Wie eine Feder."

„Naja", sagte ich. „Nicht gerade wie eine Feder. Aber wie eine … große Feder."

Hier in der Gegend lebten viele Zugezogene, und, weiß der Teufel, auch die mussten irgendwie immer zeigen, dass sie den größten hatten: den größten verdammten Geländewagen! Ich kurvte also noch ein paar Mal sinnlos um die Häuser, bis ich den Datsun endlich zwischen zwei dieser Monster hineindrückte. Dabei bremste ich sehr hart, sodass sich Ku leicht die Nase anschlug, was bei diesem Gesicht aber wirklich schon egal war.

Dann stiegen wir aus wie ein sehr schräges Paar aus der Abteilung Mischehe. Ku mit meinem Badetuch über dem Kopf sah aus wie eine Türkin, aber ich natürlich nicht wie ein Türke. Ich schob ihn in Richtung einer Kebabbude, wo ich zum Chef sagte: „Darf ich vorstellen? Meine Alte." Anschließend bestellte ich eine Dose Bier sowie einen „Döner für die da, denn Döner macht schöner". Ich gab das Futter an Ku weiter, der es sich unter seinen Umhang schob, und bestellte für mich noch ein zweites Bier. Der Abdullah sagte: „Musst du nicht trinken übermäßig! Was sagen deine Frau dazu?" Ich sagte: „Was geht's dich an? Meine Frau hat gar nichts zu reden. Das ist bei mir nicht anders als bei euch!"

Er aber wollte mich irgendwo hinkriegen, wo ich nicht hinwollte: „Du nicht trinken so viel!"

Ich versuchte es damit: „Glaubst du vielleicht, meine Alte hier schaffe ich ohne Alk?"

Dabei deutete ich auf Ku, der sich unter meinem Badetuch den Döner hineinschob wie vorher die Dicke ihre Chips. Um seine ekelhaften Kaugeräusche nicht hören zu müssen, suchte ich ein Thema, über das ich mit ihm reden konnte, und endlich fand ich eines: „Warum hast du überhaupt angefangen, Ludmilla zu ficken? War es ein Trostfick? Trost dafür, dass ihr Hassan schwul ist?"

Der Abdullah in seinem Dönerstand zuckte unmerklich zusammen, als er „Trostfick", „Hassan" und

„schwul“ hörte. Und überhaupt kannte er sich nicht mehr aus: Bei ihm war Ficken sicher nie Trost, sondern immer nur harte Arbeit. Und einer, der Hassan hieß, konnte in seinen Augen einfach nicht schwul sein. Und wieso fickte meine Alte eine mit Namen Ludmilla?

Fragen über Fragen, die sich da unter seinem Käppchen auftürmten. Ku beantwortete die erste: „Eigentlich war sie es, die mir die Hose geöffnet hat.“

Da zuckte der Kebabwirt noch deutlicher zusammen, und ich konnte sehen, wie er sich fragte: Hat die Alte etwa einen Schwanz?

Seine Abscheu vor Ku stieg mit jedem Wort, das wir wechselten, und er wollte nur noch möglichst rasch und möglichst genau seine acht Euro vierzig von mir, damit wir endlich von seinem Stand verschwinden würden.

Aber ich hatte gerade kein Cash bei mir, weil ich ja pleite war. Also fragte ich Ku, ob er welches hätte, und der sagte, er würde mich bezahlen, wenn ich für seine Sicherheit sorgte und ihn irgendwo unterbrachte, wo die Araber ihn nicht finden konnten.

Das hörte sich nach einem Auftrag an, also sagte ich: „Nichts leichter als das! Macht sechshundert Euro am Tag, plus Spesen.“

„Ist das letzte Preis?“, mischte sich der Abdullah ein, der das von seinem Basar zu Hause so gewohnt war.

„Lass mich in Ruhe mit letzte Preis, okay?“

Als Seelenspengler hatte Ku seine Säcke immer voll mit Zweihundertern, er hatte gar nichts Kleineres bei sich, weil er seine Löhnung immer bar auf die Pianistenfinger kriegte, und dazu noch Extras wie geöffnete Hosen! Er gab mir sechs von den Scheinen, womit er sich meinen Schutz für heute und morgen kaufte, und ich reichte einen davon an den Abdullah weiter. Der hielt ihn gegen das Licht, als suchte er darin eine Sure seines Korans. Als er keine fand, kramte er nach dem Wechselgeld, was ihm einige Mühe bereitete. Er betete in einem fort Zahlen herunter, als würde er gerade rechnen lernen, was mich nervte, weil ich mich selbst konzentrieren musste. Ich sagte: „Zähl leise!“ Und arbeitete im Kopf ein Sicherheitskonzept für Ku aus, das im Wesentlichen so aussah: „Du musst dich halt irgendwo verstecken!“

Er sah das genauso, hakte aber nach: „Wo?“

„Gute Frage.“

Da spürte ich nämlich schon ganz leicht die Sonne und auch das zweite Bier, das ich nun gegen die Hitze genossen hatte. Ich überlegte: „In deiner Praxis?“

„Dort haben wir es doch die ganze Zeit getrieben!“, sagte er. „Und dort haben mich die Schläger von dem Hassan aufgesucht.“

„Dann ist es besser, wir stecken dich woandershin.“

„Dafür zahle ich dir sechshundert Eier am Tag? Fällt dir nichts anderes ein?“

„Im Moment nicht.“

Immerhin hatte es fünfunddreißig Grad im Schatten. Da fiel einem nicht so schnell etwas anderes ein.

***

Ich fasste an mein klatschnasses Shirt und überlegte, was mich die letzte Nacht so nass hatte werden lassen: Waren es Sorgen, die ich mir um meinen Kumpel Horst machte? Oder waren es feuchte Träume, die ich von der im schwarzen Badeanzug unter dem Baum hatte (was mich selbst am meisten überrascht hätte!). Oder von einer der schlanken Ladys, die sich von Horst eincremen lassen wollten, aber dann bei mir im Bett gelandet waren?

Oder war es am Ende der neben mir?

Als ich mich nämlich zur Seite drehte, sah ich dort Kubelka liegen. Irgendwann gestern Abend musste ich zu ihm gesagt haben: „Na gut, dann leg dich halt einfach bei mir auf den Boden, bis mir etwas Besseres einfällt!" Da war er mich beinahe angesprungen vor Freude, es fehlte nicht viel, und er hätte mich wie ein Hund abgeleckt. Irgendwann während der Nacht musste er dann zu mir in die Kiste gekrochen sein. Und da lag er nun friedlich und schnarchte. Solch unbedachte Entscheidungen traf ich selten ohne Alkohol, und richtig: Mein Blick auf die leere Flasche Russenschnaps neben dem Bett bestätigte diese schlechte Angewohnheit. Ich stöhnte: „Oh mein Gott!" Gerade, als ich mir den Kopf abreißen wollte, weil er mir so verdammt weh tat, läutete die Schelle. Ich hoffte, dass es Horst war, der irgendeine heiße Blonde im linken Arm hatte, während er mit dem rechten telefonierte. Hoffnungsvoll drückte ich auf Grün und sagte: „Superschnüffler Rock Rockenschaub löst auf alle Fälle alle Fälle, was kann ich für Sie ... ach scheiß drauf! Horst? Bist du es?"

„Leck mich am Arsch mit Superschnüffler! Ich bin's. Willi!"

„Aber ..."

Wo war Horst?

Willi, dem Schwein, gehörte das Swedish Pornhouse oben am Gürtel, wo er Pornofilmklassiker mit Jack Schleck in der Hauptrolle abspulte oder mit Titt Eklund. Von der hatten wir für die Sommermonate ein Special ins Programm gehoben, eine wirklich sehr schöne Auswahl ihrer besten Filme, von denen man sich *Titt and Butt*, *Die zwei Superbomben von Tittfield* oder *Tittanin der Großstadt*, wo sie als Landpomeranze in eine Großstadt zieht und sich dort in Grund und Boden pimpern lässt, unbedingt und gerne auch zweimal anschauen konnte. Aber mir fehlte noch ein richtig guter Text für die Plakate, einer, der mehr ausdrückte als „Geil!". Ich dachte, dass Willi mich vielleicht deswegen anrief, also schaute ich Ku neben mir erwartungsvoll an, der aber mit seinem zerstörten Gesicht gerade nicht so aussah, als würde ihm etwas Geiles zu Titt Eklund einfallen. Außerdem schlief er.

Ich fragte: „Willi, was ist?"

Traditionell zum 1. Juni jeden Jahres zog Willi sich für zwei Monate aus dem Tagesgeschäft seines Pornhouses zurück und übergab mir die Schlüssel dafür, weil verdammt noch mal die ganzen Lehrer, die den Frühling über zu ihm kamen, um sich *Verzückte Schulmädchen* oder *Director's Slut* anzuschauen, mit ihren Familien im Sommer „etwas unternehmen" mussten, sprich: nach Kroatien fahren oder ins Waldviertel zum Camping oder Rafting. Beziehungsweise gab es auch die, die „mal überhaupt nichts machen" wollten, was natürlich lächerlich klang, wenn man Lehrer war und das ganze Jahr lang ohnehin nichts machte.

Es war aber einfach im Sommer nicht viel los im Pornhouse, jedenfalls nicht so viel, dass Willi persönlich dort anwesend sein musste. Also hatte er mich wie jedes Jahr gefragt, ob ich Zeit hätte, ihn in sein Sommerhäuschen zu bringen, und verdammt: Ich hatte Zeit! Allerdings wusste ich langsam nicht mehr so recht, ob es gut oder schlecht war, wenn man als Mann so viel Zeit hatte. Man war heute irgendwie schnell ein Außenseiter, wenn man immer ein bisschen Zeit übrig hatte für seine Freunde, und man musste sich irgendwie rechtfertigen, wenn es nichts zum Aufschieben gab. Letztlich musste man aber einfach dazu stehen, dass man Zeit hatte, wenn man sie hatte.

Willis Datscha lag draußen an der Alten Donau in einer Gartensiedlung namens Neu-Brasilien. „Brasilien“ machte Willi irgendwie geil, obwohl man mit sechsundsiebzig die richtig geilen Jahre bereits hinter sich hatte. Daher bedeutete Gartensiedlung in seinem Fall: weiße Brusthaare auf braun gegerbten Männertittchen; ledrige Haut an klapprigen Kartenspielern; Duft nach Grill und Bier; enge, vielleicht zu enge Badehosen; und gequetschte Brüste in spitzen BHs. Alles war da draußen irgendwie ganz James Bond, aber halt James Bond 1954.

Ich hatte Willi also dorthin gebracht und ihm den Griller geputzt, bis ich aussah wie der eine von den Heiligen Drei Königen. Dann hatte ich noch den Schlauch an die Freilanddusche angehängt, weil Willi dazu neigte, in seinem Garten auch mal ganz nackt herumzulaufen, sich x-mal am Tag in der prallen Sonne zu duschen und dabei seinem weißbehaarten Glockenspiel alle Freiheiten zu gönnen. Als ich auch damit fertig war, hatte er noch meine Eselsgeduld getestet und gesagt: „Bringst du mir den Gelsenspray? Bringst du mir das Handtuch? Schraubst du mir die Birne rein? Und vergiss nicht die Grillkohle, wir haben keine Grillkohle!“ Und als ich dann endlich gehen wollte und schon beim Ausgang stand, machte er einen auf Pornokino-Vollchef und rief mir nach: „Weißt du überhaupt, wo der Schlüssel für den Vorführraum ist?“

„Natürlich.“

„Und weißt du auch, wohin du die Tageslosung geben musst?“

„Aber ja.“

„Und weißt du vielleicht auch, wie sehr mir der Arsch weh tut, wenn ich noch länger hier herumstehen muss? Also hol endlich die Polster für die Gartenmöbel!“

Während der letzten Jahre war es immer schwieriger geworden mit ihm, und ich musste mir einen immer strengeren Ton gefallen lassen, was nicht nach meinem Geschmack war.

Darum machte ich den Job bei ihm im Pornhouse eigentlich nur noch aus zwei Gründen:

– Die Superschnüfflergeschäfte liefen schlecht und immer schlechter.

– Irgendwann würde ich alles erben, was Willi sich aufgebaut hatte, und ich würde halbwegs davon leben können. (Wobei das eine gewagte Prognose war, wenn man bedachte, wie viele Leute mittlerweile Pornos lieber auf ihrem Scheißphone schauten als in Willis Pornokino!)

Seit gestern Mittag jedenfalls spielte er dort draußen Karten mit seinen drei Kumpels Fritz „Bauchstich" Hawelka, Freddy „Benz" Friedl und dem „Schlauch", einem nigerianischen Pfarrer (oder was weiß ich, was er war!), der von dort, wo er herkam, flüchten musste und – vorübergehend!, wie er sagte – als gern gesehener Gast in irgendeiner Immobilie der Brüder vom Heiligsten Herzen Jesu untergekommen war. So lange, bis er halt wieder nach Nigeria zurückdurfte, was – wie er auch sagte – sein dringendster Wunsch war.

Mein Brotha Lovegod, der zwar nicht mein Bruder war, aber eben mein Brotha und der ebenfalls aus Nigeria stammte und drüben in Bratislava den Crystal-Meth-Markt beherrschte, hatte ihn letzten Sommer mal mit zu uns ins Kino genommen, wo wir extra für ihn *Kerzen & Schmerzen* auf den Spielplan setzten. Und als der Film dann vorbei war, hatte Willi ihn gefragt, ob er Tarock spielen könne.

Erwin „Fleischhaube" Schnöll, der bis dahin zu Willis Kartenrunde gehörte wie der Senf zur Wurst, hatte nämlich im Winter davor einen Herzinfarkt erlitten, und zwar in Thailand. Und zwar auf einer Thailänderin, die einen Schwanz hatte! „Das ist so verdammt traurig“, hatte Willi in der Folge immer wieder gesagt. „Man fährt mit so viel Hoffnung dorthin, und kehrt ohne jede Hoffnung im Sarg wieder zurück. Und das Letzte, was man in seinem Leben sieht, ist eine Frau, die einen Schwanz hat!“ Und wirklich: Trauriger, als mit dem Blick auf eine Frau, die einen Schwanz hat, konnte das Leben eines Mannes nicht enden. Und hoffnungsloser als in einem Sarg konnte man danach nicht reisen. („Vielleicht hat sich die Fleischhaube ja einfach übernommen?“, hatte ich in einem Anflug von Vernunft und Wirklichkeitssinn, der mich nun immer öfter ereilte, je älter ich wurde, gefragt. Die thailändischen Bullen hatten die Fleischhaube nämlich im Hotelzimmer mit gleich drei Thailänderinnen gefunden, von denen eben zwei gleichzeitig auch Thailänder waren und sich über die Hosentaschen von Erwin hermachten, um dort nach Verwertbarem zu suchen, während die dritte Thailänderin ohne Schwanz ihn am Schwanz massierte. Nicht bis zum Happy End, sondern bis zum bitteren Ende.)

Der Pfarrer war gerne eingesprungen, und ich hatte dann wirklich gehofft, dass mit ihm am Kartentisch für die nächsten Jahre Ruhe einkehren würde, weil John James, wie er mit vollem Namen hieß, erst Anfang fünfzig war und somit noch ein paar Jährchen vor sich haben sollte.

Aber jetzt?

Es war wie im verdammten Kindergarten! Denn Willi sagte mir nun, dass ihn vorhin Trudi, die Gattin von Bauchstich-Fritz, angerufen und ihm mitgeteilt hätte, dass dieser während der letzten Nacht, als er wieder einmal pissen gehen musste, einfach umgefallen und gestorben war.

Ich fragte müde: „Ganz ohne Bauchstich?"

„Ganz ohne Bauchstich."

Da baute man sich sein Leben lang einen entsprechenden Ruf auf, steckte zehn Bauchstiche weg wie nichts, und dann fiel man einfach beim Pissen um!

Müde fragte ich: „Und jetzt?"

„Jetzt musst du für Fritz einspringen!"

Sonst würde das bei ihm nämlich mit dem gelungenen Sommer draußen im Gartenhäuschen nichts werden, trotz Azorenhochs. Und mit sechsundsiebzig war natürlich immer die Frage, wie viele gelungene Sommer es insgesamt noch werden würden.

Ich kam für diesen Job aber nicht infrage, denn Kartenspielen interessierte mich einfach nicht, es interessierte mich noch weniger als Golfspielen. Ich hatte es letztes Jahr einmal versucht, als der Pfarrer irgendwo ganz dringend eine Messe lesen musste. Aber schon nach zehn Minuten hatte ich gesagt: „Pass mal auf, Willi, so geht das nicht. Ich bin zu jung für diesen Scheiß, ich muss noch etwas anderes erleben als hier mit dir im Gartenmobiliar herumzusitzen und Karten zu spielen. Ich fahre jetzt zu Horst hinaus ins Bad!"

Zwar hatte ich nichts gegen ein gutes Stück Steak am Abend, das auf dem Griller brutzelte, und ich schaute auch gerne mal zu den Sternen hinauf, wo ich diesen Großen Wagen suchte und dabei ein paar Gelsen killte, die ungefragt auf mir Platz nahmen. Aber ich wollte nicht Karten spielen untertags, wenn ich gleichzeitig bei Horst draußen sein und mit ihm zusammen die Frauchens in ihren knappen Bikinis anschauen oder sie vielleicht sogar zu einer Eincremesession nach dem Verzehr eines Eislutschers überreden konnte.

Ich hätte nun also meinen Kumpel Lemmy fragen können, ob er mit Willi und dem verbliebenen elenden Rest da draußen ein paar Runden Karten spielen wollte. Und Lemmy wäre im Prinzip sogar ideal dafür gewesen, da er den ganzen Tag lang nur auf seiner Couch herumsaß. Aber oft genug war er dabei so zugedröhnt, dass er alleine fürs Mischen der Karten drei Tage gebraucht hätte. Wenn er nämlich falsch dosiert war, dann bewegte er sich manchmal stundenlang überhaupt nicht. Und auch wenn Sitzen-bleiben-bis-die-Blase-Reißt beim Kartenspielen oberstes Gebot war, so musste man doch mit den Händen flink sein und im Köpfchen erst recht.

Daher kam Lemmy trotz aller Vorteile einfach nicht infrage.

Also drehte ich mich zu Kubelka, der gerade neben mir aufwachte, und fragte: „Kannst du eigentlich nur Scheiße reden und zuhören? Oder kannst du auch Tarock spielen?"

Er sagte begeistert: „Mit Willi, dem Schwein? Natürlich kann ich Tarock spielen! Es muss mich nur jemand fragen!"

***

„Glaubst du, er wird mich als vollwertiges Mitglied seiner Kartenrunde akzeptieren? Tarock spielen auf Augenhöhe? Von Mann zu Mann?" Ku schien überglücklich, dass er mit Willi Tarock spielen durfte, war sich aber nicht ganz sicher, ob Willi das auch war. Der hatte nämlich seit jeher seine Vorbehalte gegen ihn, weil er ihm nicht männlich genug war und weil ihn die Weibergeschichten, die er immer erzählte, nicht interessierten.

Mir aber war scheißegal, ob Willi ihn akzeptierte. Mir war nur wichtig, dass er Ku im Geräteschuppen schlafen ließ, wo er vor den Schlägern dieses eifersüchtigen Chirurgen, der seine Lehrerin einengte, sicher sein würde. Das war mein Plan, aber von dem sagte ich den beiden nichts.

Weil sein Hemd seit gestern voll mit Blut war, borgte ich Kubelka eines meiner weißen Unterhemden, damit er oben nicht nackt herumlaufen musste. Und für untenherum borgte ich ihm meine Rapid-Hose Auswärtsdress 1984 in Weiß mit grünen Streifen. Ich schaute ihn an und fragte mich, wie weiß ein Mensch eigentlich sein konnte. Um ein wenig Farbe in sein Leben zu bringen, warf ich ihm ein Hawaiihemd mit roten Einsprengseln über, während ich wieder das grüne mit gelben Einsprengseln anzog, und fertig war der Partnerlook.

Beschwingt hüpften wir hinunter ins Quattro Stazzione, wo ich Lemmy den Fressnapf hinstellte und mir die Brusttaschen meines Hemdes mit Vaya Con Dios vollstopfte, Lemmys Gras, das auch an Regentagen die Sonne scheinen ließ. Dann verabschiedeten wir uns und stiegen in den Datsun.

Schon fuhr ich wieder in Richtung Transdanubia im Norden der Stadt, querte die Brücke und cruiste entlang des Flusses nach Neu-Brasilien, wo ich überall diese Schilder sah, die irgendwelche scheiß Investorenprojekte feierten: drei mal vier Meter große Werbetafeln, auf denen Hauspläne zu sehen waren samt der Telefonnummer, die man anrufen konnte, wenn man ab zehntausend Euronen mit dabei sein wollte. Pro Quadratmeter!

Um Willi herum wurde verkauft und gekauft, dass die Notare in der Stadt nicht mehr nachkamen mit dem

Schreiben der Verträge. Das gute alte Wien hatte sich ganz schön verändert, und das Geld rückte langsam sogar an Willis Kugelgrill heran. Wo früher kleine Häuschen standen, da standen jetzt fette Einfamilienhäuser. Und wenn früher nur die Armseligsten hier am Wasser wohnten (die sich keinen Urlaub leisten konnten – und zwar ein Leben lang keinen leisten konnten!), so wollten das jetzt die Scheißreichen auch, obwohl die sich sowieso jeden Urlaub leisten konnten. Anders als Guttmann musste ich mir zum Thema „die Scheißreichen" erst noch eine endgültige Meinung bilden, jedoch neigte ich mittlerweile dazu, ihm in der Sache recht zu geben: Dieses Dreckspack konnte einem ganz schön die Laune vermiesen. Wenn man also den Typen, der in Guttmanns Gegend mit dem Luftdrucknagler auf tonnenschwere SUVs und Pick-ups schoss, mal hierherlocken könnte, dann wäre das gewiss ein feine Sache. Peng! Peng! Peng!

Weil die enge Straße auch vor Willis Datscha mit diesen Monstern, neben denen mein Datsun aussah wie eine japanische Geisha neben einem japanischen Sumoringer, zugeparkt war, musste ich ihn schließlich ein paar Hundert Meter entfernt in Alt-Brasilien abstellen. Von dort aus latschten wir die Strecke zurück – einmal nach links, dann nach rechts, dann geradeaus, noch mal links, noch mal geradeaus, noch mal rechts, geradeaus, links, und da waren wir. (Note to myself: Wenn du deinen Wagen wiederfinden willst, dann musst du nur alles in umgekehrter Reihenfolge zurückgehen!)

Als wir endlich vor Willis Grundstück standen, versperrte uns auch dort eines dieser Straßenschiffe beinahe den Eingang: ein roter VW Amarok mit einem „Baby an Bord"-Kleber hinten auf der Scheibe, einem Babysitz am Echtlederrücksitz und jeder Menge Energydrinkdosen auf der Beifahrerseite. Ich trat gegen den hinteren dicken Reifen, sodass ich mir fast die Zehen brach und Kubelka mich fragte: „Fühlst du dich etwa unterlegen?“ Und ich ihm sagen musste: „Leck mich am Arsch mit *unterlegen*, okay? Wie soll ich mich denn einem Scheißautoreifen unterlegen fühlen? Ich meine ... Es ist ein Autoreifen!“

Kaum öffnete ich die Türe zu Willis Grundstück, spürte ich schon die Gelsen, die jedes Jahr hier ihren Kongress abhielten, und Willi kam uns auf seinen O-Beinen und mit den Badelatschen unten dran entgegen. Gerne hätte ich ihm gesagt, dass seine rote Badehose ein wenig locker saß um den Sack herum, sodass die stark behaarten Eier immer wieder mal heraushingen, während er ging. Aber wer lässt sich schon etwas sagen, wenn es Sommer war und man auf seinem eigenen Grundstück tun und lassen konnte, was man wollte?

Als Kubelka ihn aber so halbnackt sah, fragte er mich: „Wer bitte ist der denn?“ Und das, obwohl er Willi natürlich seit Jahren gut kannte, weil ja auch er Stammgast bei ihm im Pornhouse war. Dort war Willi aber auch immer vorschriftsmäßig in rosa oder gelbe Sakkos gehüllt, und wenn ihm dort die Eier bis zu den Knien hingen, dann taten sie das unter notdürftig gebügelten Hosen.

Ich sagte also: „Das ist Willi, du Idiot!“

Und als Willi Kubelka mit seinem zerstörten Gesicht und in einem meiner Hawaiihemden sah, fragte er mich das Gleiche: „Wer bitte ist der?“

Ich sagte: „Der vierte Mann.“

Wie befürchtet, war er skeptisch, ob dieser geprügelte Hund neben mir seine Kartenrunde komplettieren konnte, denn jede Veränderung in seinem Leben war ihm eigentlich eine zu viel. Andererseits häuften sich in seinem Alter Veränderungen nun mal, und nicht selten waren es endgültige.

Ich versuchte ihm Ku schmackhaft zu machen, ihn in seinem Ansehen zu heben, indem ich Willi die Lage erklärte, in die er durch die Schläge im Auftrag des eifersüchtigen Hassan geraten war – „Same old Eifersuchtsstory"!

Aber Willi wollte die Geschichte nicht glauben: „Der soll wegen einer Lady verprügelt worden sein? Red keinen Scheiß. Der lügt doch!"

Ich musste ihn aber hier unterbringen, damit ich mich endlich um Horst kümmern konnte. Also drückte ich noch eins drauf: „Sogar wegen einer verdammt heißen Lady, die Lehrerin ist."

Ku schnappatmete kurz, als ich „Lehrerin" sagte, beruhigte sich dann aber schnell wieder, während er langsam bis zehn zählte. Das, hatte er mir einmal erklärt, war ein alter, aber bewährter Trick, den man anwenden sollte, wenn man gerade am Explodieren war. Ich kam dabei aber nie weiter als bis drei – dann explodierte ich.

„Das kann ich mir bei dem ehrlich gesagt gar nicht vorstellen, dass der wegen einer Lady verprügelt worden ist!", ließ Willi nicht locker. „Und glaube mir, ich täusche mich da eigentlich selten."

Ku wurde ein wenig rot im Gesicht, als Willi das sagte, und es war ein anderes Rot als das, welches ihm die Visage versaute. Natürlich konnte sich niemand vorstellen, dass Kubelka wegen einer heißen Lady verprügelt worden war, schon gar nicht, wenn man ihn so schneeweiß im Bad gesehen hatte wie ich, mit den hängenden Schultern und der hängenden Wampe. Und am allerwenigsten konnte sich das natürlich der braungebrannte, immer noch drahtige Willi vorstellen, der früher oft selbst wegen irgendwelcher heißer Ladys verprügelt worden war. Er glaubte daher immer noch, die Wunden dieser Schlachten exklusiv an seinem Körper zu tragen: zwei ausgeschlagene Schneidezähne; eine mehrfach verbeulte Nase samt gebrochener Wangenknochen; einen Unterarm, den er kaum mehr bewegen konnte, weil ein Nerv durchtrennt worden war; ein halb abgerissenes Ohr; eine notdürftig zusammengeflickte Hauptschlagader an der Innenseite des rechten Schenkels ... All das zeugte von seinen Heldenjahren, und die zertrümmerten Kniescheiben rechts und links rechnete er da noch gar nicht mit dazu!

Aber die Zeiten änderten sich nun mal, und es gab heute immer mehr Frauchens, die darauf standen, dass ihnen ein Mann einfach nur „zuhörte". Mehr als darauf, dass ihm die Eier links und rechts aus der Badehose hingen. Und verdammt, Ku konnte zuhören!

Das sagte ich auch Willi, um endlich den Deal zwischen den beiden klarzumachen: „Wenn er als Kartenspieler nichts taugt, dann kannst du ja mit ihm reden."

Aber Willi hielt nichts von reden: „Da scheiß ich drauf!"

Trotzdem willigte er schließlich ein, ihn zur Probe zu nehmen. Was blieb ihm auch anderes übrig? Ich musste nur noch die winzige Klausel im Vertrag unterbringen, die mir die sechshundert Eier am Tag sicherte und ein nettes Auskommen draußen bei Horst im Bad, sobald er wieder auftauchte: „Ku wird im Geräteschuppen schlafen, weil die Schläger vom Hassan noch immer hinter ihm her sind."

Ku schaute mich überrascht an, und Willi sagte rundheraus: „Nein!"

„Doch!"

„Vergiss es!"

„Ku, wir fahren!"

„Warte!"

Freddy „Benz" Friedl, dem man vor ein paar Wochen seinen schönen Mercedes /8er gestohlen hatte, kam gerade mit dem Fahrrad angefahren, und Willi schaute ein wenig verzweifelt auf seine Armbanduhr, die gleichzeitig seine tickende Lebensuhr war. Sie zeigte bald zwölf Uhr mittags, und um diese Zeit herum wollte er immer mit dem Kartenspielen beginnen. Resigniert sagte er: „Dafür räumst du jetzt noch das tote Holz in die Ecke und mähst mir den Rasen!"

Dann war es still. Nur ein paar Vögel zwitscherten, und ein paar Babys in der Gegend schrien, während alle auf den Schlauch warteten.

***

Ich hatte letzten Sommer sofort die Gefahr gespürt, die für mich vom Schlauch ausging, denn Willi war natürlich beleidigt gewesen, als ich seine Kartenrunde verließ. Es ärgerte ihn einfach, dass ich mit Anfang fünfzig noch andere Pläne in meinem Leben hatte, als beim Kartenspielen rechts von ihm zu sitzen und so zu tun, als würde ich nicht merken, dass er ständig in mein Blatt schaute. Darum ließ er damals auch beiläufig fallen: „Wenn das so ist, dass dir meine Kartenrunde zu langweilig ist, dann habe ich ja noch genug Zeit mir zu überlegen, wer das Pornhouse einmal in meinem Sinne weiterführen soll." Nachsatz: „Vielleicht macht es ja der Schlauch!"

Der war mal nur eine Überweisung davon entfernt gewesen, Willis Imperium frühzeitig zu übernehmen, und hatte ihm die Übernahme mit zwanzig Mille schmackhaft machen wollen, die er, wie er sagte, irgendwo in Nigeria als Handkasse für karitative Zwecke gebunkert hatte. Die er aber leider nur außer Landes bringen konnte, wenn ihm Willi vorher die zwei Mille überwies, mit denen er ihm dann das Pornhouse abkaufen wollte, plus zwei Mille obendrauf.

So irgendwie sollte der Deal jedenfalls funktionieren, den er Willi vorschlug, aber der hatte damals keine zwei Mille, weder in cash noch auf dem Sparbuch. Also war daraus nichts geworden.

Und vielleicht auch, weil ich den Schlauch dann mal kurz zur Seite genommen und ihm eine Faust auf die platte Nase gedrückt hatte, was diese Nase aber nicht einmal zum Wackeln brachte. Jedenfalls stand jetzt immer noch ich in Willis Testament, und selbstverständlich würde es am Ende auch niemand anderen als mich geben, der das Pornhouse in seinem Sinn weiterführen konnte, schließlich stand ich ihm seit über dreißig Jahren treu zur Seite.

Aber je älter Willi wurde, desto störrischer wurde er auch. Und je breiter der Schlauch grinste, desto mehr weiße Jacketkronen sah man in seinem Grinsapparat. Und Willi gefielen nun mal weiße Jacketkronen, für ihn waren sie Ausdruck von Seriosität und Reichtum.

Ich hatte also nicht nur meine Vorbehalte gegen den Pfarrer. Der Typ ging mir richtig auf den Sack. Bis er mich dann eines Tages überraschte und auch mich auf seine Seite zog: Ich mähte gerade wieder einmal Willis Rasen, was mir mit dem alten Schieber aber echt keinen Spaß machte. Da kam er mit seinem höllenschwarzen Dodge RAM angefahren, der größer war als Willis Gartenhäuschen, stieg aus und lüpfte seinen Nonnenrock, um auf die Ladefläche zu hüpfen. (Dabei konnte ich dann auch endlich sehen, warum er „Schlauch“ genannt wurde – du lieber Himmel! Was für ein Schlauch!)

Dort oben stand etwas, das er mit einer Plane zugedeckt hatte, sodass es aussah wie eine sehr große Bonbonniere. Nachdem sich alle um diesen Scheiß-Pickup versammelt hatten, riss er die Plane herunter, und in einer Sprache, die ich nicht ganz verstand, sagte er: „Voilà!“

Ich wollte schon fragen: „Was?“ Da gingen mir plötzlich die Augen über, als ich ihn sah: einen John Dere X106 Traktormäher in meinen Lieblingsfarben Grün-Weiß. Und auch, wenn ein Hundert-Quadratmeter-Gartengrundstück natürlich keinen Traktormäher erforderte und das oftmalige Im-Kreis-Fahren für den Schnitt des Rasens bald nichts mehr brachte – ich fuhr halt einfach gerne im Kreis!

***

Über nichts hatte ich mich in meinem Leben mehr gefreut als über dieses Geschenk, das ich nun wieder aus dem Geräteschuppen hinauslenkte, um darauf eine erste Runde zu drehen. Dabei fiel mir gleich auf: Letztes Jahr hatte ich meine Runden noch verlässlich in der prallen Sonne gedreht, wenn ich mittags mähte. Aber jetzt warf dieses verdammte Haus am Nachbargrundstück sogar schon zu Mittag einen Schatten über die Hälfte von Willis Grundstück, sodass hier bald nur noch Moos wachsen würde.

Da drüben hatte früher die sehr kompakte Frau Swoboda gewohnt, mit der Willi sogar mal etwas gehabt hatte, als er ein wenig jünger war als heute und sie deutlich jünger als er und deutlich weniger kompakt als in ihren späteren Jahren. Im Laufe dieser Jahre hätte so etwas wie eine reife Gartenfreundschaft daraus werden können: Sie hätte ihm Äpfel geben können, wenn sie welche gehabt hätte, und er ihr hin und wieder einen Klaps auf den kompakten Arsch. Er hätte sie dadurch im Glauben lassen können, dass sie trotz Hüftleidens, wegen dessen sie am Stock ging, immer noch ein scharfes Mädchen war, während er sich aber in Wahrheit natürlich mittlerweile lieber am Arsch kratzte, als sie noch einmal in Grund und Boden zu pimpern.

Das aber genügte ihr nicht. Ihr übertriebener sexueller Appetit – übertrieben selbst für Willi! – brachte ihn schließlich dazu, die Hände überhaupt von den Ladys zu lassen und seine Sommer lieber mit Kartenspielen zu verbringen. Er wollte nicht wirklich darüber *reden*, weil ein Mann über so etwas nicht *redete*. Aber immerhin deutete er an, dass sie unersättlich war, und zwar auf die ungute Art, wie selbst Willi sie bis dahin nicht gekannt hatte. „Die wollte einfach immer, und ich meine: Immer! Sie wollte meinen dicken Lümmel ständig in ihrem Mund. Sie wollte ihn verschlingen, und irgendwann war ich mir sicher, sie will ihn überhaupt ..."

„Was?"

„Fressen!" Während er so etwas wie Zärtlichkeit und Geborgenheit suchte bei den Damen, worauf sie ihn „Schlappschwanz!" nannte, worüber er aber schon gar nicht reden wollte.

Einer von der Müllabfuhr erzählte ihm dann später noch, dass Frau Swoboda im Winter gerne nach Mombasa flog, anstatt Weihnachten hier zu feiern. Und dass sie das sicher nicht machte, um dort am Strand *Stille Nacht* zu singen.

Auf ihrem Grundstück stand jetzt also keine kleine Datscha mehr, sondern ein kleiner Palast, den man über den Winter dort hingeknallt hatte. Das Spitzdach noch obendrauf, und Willi würde bald überhaupt keine Sonne mehr sehen.

Schwarzbrillenträger mit ihren ausgezehrten Yogagirls und den ein bis zwei Wunderkindern, die auch mal einen Fuß ins vollgepisste Wasser der schönen blauen Alten Donau halten wollten, waren neuerdings bereit, Fantasiepreise für so eine Datscha zu bezahlen, um sie dann abzureißen und ein ganzjährig bewohnbares Haus daraufzustellen. Darum hörte Willi hier in der Nachbarschaft nur noch Kindergeschrei anstatt Liebesgestöhne. Jeder Balg war ein Grund für sich, von hier abzuhauen und ins Altenheim zu ziehen. Aber Willi wollte nicht ins Altenheim, schon aus Prinzip nicht: „Ich bin nicht alt!" Daher kriegte jeder, der bei ihm auf der Matte stand mit einem „Angebot, das Sie nicht ausschlagen können", links und rechts eine von ihm in die Visage. Und wenn er sich dann noch einmal blicken ließ, dann gerne auch einen Tritt in die Eier.

Was aber war da drüben los? Hatte Frau Swoboda zwar Kraft genug, sich an jeden Schwanz zu hängen, der ihr über den Weg lief, aber nicht Kraft genug, ihr Häuschen zu halten? Jedenfalls wohnten jetzt andere, Jüngere da drüben.

Ich hatte noch keine zwei Runden auf meinem John Deere gedreht, da hörte ich vom Gartenzaun her einen nach mir rufen: „He! Wir wohnen jetzt hier! Und es ist Mittag! Unser Jason muss schlafen! Also, Sie machen jetzt Pause!"

Die ganze Ansprache war irgendwie sehr, sehr unsympathisch.

Ich fuhr also nahe an den Zaun heran, stellte den Motor ab, schob mir einen Joint zwischen die Lippen, und dann schaute ich mir den Nasenbohrer etwas genauer an, während ich mir den Ofen anzündete: rote Haare, roter Bart, schwarze Brille und ein Shirt, auf dem ATARI stand – genau mein Typ! Solche gab es früher hier nicht, ihm fehlte das gut Abgehangene eines schönen Koteletts, er war ganz Gemüse.

Ich sagte: „Was? Ich hab dich akustisch nicht verstanden!"

Das war nämlich einer meiner Lieblingssätze: „Ich hab dich akustisch nicht verstanden."

Also erklärte er es mir noch einmal, wobei ich deutlich hören konnte, wie er lallte.

„Sie sind zu laut!"

„Ja, und?"

„Lassen Sie das gefälligst!"

„Gefälligst?"

Er nickte, hob seine Bierflasche, deutete damit auf etwas, das hinter ihm in einem Kinderwagen lag, und meinte, wegen dem da drinnen und überhaupt hätte er furchtbare Kopfschmerzen, ich müsse verstehen ...

Ich fragte: „Die Sonne?"

„Party."

„Almabtrieb?"

„Housewarming."

Und deutete mit seiner Bierflasche auf die Bude hinter sich, in der er letzte Nacht gefeiert hatte, während ich auf den Balg deutete: „Gibt's da keine Mutterkuh dazu?"

Ich war da ein wenig klassisch, das gebe ich gerne zu. Aber vor allem fand ich, dass keinesfalls er sich um das Kind kümmern sollte. Er wackelte vor und zurück, dann hob er entschuldigend die Schultern und sagte: „Bei uns verdient sie das Geld. Matilda macht Mode und ist Influencerin."

Ich fragte: „Was?"

„Influencerin."

„Und ich war mir sicher, sie ist in der Stadt und verkauft das Gemüse, das ihr hier anbaut. Andere Frage: Mit ihrer Scheißmode könnt ihr euch das Haus hier leisten?"

„Naja", sagte er, während er nun auch seitlich wackelte. „Noch gehört es ihrer Oma." Er erzählte, dass er hier quasi eingeheiratet hätte, weil mit seiner eigenen Karriere als Filmregisseur nichts weiterging; von der Anschubfinanzierung der Oma, der Starthilfe; mal schauen, was draus würde; wie das lief mit ihr, wenn sie oben im Zimmer blieb, weil er die Alte nicht aushielt und dafür war, dass sie ins Heim ging, weil sie ballaballa sei, und dass überhaupt irgendwie der Wurm drin wäre, seit der Balg da war und sie hier wohnten, und er bei der Geburt dabei war, was ihm nicht gut bekam und so.

Das waren jedenfalls eine Menge Gründe, um zu saufen.

„Und sagen Sie Ihrem Vater da drüben, dass er sich was anziehen soll, meine Frau ist nämlich Ästhetin."

So konnte man auch seine Sommertage verbringen. Die Sonne verbrannte das Gras fünf Meter neben mir, während ich mit dem hier im Schatten seines Hauses stand und wir gemeinsam Willi beobachteten, wie er versuchte, mit dem letzten Rest Grillkohle den Griller anzuwerfen, mit der Grillgabel in der einen Hand und einer Flasche Schwechater Bier in der anderen. Was man halt machte, wenn man Grillmeister war, und nichts, worüber man sich groß aufregen musste.

***

Da sagte der Rotbart plötzlich: „Oh! My! God! Ist das nicht Willi? Willi, das Schwein?“

Ich schob es auf die Sonne, die mir vielleicht zusetzte, und auf den fetten Joint, den ich vielleicht zu schnell geraucht hatte. Jedenfalls war ich schon ziemlich breit, als ich sagte: „Willi ist nicht mein Vater. Aber natürlich ist er ein Schwein.“

„Der Freund von Jack Schleck?“

„Jack ist tot, du Hosenscheißer. Aber früher, ja, da waren Jack und Willi beste Freunde.“ Willi, das Schwein, und Johann Wüst aka Jack Schleck nämlich, The one and only aus Wien-Ottakring, der es drüben in der Pornoindustrie von Burbank, California, mit seiner abnorm großen und unfassbar flinken Zunge zu echtem Weltruhm gebracht hatte. Er schenkte uns Meisterwerke wie *Jack schleckt auf!*, *Jack schleckt 13!* oder *Jack schleckt sie alle!*, was die Fortsetzung von *Jack schleckt 13!* war und vor *Jack schleckt sich durch* in die Kinos kam, aber nach *Jack schleckt zurück*, der im Agentenmilieu spielte.

Trotz der sich ausbreitenden Schwere in meinem Körper wollte ich nun wissen, woher und wieso ein Arschgesicht wie er Jack und Willi kennen würde. Und er erzählte mir, dass die Filme von Jack Schleck auf der Kunsthochschule, wo er studiert hatte, wegen ihrer „Unmittelbarkeit“ und „Authentizität“ und so weiter hoch geschätzt wurden. Ich glaube, er sagte dann sogar noch „Diskurs“ und weiß der Teufel was für seltsame Wörter, die ich nicht einmal buchstabieren konnte.

Und richtig: Ich erinnerte mich wieder, dass vor zwei Jahren einmal eine ganze Abordnung von Idioten wie dem da bei uns im Kino auftauchte, und dass Willi über Jack reden sollte. Und darüber, wie das Business heute so laufen würde, wo ja Zelluloid von Digital verdrängt wird, und was das Abspulen von Pornos in einem Pornokino im MeToo-Zeitalter für eine Aussage wäre. Und dann noch irgendwas mit „Feminismus" und so. Willi hatte selbst keine Ahnung, was der Scheiß überhaupt sollte, und die Mädels von dieser Schule waren da alle längst hinausgegangen, weil ein Mann ihrer Meinung nach auch zu viel schlecken konnte. Und das galt wiederum ihrer Meinung nach erst recht für Jack Schleck mit seinem unglaublichen Lappen.

Aber das war natürlich die komplett falsche Einstellung!

Wie sich also herausstellte, war auch dieser Schwarzbrillenträger damals Teil dieser traurigen Ausflugsgemeinschaft, und offenbar hatte er sich Willis Gesicht gemerkt, was auch sonst? Seine hängenden Eier trug er ja damals unter seinem pinken Anzug spazieren!

Ich hatte genug von dem Scheiß und wollte ihm eine reinhauen, da sagte er: „Moment!" Und holte aus einem Riesenkühlschrank, der bei ihnen irgendwie mitten im Garten stand, ein paar Bierflaschen heraus, deren Inhalt, wie sich herausstellte, mit Wacholder oder Trüffel oder Muskatnuss (oder was weiß ich, was!) angerührt war. So jedenfalls stand es auf den Etiketten, und darum nannte er das Zeug Craft Beer.

Als er mir die Flaschen „mit schönem Gruß an Willi" in die Hand drückte, hatte ich das sehr ungute Gefühl, dass der beim nächsten Mal auf meinem Rasenmäher sitzen würde, wenn ich nicht rechtzeitig etwas dagegen unternahm. Ich hatte also einen Grund mehr, ihm seinen Bart auszureißen, da schrie Willi: „Endlich! Der Pfarrer ist da!"

Und alle schauten zum Eingang, wo der Schlauch gerade seinen gelben VW Jetta einparkte, genau hinter dem roten Amarok. Irgendwo auf dem Weg hierher musste ihm seit letztem Sommer das Geld ausgegangen sein. Denn ein VW Jetta Baujahr 1985 war kein amerikanisches Schlachtross namens Dodge RAM Baujahr 2018.

***

Diese Afrikaner hatten es ja nicht eilig. Anders als die Spanier, die alles auf morgen schoben, schoben die Afrikaner alles aufs nächste Jahr. Nur wenn man etwas brauchte, was man sich wünschte, dann war das Zeug sofort da, keine Ahnung, wie die das machten. „Brauchst du einen Flugzeugträger? Steht morgen vor deiner Tür!“ Und dabei pfiffen sie ein fröhliches Liedchen.

Auch der Schlauch gehörte zu dieser Sorte, die durch die Welt ruderte, ohne sich groß dabei anzustrengen: „Hello, my name is John James!“, sagte er, wenn er sich vorstellte. Dabei zeigte die Grinsekatz ihr Elfenbeingebiss, und das genügte meist schon, um für gute Stimmung zu sorgen.

Natürlich war er auch wegen der Drogen, die er regelmäßig nahm, gut gelaunt. Seine Augen waren so blutunterlaufen und sein Lächeln so breit, dass man ein ganzes Klavier hätte hineinschieben können. Und dann hätten immer noch zwei dicke Äpfel darin Platz gehabt!

Er hupte fröhlich, als er mit seiner Schrottkarre den roten Amarok ein wenig anschob, was den Schwarzbrillenträger fast durchdrehen ließ: „Vorsicht, Bruder John!“, schrie er. „Das ist doch der von Matilda!“

Ich war überrascht: „Ihn kennst du auch schon?“

„Ja, das ist Bruder John! Und Matilda ist meine Frau. Wir haben ihn letztes Jahr kennengelernt. Er ist soooo ... charismatisch!“

Dann passierte etwas Seltsames: Der Bruder ging nicht zu Willis Kartenrunde, nachdem er seinen Rasen betreten hatte, sondern kam direkt auf uns zu. Er schüttelte dem Rotfuchs die Hand, und dann schauten die beiden sich an wie zwei Verliebte. Nur halt wie zwei, die in Drogen verliebt waren und instinktiv spürten, dass der eine welche hatte und der andere welche brauchte.

Der Rotkopf hätte dem Pfarrer sofort einen geblasen, wenn er ihm etwas in die Hand gedrückt hätte. Aber heute genügten die Biere, die er mir plötzlich aus der Hand nahm und dem Schlauch in die Pratzen drückte, wofür der sich ungeniert mit einem Päckchen Weißem revanchierte.

„Schone Gruße an Matilda."

So wie diese Nigerianer nun mal „Schone Gruße" sagten anstatt „Schöne Grüße". Dabei zwinkerte er ihm neckisch zu. Es war hier wie am Fischmarkt.

Um die beiden wieder ins richtige Leben zurückzuholen, nahm ich dem Schlauch die Biere wieder aus der Hand und sagte: „Jetzt aber genug! Du gehst sofort zu Willi, der wartet schon auf dich!"

Er ging zum Kartentisch, auf den Willi richtiges Bier gestellt hatte. Dort zog sich der Pfarrer den Kittel aus und schlüpfte in die Badehose, oder besser: in die Badehosen, denn er brauchte drei, um seinen verdammten Lümmel halbwegs bändigen zu können. Dann setzte er sich, grinste zufrieden, und schon ging es los.

Als ich draußen ein altes Ehepaar vorbeigehen sah, hoffte ich, dass es uns nicht gesehen hatte. Irgendwie war ich seit gestern ein wenig schamhaft geworden, was meinen Umgang mit Männern mittleren Alters und darüber anging. Mit Kubelka im Freibad gesehen zu werden, war schon eine harte Prüfung, und weitere solcher Prüfungen würde ich nicht so einfach wegstecken.

***

Rechts, rechts, links, geradeaus und zwei Mal rechts? Oder links, links, rechts, geradeaus und zweimal links? Oder überhaupt ganz anders? Verdammt, ich wusste einfach nicht mehr, wo mein Japaner stand! In dem ganzen verdammten Neu-Brasilien mit seinen kleinen Gässchen und den immer höheren Häusern kannte ich mich plötzlich nicht mehr aus. Wo war Süden, wo Norden? Wo stand die Sonne? Ganz oben, und sie brannte mir direkt auf den Scheitel, denn meinen Hut hatte ich im Wagen vergessen. In einer meiner Brusttaschen hatte ich noch einen Flachmann, was gut war, aber der war leer, was schlecht war. Gesegnetes Azorenhoch! Die Sonne brannte so heiß herunter, dass sich sogar meine Zehen in den Flip-Flops verstecken wollten. Von irgendwoher hörte ich Hunde und den Motor eines Baggers, der noch durstiger war als ich. Ich war echt geschafft und suchte Schatten, hatte einen Sonnenstich *in the beginning*, und der Flüssigkeitsmangel setzte mir zu. Ich ging wie in einer verdammten Wüste und hatte bald keine Hoffnung mehr, dass ich da noch irgendwann lebend herausfinden würde. Ich sah eine Thuje, hinter der ich mich vor der Sonne verstecken wollte, und dort drüben ein Buxbaum. Ich hasste beides. Also lehnte ich mich gegen den nächstbesten Zaun, um daran zu verrecken – und hinter diesem Zaun lag sie.

Sie schaute mich an mit ihren Augen, die so groß waren wie leer. Verdammt, was für eine Frau! Sie war so bezaubernd schön, dass mir das Herz hinunter zu den Eiern rutschte. Ein Trophäenweib in der Hochblüte, voll ausgebrütet, es war alles dran an ihr, was Spaß machte. Sie war vielleicht fünfunddreißig, davon die letzten fünfzehn Jahre tiefgefroren. Solche Ladys sieht man normalerweise nur an der Seite irgendwelcher Scheißverbrecher aus Scheißkasachstan. Sie war geboren aus Stein, und ihr winziger, gelber Bikini lag wie Blattgold auf einem Engel. Ihre Haut war ockerbraun, ihre Haare kohlpechrabenschwarz, und ihre Augen waren zwei große Mandeln. Ich erinnerte mich an diese Filme aus den Fünfzigerjahren, wo die Ladys immer mit riesigen Hüten am geföhnten Schädel und Sonnenbrillen auf den gepuderten Näschen Zigaretten mit Stiel rauchten. So eine war das. Ich dachte: Leck mich am Arsch!

Und dachte weiters: Wenn ich schon sterben muss unter der gnadenlosen Sonne des Azorenhochs, dann auf ihr. Oder wenigstens neben ihr, gerne auch unter ihr, vor ihr, hinter ihr, am liebsten mit ihr, und – verdammt – wenn es sein musste, dann auch im Taumel von Zärtlichkeit und Geborgenheit, mir scheißegal!

Wenn schon nicht Horst, dann die hier!

Sie schien einsam, vielleicht sogar verloren. Jedenfalls lag sie auf ihrer Liege und hatte ein dickes Buch in der Hand. So dick, dass ich mich schon fragte, ob das überhaupt noch ein Buch war oder schon eine Bibliothek. Sie schaute mich über ihre Sonnenbrille hinweg an, und in ihren Augen sah ich die verzweifelte Langeweile einer Lady, die ... ein verdammtes Buch las!

Ich grüßte, aber sie grüßte nicht zurück, sondern öffnete nur leicht ihre Schenkel, sodass ich sehen konnte, wie diese glänzten. Dann atmete sie tief ein, sodass sich ihr Brustkorb hob und ich sehen konnte, wie sich ihre unglaublichen Nippel ... verdammt!

Irgendwann wurde es ihr zu blöd, von mir angestarrt zu werden (gut möglich nämlich, dass ich den Mund dabei offen hatte). Sie stand auf und kam zu mir her wie dieser James Bond in diesem Film aus diesem Wasser. Nur dass sie halt viel besser aussah als er, weil sie ja eine Frau war, eine umwerfende. Einziges Problem vielleicht, dass sie ihren dicken Schmöker mitnahm. Als sie vor mir stand, versuchte ich, der Schwere ihres Buches mit meiner ganzen Leichtigkeit zu begegnen.

Ich sagte: „Na?"

Und sie antwortete mit aller Schwere, die sie ihrerseits zu bieten hatte: „Falls Sie sich fragen, was das für ein Buch ist: Ich bereite einen Vortrag über die Mechanismen der synaptischen Plastizität und ihre Bedeutung für Lern- und Gedächtnisprozesse vor, den ich am 23. August in Uppsala halten werde."

Dabei hob sie das Buch und tat so, als könnte sie es kaum heben.

Ich sagte: „Ups!"

Überlegte, wo ich dieses Wort schon mal gehört hatte. Fand keine Antwort, blieb aber leicht und locker: „Geht's da um Plastilin, oder um was?"

Sie lachte beinahe hysterisch und senkte ihren Arm. „Nein, oh mein Gott, nein! Es geht im Wesentlichen um Erkenntnisse des US-Amerikaners Eric Kandel, der das Gedächtnis in der Struktur und Stärke der Verbindungen zwischen Nervenzellen gespeichert beschrieb."

Nicht, dass mir das weiterhalf!

Ich klopfte mir gegen den Schädel und fragte: „Dann sind Sie vielleicht Lehrerin?"

Und wusste selbst nicht, wie ich gerade daraufkam.

Wieder lachte sie, und wieder beinahe hysterisch, und endlich hatte ich sie durchschaut: Sie war so verdammt hirnlastig, dass sie keine Zeit hatte, mal in Ruhe zwei Zehen gegeneinanderzureiben und sich daran zu erfreuen, und zwar nur daran. Oder sich einen guten Witz auch zweimal hintereinander erzählen zu lassen und auch zweimal darüber zu lachen, meine Güte, was war denn schon dabei? Oder wie schon Pipi Longstockings, die schwedische Nutte aus den *Pipi-Longstockings*-Filmen mit Dick Karlsson in der männlichen Hauptrolle, nach dem Ficken mit ihm immer sagte: „Jetzt lass uns einfach mal gar nichts tun und nur blöd schauen." Bevor es dann natürlich wieder richtig zur Sache ging. (Note to myself: Diese Filme könnte ich auch noch ins Sommerprogramm mit aufnehmen!)

Mir war mittlerweile so heiß, dass ich wie ein Hund hechelte, und sie fand sogar das irgendwie witzig. Dachte wohl, ich spiele den Hund, obwohl ich in diesem Moment der Hund war. Ich hatte echt Durst, während sie einfach nur dankbar war, mal ausgiebig lachen zu können. Und wenn das der Fall war, dann hatte sie sonst nicht viel zu lachen, so viel stand fest.

Also machte ich noch ein paar dumme Grimassen und zog mir die Hose ganz weit hinauf, sodass ich aussah wie Opa Fritz anno '53, und ihr gefiel auch das. Ich wusste ja auch nicht immer, was ich reden sollte, wenn eine Lady so verdammt gut aussah.

Dann hatte ich endlich die rettende Idee: Mit pelziger Zunge bat ich sie um ein Glas Wasser, Zusatz: „Ich trockne nämlich gerade aus ..."

Sie meinte: „Das wäre allerdings schade."

Und sagte es nicht nur, sondern meinte es auch!

Langsam, sehr langsam ging sie zurück zu ihrem Liegestuhl am Wasser, beugte sich nach vor, öffnete eine Kühltasche und nahm eine Flasche Wasser heraus.

Moment!

Hatte ich „Wasser" gesagt?

Ich rief ihr entsetzt nach: „Ich meinte natürlich Wodka!“

Sie stellte die Flasche Wasser wieder zurück und holte die Flasche Wodka heraus (es war wie im Traum!), leerte reichlich Inhalt davon in ein Glas und gab gut Eis dazu, während ihre beiden herrlichen Arschbacken mich anlachten wie zwei rote Äpfel. Und sie (Hölle auch!) beugte sich dann noch weiter nach vor, nur um mich wahnsinnig zu machen, und sagte kaum hörbar: „Das ist übrigens eine sehr schicke Hose, die Sie da anhaben. Und sie passt perfekt zu Ihren Schenkeln, die darüber hinaus ausgezeichnet mit ihrem Hawaiihemd harmonieren.“

Was war denn da los?

Endlich richtete sie sich wieder auf und kam langsam und wogenden Schrittes (ja, wogenden Schrittes!) auf mich zu, wobei ihre Brüste sich bewegten wie zwei prall gefüllte Ballons (ja, wie zwei prall gefüllte Ballons!). Ein größerer Teil in mir sagte: Die fickst du heute noch, Rock. Ein kleinerer Teil in mir sagte: Sei lieber vorsichtig! Wenn du das nicht träumst, dann kann es ein böses Erwachen geben.

Zwar trug sie keinen Ehering, aber ganz sicher hatte sie einen Stecher. Andererseits: scheißegal, wenn er dich mit ihr erwischt und dir die Visage poliert, sodass du aussiehst wie Ku. Und erst recht scheißegal, wenn er dich vielleicht sogar umbringt – Hauptsache schöner Tod! So wie diese alten Säcke ein paar hundert Meter weiter drüben in Neu-Brasilien bei ihrer Kartenrunde wollte ich nämlich nicht sterben. Und auch nicht in Thailand in einem Zimmer mit einer Thailänderin, die einen Schwanz hat. Und schon gar nicht während der Nacht beim Pissen am Klo.

***

Als ich ihr aber das Glas aus der Hand nahm, konnte ich ihr mit der anderen nicht mehr wie geplant die lange Strähne schwarzen Haares (ja, schwarzen Haares!) aus der Wange schieben und sie gleichzeitig fragen, wie sie heißt, denn es läutete das Phone in der Arschtasche meiner sehr schicken Hose. Ich nahm es entschuldigend heraus, drückte auf Grün und sagte: „Superschnüffler Rock Rockenschaub löst auf alle Fälle alle Fälle, was kann ich für Sie tun?" Was sie schaudern ließ, wie ich sehen konnte, denn ihre Nippel richteten sich noch weiter auf, und auf ihren Unterarmen bildete sich eine leichte Gänsehaut, auf der sich die feinen Härchen zeigten. Und vielleicht wurde sie sogar feucht, als ich meine Stimme extra für sie eine Spur tiefer legte und die Augenbrauen eine Spur höher zog, das kam nämlich immer gut an.

Eine schneidige Stimme am anderen Ende meinte: „Nehmen Sie einen Anruf von Horst Stalka entgegen?"

Während die Ockerbraune in meine Richtung hauchte: „Superschnüffler?"

Und ich zurückhauchte: „Stets zu Diensten."

„Na, was ist?", meldete sich die am Telefon wieder.

Dann überlegte ich laut ins Phone hinein: „Einen Anruf von wem?"

„Stalka!"

„Noch mal bitte."

„Stalka!"

„Nie gehört."

„Er sagt, ich soll Ihnen ausrichten, dass er Bademeister ist."

„Bademeister?"

„Und dass Sie ihn Blondie nennen!"

„Ach, Sie meinen Horst?"

„Sag ich doch die ganze Zeit!"

Wie gesagt: Es war wirklich verdammt heiß. Und ich wusste bisher gar nicht, dass Horst auch Stalka hieß. Ich antwortete: „Immer nur her mit ihm!“

Dann klickte und rauschte es in der Leitung, und endlich hörte ich seine Stimme: „Rock? Ich bin’s!“

Ich war richtig aufgeregt: „Verdammt, wo bist du denn? Liegst du auf einer heißen Lady?“

Dabei zwinkerte ich der heißen Lady mir gegenüber zu.

Er aber klang verzweifelt, als er sagte: „Ich bin im Bau.“

„Aber was machst du denn im Bau?“, rief ich entsetzt. „Ich brauche dich doch im Bad! Die Jugendlichen springen schon seitlich ins Becken!“

Ich hielt kurz die Hand gegen mein Phone und flüsterte der Lady zu: „Mein Kumpel Horst ist im Bau ...“

Als hätte sie es nicht längst gehört!

Trotzdem verging sie beinahe, weil sie in mir wohl einen Vertreter des wahren, harten Lebens sah, von dem nichts in ihrem Hirn-Buch stand, während Horst im Bau weich wie das Plastilin in ihrem Buch wurde und wimmerte: „Du musst sofort kommen!“

Dabei hörte er sich an wie ein Waschweib, aus dem alles Männliche gewichen schien. Ich war beinahe angewidert, als ich ihn so hörte, und richtig froh, als sie ihn mir aus der Leitung nahmen. Das war doch nicht Horst!

Dann stand ich da mit einem Glas Wodka in der einen Hand und mit dem Phone in der anderen. Und die Lady stand hinter dem Zaun mit einer in Großbuchstaben geschriebenen Einladung in den Mandelaugen, ihr da drüben Gesellschaft zu leisten und ihr vielleicht sogar den Arsch einzucremen. Und verdammt! Ich hatte schon so lange nicht mehr eingecremt, ich wusste gar nicht mehr, wie es richtig ging: Musste ich unten anfangen bei den Zehen, oder doch oben bei den Ohrläppchen? Ich starrte sie an, und sie starrte sehnsüchtig zurück. Dabei drang uns beiden der Schweiß aus den Poren, sodass wir einander sogar riechen konnten, und am liebsten hätten wir uns gegenseitig gefressen. Plötzlich glaubte ich zu verstehen, was in Frau Swoboda vorging, wenn sie unersättlich war.

Ich wollte gerade zur Ockerbraunen hinüberspringen und sie mir als späte Mahlzeit zuführen, da blickte sie traumverloren (ja, traumverloren!) an mir vorbei über die Straße und sagte: „Was für ein schönes Auto inmitten der uniformen Gleichheit schwarzer Geländewägen. Ich könnte kotzen, wenn ich einen schwarzen Geländewagen sehe. Dagegen dieses Mintgrün ..."

Moment!

Hatte sie Mintgrün gesagt?

Ich drehte mich um und sah – meinen Datsun!

„Ja, nicht wahr?", sagte ich noch ein bisschen leichter und flockiger als zuvor, während ich meine Augenlider auf Halbmast hängen ließ. „Da tut ein wenig Mintgrün ganz gut inmitten dieser uni ... äh ... dings ..."

„... uniformen Gleichheit."

„Genau die meinte ich. Und wissen Sie was? Das ist zufällig meiner. Ich habe ihn die ganze Zeit gesucht und dachte schon, den finde ich nie wieder!"

„Und jetzt haben Sie ihn gefunden ..."

Dann stand ich da und überlegte. Suchte nach dem Faden, der mich in meinem Leben dorthin leiten würde, wo ich am liebsten sein wollte. Ich dachte daran, die da zu fressen, einerseits. Aber dann kam mir in meinen Gedanken wieder Horst im Bau dazwischen, andererseits. Die da fressen? Oder Horst aus dem Bau holen? Sie? Oder Horst?

Als sich klein Rocky in meiner schicken Hose endlich dafür entschieden hatte, sie zu fressen, gab ihr meine Hand überraschend das Glas zurück, und ich drehte mich einfach um. Wackelte sogar noch einmal mit dem Arsch, als ich die Straße querte, und winkte ihr über die Schulter hinweg zu.

Was zum Teufel war denn mit mir los?

Bei meinem Wagen angekommen, zog ich den Schlüssel aus meiner Arschtasche und sperrte den Mintgrünen auf. Ich setzte mich hinein und steckte den Schlüssel ins Loch. Dann knallte ich die Türe zu, genau als ich sie mit einer Träne im Auge zurückwinken sah. Und dann fuhr ich davon, bevor auch ich noch anfing zu weinen.

(Im Radio dann, als ich es aufdrehte, hörte ich Johnny Ace, der einer Lady seine Liebe versicherte: „Forever my darling my love will be true ..." Als wollte auch der gute, alte Johnny mir sagen, was für ein Idiot ich war. Und weil ich so ein verdammter Idiot war, fing ich dann doch noch zu weinen an, denn: Da oben ging die Sonne dahin, und mit ihr die schönste Möglichkeit, die ich in den letzten vierzig Jahren gehabt hatte. Andererseits: Was den gelungenen Sommer anging, brauchte ich neben dem Azorenhoch einfach meinen Horst dringender als diese perfekte Lady. Ich hoffte nur, dass er es mir eines Tages danken würde. Aber sicher war ich mir da nicht.)

***

Ich parkte mich vor dem Landesgericht ein, und auf dem ganzen Weg hierher hatte ich mich natürlich gefragt, warum Horst da drinnen einsaß. Ich hatte nämlich ganz vergessen, ihn das zu fragen, wegen der Sache mit der Ockerbraunen. Hatte er Leichen im Keller, von denen ich bisher nichts wusste? Schulden, die er mir verschwiegen hatte? Oder gab es irgendwelche anderen Geheimnisse, über die er mit mir einfach nicht reden wollte, weil einer wie Horst nicht redete?

Was ich an meinen Freunden am wenigsten schätzte, das waren Geheimnisse und Überraschungen. Am besten sollte immer alles so bleiben, wie es war. Und das galt insbesondere und vor allem für Horst.

Am Empfang zeigte ich meinen Privatdetektivausweis, den Gutti mir immer im Gegenzug für meine Unterstützung bei Ermittlungsarbeiten verlängern ließ, und fragte den Portier, wo Horst Stalka einsaß. Zusatz: „Er ist Bademeister."

Der Typ blickte von seiner *Gosse* auf, der Zeitung von Vollidioten für Vollidioten, und fragte interessiert: „Bademeister also?"

„Ja, genau. Was dagegen?"

„Nein, gar nicht. Ist er Ihr Freund?"

„Nicht im Sinne von ‚mein Freund', Freundchen. Aber ja, er ist mein Freund."

Da fiel mir auf, dass er auf meine Schenkel starrte, und ich erinnerte mich, dass ich ja im Gefängnis war. Plötzlich fragte ich mich, wie es verdammt noch mal Blondie mit seinen rasierten Eisenschenkeln hier herinnen gehen würde. Und wie erst mit seinen langen, blonden Haaren. Diese idiotischen Tschetschenen, die hier herinnen als halbes Volk eingesperrt waren, sahen in einem, der Blondie hieß und sich rasierte, ja schnell mal einen Schwuli. Und der hier? Was sah der in Blondie? Und was sah er in mir und an meinen Schenkeln?

„Wo ist er?"

Ich ging zur Treppe, und als ich dort war, hörte ich ihn noch immer kichern. Irgendetwas, das in seinem

Drecksblatt stand, schien er irgendwie witzig zu finden. Also ging ich wieder zurück und nahm ihm die Zeitung weg: „Genug gekichert, Freundchen!"

Mit dem Teil in der Hand ging ich hinauf in den zweiten Stock, und während ich darin blätterte, fiel mein Auge auf den Wetterbericht: *„Azorenhoch setzt sich endlich fest. Strahlender Sonnenschein während der nächsten acht Wochen."*

So ist gut!

Ich jedenfalls war zufrieden, denn nun stand fest, dass ich die richtige Entscheidung getroffen hatte, als ich die Ockerbraune schweren Herzens stehen ließ. Ich brauchte jetzt nur noch Horst für die nächsten acht Wochen, damit das ein wirklich gelungener Sommer im Bade werden konnte.

Als ich weiterblätterte, erlitten meine Pläne allerdings einen herben Rückschlag: *„BLOGGERIN VON BADEMEISTER VERGEWALTIGT."*

Könnte das etwas mit Horst zu tun haben? Und ... Bloggerin?

Der Verdacht verstärkte sich, als ich weiterlas: *„Kerstin Block, die Lehrerin mit dem Blog, von Bademeister vergewaltigt: ‚Es war schrecklich!'"*

Mir blieb beinahe die Spucke weg. „Kerstin Block, die Lehrerin mit dem Blog"? Das war dann womöglich die, von der die Dicke im Bad gestern geredet hatte?

Plötzlich bedauerte ich, dass ich nicht doch bei der Ockerbraunen geblieben war. Zur Not hätte ich ihr beim Lesen ihres Buches zuschauen können, wenn es schon sonst nichts anderes zu tun gab. Schließlich gab es auch mit so einer nicht durchgehend etwas Geiles zu tun, und am Ende fiel vielleicht auch so einer ein, dass sie *etwas unternehmen* wollte, was für einen Mann der Horror schlechthin war.

Ich riss die Seite mit dem Wetterbericht heraus und steckte sie mir in die Arschtasche zu all dem anderen Zeug, das dort bereits steckte. Horst sollte auf keinen Fall lesen müssen, dass sich das Azorenhoch endgültig festgesetzt hatte, während er hier herinnen einsaß. Aber auf die Sache mit der Vergewaltigung würde ich ihn natürlich ansprechen müssen. Darüber mussten wir *reden*.

Ich rollte die ganze Zeitung zusammen und steckte auch sie in meine Arschtasche. Dann ging ich den langen Gang hinunter, wo am Ende eine blondgelockte Wärterin mit fleischigem Gesicht und noch fleischigeren Knien auf mich wartete, um mich in den Besucherraum zu führen, dort war es nicht weniger heiß als gerade am Gang. Gab es jetzt also schon Wärterinnen im Männerknast?

Sie war Mitte vierzig und sah aus wie ein kleines Fass, das man in eine zu enge Pfadfinderuniform gesteckt hatte. Schon nach zwanzig Meter Fußmarsch war sie richtig mitgenommen, und sie roch auch so. Für ihren Arsch brauchte sie einen eigenen Ausweis, um ihn zu Dienstbeginn hier hereinzukriegen. Die Schweißflecken an ihrer grünen Uniform waren tennisschlägergroß, ich lächelte sie müde an, und sie lächelte noch müder zurück: „Was gibt's zu lächeln?", fragte sie mit sanfter Mäusestimme, sie war irgendwie ganz Sanftheit, Friede und so, möglicherweise sang sie im Chor.

„Kurze Hosen stehen nicht jedem!", sagte ich mit tiefem Bass.

Das klang natürlich eingebildet, aber: Meine enge Adidas-Retrohose in Rapid-Grün-Weiß passte perfekt zu meinen behaarten, gebräunten Schenkeln, und sie harmonierten *darüber hinaus* perfekt mit meinem gelbweiß-grünen Hawaiihemd. Das hatte ja auch gerade die

Lady am Gartenzaun gesagt, und ihre süßen Worte hallten immer noch nach. Ich konnte mir „eingebildet“ also leisten, wenn es um kurze Hosen ging.

Sie sagte nur: „Wenn Ihnen diese Oberflächlichkeiten so wichtig sind – schön für Sie.“

Wenn eine so einen Scheiß redete, dann wurde ich unsicher und verletzend. Ich sagte: „Es ist Sommer! Sie könnten voll im Saft stehen, aber Sie stehen nur voll im Fett.“

Sie lächelte es weg, sanft und friedlich und irgendwie „in sich ruhend“, wie das Kubelka immer nannte. Sie bot mir freundlich einen Sessel an, der an einem Tisch in der Ecke stand. Und wie sie dabei lächelte, ließ sie mich eine verdammte Wärme spüren, obwohl es wirklich schon heiß genug war.

***

Als sie Horst endlich hereinführten, stand ich wieder auf und stellte mich vor ihn. Ich war auch nicht klein, knappe eins neunzig, aber Horst war eben Horst. Wirklich sehr beeindruckend. Sofort wusste ich wieder, warum ich ihn bewunderte. Ganz eindeutig war er immer noch über zwei Meter groß, auch wenn er hier im Bau ein wenig geschrumpft zu sein schien.

Wir nahmen gemeinsam am Tisch Platz, saßen uns dort gegenüber und schauten uns tief in die Augen. Und die Wärterin, die nicht weit von uns entfernt stand, schaute uns dabei zu. Ich sah in Horsts Augen immer noch den Blick meines Freundes, von dem ich mir sicher war, dass er nie eine Lady vergewaltigen würde. Warum auch? Einer, der jeden Tag fünf Ladys haben konnte? Zehn? Der sich sogar immer wieder mal darüber beklagte, wie anstrengend sein Sexleben war und wie hoch die „körperliche Belastung", die dieses erfüllte Sexleben für ihn bedeutete?

Allerdings sah ich jetzt in seinen Augen auch nackte Verzweiflung. Und irgendwo in diesen Augen ganz hinten schien es mir, als läge dort ein Geheimnis.

Verdammt!

Ich haute ihm die Zeitung über den Schädel, bevor ich ihm die Meldung aus dem Chronikteil vorlas, und dann fragte ich ihn: „Kerstin Block, die Lehrerin mit dem Blog! Sag mal, schämst du dich nicht?"

„Doch."

„Hast du sie vergewaltigt?"

„Natürlich nicht!"

„Dann erzähl mal!"

Und er erzählte: „Vor drei Tagen lag im Bad eine Dicke auf der Wiese unter diesem Baum. Sie war mir bis dahin gar nicht aufgefallen, weil ..."

Ich unterbrach ihn: „,... sie Typ Mauerblümchen war?"

„Ja."

„Fünftes Rad am Wagen?

„Genau."

„Eine, durch die man hindurchschaut?""

„Du sagst es."

„Warum hast du sie dann vergewaltigt?"

Diese Technik der hinterhältigen Fragestellung war ein kleiner, bewährter Trick, um aus den Leuten die Wahrheit herauszukitzeln. Viele verplapperten sich dann nämlich, und es sprudelte einfach aus ihnen heraus.

Nicht so Horst: „Ich hab sie doch nicht vergewaltigt! Ich hab sie nicht einmal angerührt!"

Und dann, mit verschämtem Blick auf die Wärterin, die uns in ihrer ganzen verdammten Sanftmütigkeit zuhörte und anschaute: „Sie war mir doch viel zu dick ..."

Horst und die Dicken! Das war ein eigenes Kapitel. Nicht, dass sie nicht eingecremt werden wollten von ihm. Und nicht, dass sie es nicht immer wieder versuchten bei ihm. Aber natürlich nützte ihnen das nichts! Horst hatte nämlich Ansprüche. Und wer selbst hat, der kann viel geben, und wer viel gibt, der darf natürlich auch viel erwarten – aber halt kein Fett!

(Genau jetzt fiel mir ein, dass er immer irgendeiner Dicken nachschaute, wenn er im Gras hockte und Blümchen zupfte. Jetzt fiel es mir plötzlich ein, und ich fragte mich: Wieso?)

Horst blickte zu Boden wie Obelix, wenn er ein Wildschwein zu viel gegessen hatte, bevor er fast entschuldigend zur Wärterin hinüberschaute. Dann sagte er: „Es war Punkt zwölf Uhr dreißig, als ich im Bad meine Runde drehte, um die hinteren drei Mistkübel auszuleeren. Danach treffen wir uns ja immer zum Herrengedeck bei Erwin. Aber du warst nicht da, du warst ja bei Willi!"

Ich dachte: Wäre ich doch da gewesen und nicht bei Willi!

„Da hörte ich sie auf einmal ‚Gesundheit!' von unter dem Baum sagen, als ich dort gerade einen Niesanfall hatte. Ich sagte: ‚Danke!' Und was sagte sie? ‚Wenn du nicht gerade außergewöhnlich stark verkühlt bist für diese Jahreszeit, dann würde Kerstin Block, die Lehrerin mit dem Blog, sagen, dass du eine starke Allergie auf Pappeln hast.'"

„Dieses Frauending?", fragte ich.

„Ist kein Frauending", sagte die Wärterin mit immer noch sanfter Stimme. „Auch Männer können allergisch sein."

Und zuckte nicht einmal mit der Wimper, als ich sie fragte: „Dann muss man sich auch nicht dafür schämen?"

„Nein, muss man nicht“, sagten Horst und sie beinahe gleichzeitig, und es war, als gäbe es da etwas zwischen den beiden, was Kubelka eine verdammte Scheiß-„Basis“ nannte.

„Und weiter?“, wurde ich langsam ungeduldig.

„Naja, sie fragte, ob ich immer zu niesen anfange, wenn ich an diesem Baum vorbeikomme, und was soll ich sagen? Ja! Immer, wenn ich dort meine Runde drehe, fängt es an. Ist dir nie aufgefallen, wie oft ich niese, wenn wir nach meiner Runde ein Herrengedeck zu uns nehmen? Ich rotze dann. Und wie ich dann rotze!“

Wenn man alles an Horst zusammen auf einen Haufen warf und in den Sack mit den guten Eigenschaften steckte, dann blieb im anderen Sack mit den schlechten Eigenschaften vielleicht wirklich nur übrig, dass er immer wieder stark rotzte.

„Ist mir bisher aber nicht aufgefallen!“, sagte ich, und die sanfte Wärterin dachte wohl, ich wäre gerade aus dem Kindergarten entlassen worden, wegen anhaltender Trotzphase. (Aber sie hatte ja keine Ahnung von Horst! Er war ohne Fehl und Tadel. Er strahlte diese massive, alles zerstörende Männlichkeit aus. Er war Horst, der Gigolo, dessen Credo Geben und Nehmen war, weil er es den Ladys richtig geben musste, während er sie sich nahm. Eben Horst. Und darum ging er mir auf den Sack mit seiner Allergie, seinem Niesen und diesem ganzen unmännlichen Gehabe! Und die Wärterin ging mir langsam auch auf den Sack mit ihrer verdammten Einfühlsamkeit und ihrem Verständnis für seine Unmännlichkeit. Ich fragte mich, wo ich hier überhaupt gelandet war. In einer Hausfrauen-Sprechstunde?)

Ich wollte gehen, aber da fing Horst gerade erst an, sich „zu öffnen“ (wie das Kubelka wohl nennen würde). Erzählte, wie verletzlich und hilflos er sich fühlte, wenn er niesen muss und ihm die Augen anschwollen. Und immer, wenn er das richtige Wort nicht fand, servierte es ihm die Sanftmütige. Bis ich ihr verärgert in die Parade fuhr: „Das ist Horst! Er ist nie verletzlich und hilflos! Hören Sie! Nie! Und er niest auch nie! Nie!“

(Dass ein Bademeister im Freibad schlecht sieht, wo doch die Bikinis mit jedem Jahr immer noch kleiner wurden, das konnte man ihm einfach nicht wünschen! Darum wollte ich auch nicht sehen, dass Horst niesen musste und ihm die Augen anschwollen, wenn er an diesem Scheißbaum vorbeiging, obwohl ich es natürlich sah.)

Ich fragte genervt: „Also weiter?“

Und er fing wieder an. Erzählte, dass ihm diese Dicke im Bad diese Kerstin Block mit dem Blog empfohlen hätte, die sich mit Nachhaltigkeit, Balance, Natur und eben Achtsamkeit beschäftigte und dem ganzen anderen Zinnober, bis ich wieder dazwischen ging und sagte: „Leckt mich am Arsch mit eurer Achtsamkeit!“

Aber gegen „Resilienz“ konnte ich dann nichts mehr sagen, weil ich das Wort nicht verstand, Horst aber neuerdings schon, auch wenn er es nicht gleich richtig aussprechen konnte: „Kerstin Block sollte mich reso...“

„Was?“

„... resa...“

„Wie?“

„... resilienter ...?“, half ihm wieder die Wärterin, und was soll ich sagen?

„Genau! Sie sollte mich resilienter machen, und dann gab sie mir die Nummer und die Adresse von der. Rock! Ich war echt verzweifelt. Weißt du, wie es einem geht, wenn man ständig niesen muss? Ich rief sie also an, und sie lud mich ein ...“

(Zu dir? Zu mir? Das war das alte Spiel, das Horst wie kein anderer beherrschte. Er ging nämlich nie mit zu den Ladys, nie! Stattdessen nahm er sie immer mit zu sich nach Hause, immer! Und jetzt wurde ihm das vielleicht zum Verhängnis? Dass er fremdes Terrain betreten hat, das er nicht im Griff hatte?)

Noch bevor er weiterreden konnte, entwickelte ich eine Strategie, wie er sich solchen Schlamassel in Zukunft ersparen konnte: „Du veranstaltest in Zukunft nur noch Dreier, kapiert?"

„Ich mit zwei Ladys?"

„Nein. Du mit einer Lady und mit mir!"

„Mit dir? Wieso denn mit dir?"

Weil ich dann von seinem Reiz auf die Frauen profitiert hätte!

Das wäre die ehrliche Antwort gewesen, aber die sagte ich ihm natürlich nicht. Stattdessen sagte ich ihm Folgendes: „Wenn dich dann eine der Vergewaltigung beschuldigt, dann kann ich bezeugen, dass du es nicht warst!"

„Und wenn sie uns beide beschuldigt?"

„Dann halt ein Dreier mit uns beiden und einer, die nicht richtig Deutsch spricht!"

Okay, ich hatte das noch nicht richtig durchgespielt. Aber es war immerhin ein Ansatz!

Die Wärterin lächelte ihm sanftmütig zu, als Horst wegen dem, was ich redete, ganz still und nachdenklich wurde. Aber anstatt neuen Mut zu fassen, sagte er: „Vielleicht ist das der Preis, den ich bezahlen muss, weil ich die Dicken immer verschmähte?"

War das eine neue Variante seiner Blümchenzupfnummer? Bei der Wärterin mit den Schweißflecken kam das gut an, aber ich sah die Sache anders: „Bist du denn komplett verrückt geworden?", schrie ich ihn an.

„Du hast doch bisher alles richtig gemacht in deinem Leben! Alles!“

Naja, dachte ich dann, als er weitererzählte. Vielleicht, bis er bei dieser Kerstin Block an der Tür geläutet hatte.

„Denn stell dir vor“, sagte er. „Es war die Dicke aus dem Bad selbst!“

Ich hatte in diesem Sommer schon einige Treffer einstecken müssen, seit sich das Azorenhoch gebildet hatte, aber das war einer der härteren: „Im Ernst? Die Dicke von unter dem Baum war Kerstin Block?“

„Ja! Sie sah zwar anders aus als die im Bad, hatte auch eine andere Frisur, und sie gab sich ganz anders, mehr so wie eine Lehrerin. Aber es war die aus dem Bad! Obwohl sie dort über diese Kerstin geredet hat, als würde auch sie sie nur aus dem Internet kennen. Zu Hause sagte sie dann einfach: ‚Überraschung!‘ Und dann bat sie mich in ihre Erdgeschoßwohnung mit Türe zur Straße nach vorne und Türe zum Garten nach hinten. Dort saß ich im Wohnzimmer auf der Couch, bis sie mit einem Kännchen Tee samt zwei Bechern hereinkam. Dort war ein Teppich von irgendeinem Indianerstamm, auf den ich mich stellen sollte, und sie kniete sich vor mich, wie sie das mal bei so einem Indianerbrimborium gesehen hatte, fehlte nur noch das Zelt, aber keine Ahnung, worum es ging.“

„Keine Ahnung, worum es ging? Sie kniete vor dir, und du solltest dich vor sie hinstellen? Spinnst du?“

Es war das erste Mal, dass die Wärterin auf meiner Seite zu sein schien; dass auch sie nicht verstand, warum er nicht verstanden hatte.

„Sie fragte mich, ob ich den Tee jetzt wolle. Ich wollte ihn und trank ihn. Dann fing ich an zu schwitzen wie eine Frau im Wechsel. Sie stand auf und öffnete die Türe zum Garten, wegen der frischen Luft."

Ich wusste sofort, dass sie ihm die Türe zur Hölle öffnete!

„Ich fing an zu niesen, und als sie zurückkam auf den Teppich und sich wieder hinkniete, habe ich sie vollgerotzt von oben bis unten, wirklich überall. Dann ging sie hinaus und sagte, sie würde ein paar Taschentücher holen, aber für sich, nicht für mich. Irgendwann setzte ich mich und wartete vor diesem Scheißtee, und als sie wieder zurückkam, hatte sie zwei Bullen mit im Schlepptau und sagte: ‚Dieser Mann! Es war dieser Mann!' Sie stotterte, als sie das sagte, und zeigte auf ihr Kleid. Es war ..."

„Was?"

„... voll mit Blut. Und sie hatte plötzlich Blut auch im Gesicht. Und dann behauptete sie, dass das, was da an ihrem Sommerkleid klebte, mein Zeug war. Es war aber gar nicht mein Zeug, sondern eben mein Rotz! Rock, du glaubst mir doch, dass ich es nicht getan habe!"

Ich sagte: „Natürlich glaube ich dir, alter Kumpel! Aber warum zum Teufel trinkst du im Sommer Tee?"

***

Ich versprach Horst, mir diese Kerstin Block ein wenig genauer anzuschauen und etwas über sie herauszufinden, was ihm vielleicht helfen konnte: War sie eine gewohnheitsmäßige Lügnerin? War sie eine gespaltene Person, wie Ku das nannte? Warum sonst redete eine, die im Bad unter einem Baum lag, über sich selbst in der dritten Person? Solche Sachen.

Wir mussten ihn da hinaushauen, keine Frage, denn sein Fall war bei Richterin Blau gelandet, wie er mir noch erzählte. Der braunen Sau mit der trockenen Scheide, die in der ganzen strafmündigen Männerwelt gefürchtet war, weil sie Männer einfach irgendwie nicht leiden konnte. (Außer es handelte sich um ihren kleinen, schielenden Innenminister, der vielleicht noch eine Spur brauner war als sie selbst, und das nicht nur am dreckigen Arsch. Wie man sich erzählte, trafen die beiden sich öfters im Bondage 88, einem Sadomasoclub für Vollnazis, wo man sich fesseln und in den braunen Arsch ficken lassen konnte. Es gab allerdings keine gesicherten Infos darüber, wer von den beiden wen fesselte und in den Arsch fickte. Das ganze Land war irgendwie völlig im Arsch, seit diese Idioten an der Macht waren.)

Ich musste dann dringend weg von hier, wollte draußen das Azorenhoch genießen, war auch schon bei der Türe, als Horst mich an der Schulter fasste und mit besorgter Stimme sagte: „Noch etwas, Rock. Ich kann in zwei Jahren in Pension gehen, und dann will ich mein Leben endlich genießen ..."

Das war ein schöner Satz von einem, der Bademeister war und seit vierzig Jahren das Leben genoss. Oder hatte er es am Ende gar nicht genossen, und ich bildete mir das nur ein? Er stand jedenfalls da wie der Blümchenzupfer, der immer wieder aus ihm herausbrach, und nicht wie der Bademeister, den ich in ihm sah, als er wissen wollte, wie es im Bad so lief. Leider musste ich besorgt den Kopf schütteln und ihn Folgendes wissen lassen: „Sie springen seitlich ins Wasser."

Verzweifelt schlug er sich gegen die Stirn. Das war für jeden Bademeister der Horror schlechthin, wenn man sich in der Stadt erzählte: „Schon gehört? In dem Bad, in dem Horst Bademeister ist, springen die Jugendlichen seitlich ins Wasser!" Das kam einem vollkommenen Autoritätsverlust gleich, und Horst wusste genau, was das für ihn bedeutete: „Sie werden mich hinauswerfen."

Ich versuchte, den Ball flach zu halten: „Mach dir mal keine Sorgen, Meister. Friederike stempelt deine Karte ..."

Aber als ich daran dachte, dass Friederike seine Karte stempelte, und ich nicht wusste, wie lange sie das noch tun musste, kriegte ich selbst die Krise: Was sollte ich ohne ihn dort machen? Ohne seine glänzende blonde Mähne? Ohne seine Lederhaut? Ohne ein Herrengedeck mit ihm am frühen Nachmittag? Und ja, auch ohne seinen verdammten Rotz, den ich bisher einfach nicht sehen wollte.

Horst schaute mich ebenso verzweifelt an wie ich ihn, und dann fragte er: „Kannst nicht du ...?"

Ich hob die Hand zur Abwehr: „Was? Nein."

„Bitte."

„In deiner weißen Badehose? Für dich einspringen?"

„Ja."

„Nein."

„Bitte!"

„Aber ich seh dir doch überhaupt nicht ähnlich! Und deine weiße Badehose ..."

„... passt dir bestimmt wie angegossen."

Das war eine freundliche Ansage, wenn man schon mal sein Teil in dieser Hose gesehen hatte. Nicht, dass ich mich verstecken musste, aber Horst war eben Horst. Auch, was den Inhalt der Badehose anging.

Ich sagte: „Vergiss es!"

Bademeister reizte mich zwar mehr als Kartenspieler, aber: Ich konnte nicht schwimmen! Davon hatte ich noch niemandem erzählt, weil es peinlich war, wenn man im Becken nicht mal wie ein Hund von einer Seite zur anderen kam.

Doch plötzlich hatte ich eine Idee: „Ich weiß, wer wieder Ruhe und Ordnung in deinen Laden bringen kann. Also don't worry, baby. Be happy."

Draußen angekommen, ging ich zu meinem Datsun, zündete mir einen Joint an und zog kräftig durch. Aber trotz Vaya Con Dios wollte sich „happy" nicht richtig einstellen.

***

Um schwierige Fälle zu lösen, brauchte man gute Ideen. Und bei sehr schwierigen Fällen half es, wenn man eine richtig gute Idee hatte, die wie eine Klatsche war, mit der man viele Fliegen auf einmal erledigen konnte.

Meine Klatsche hieß Lemmy.

Es war noch nicht acht Uhr früh, da hüpfte ich schon hinunter ins Quattro Stazzione, wo er auf seiner Couch vor dem Computer saß und Pornos schaute. Keine Frage, wir hatten ihn an das Internet verloren, der dümmsten Erfindung nach der E-Zigarette. Ich zündete mir eine richtige an, setzte mich neben ihn, zog ihm die Hand aus der Hose, was mich einige Überwindung kostete, und fragte ihn, ob er das Pornofenster mal kurz schließen und stattdessen etwas mit „Kerstin Block, die Lehrerin mit dem Blog" in sein schlaues Teil eingeben könne.

Es dauerte, bis er sich aus der Lümmelstellung in die aufrechte Haltung gebracht hatte. Und dann dauerte es noch ein bisschen, bis der Aschenbecher endlich links vom Laptop stand, wo er seiner Meinung nach hingehörte, und die Bierflasche rechts davon, damit alles seine Ordnung hatte. Am Zustand seiner Tastatur konnte ich jedoch erkennen, dass Bier und Zigaretten auch oft auf der Tastatur standen, und auch auf seinem

Tisch um den Laptop herum sah es aus wie nach einem kleinen, feinen Krieg. Alles klebte. Aber was das war, das da klebte, wollte ich lieber nicht so genau wissen.

Ich sagte: „Verdammt, Lemmy! Wie willst du denn da noch etwas eintippen?“

Er sah mich mit einem Hauch von Überlegenheit an, als er die Zeigefinger seiner beiden Hände hob, dann fragte er: „Was soll ich reinhauen?“

„‚Kerstin Block, die Lehrerin mit dem Blog.‘ Sie hat Horst angezeigt, weil er sie angeblich vergewaltigt hat, jetzt sitzt er im Bau.“

Er haute schneller rein als eine Sekretärin auf Speed. Als die ersten Fotos auf seinem Bildschirm auftauchten, bestätigte sich, was Horst mir gesagt hatte: Die Dicke im Bad, die auch Kubelka angefilmt hatte, war Kerstin Block, die Lehrerin mit dem Blog. Und wenn sie Horst die Nummer von derjenigen gegeben hatte, die sie selbst war, damit er sie besuchte, was wäre dann passiert, wenn auch Ku diese Nummer genommen und sie angerufen hätte, wegen der „Probleme“, die wir ihrer Meinung nach hatten?

Ich wollte lieber nicht daran denken, öffnete ein Bier zu Beruhigung, und dann schauten wir uns ein paar Fotos von ihr an. Man sah sie darauf in Kleidern, die nicht jeder standen, weil man dafür hundert Kilo wiegen musste. Dazu trug sie Handtaschen und Schuhe, die angeblich zur Kleidung gehörten, was aber nicht stimmen konnte, weil zu dieser Kleidung nur Müllsäcke passten, in die man sie werfen konnte. Die Fotos waren garniert mit jeder Menge guter Ratschläge, wie man sich auch als Plus-Size-Lady schön fühlen kann (was aber gar nicht geht!), und Tipps, wo man das Zeug kaufen konnte, um darin „sexy“ auszusehen.

Lemmy sagte: „Geile Alte.“

Dann drückte er auf „Videos“, und wir konnten ein paar Filmchen mit ihr sehen. Andere Filmchen als die, die Lemmy sich gerade angeschaut hatte und die wir bei Willi im Programm hatten. Diese Kerstin war dabei meistens in ihrer Küche zu sehen, wo sie Obst und Gemüse schnitt und Sachen sagte wie eben „Achtsamkeit“, „Ganzheitlichkeit“ oder „Ökologischer Fußabdruck“. Warum sie das machte, und was sie genau damit sagen wollte – keine Ahnung! Es sah weder geil aus, noch hatte es irgendeinen Sinn. Aber hätte sie nackt auf dem Tisch getanzt, hätte es auch keinen Sinn ergeben!

Ich deutete auf eine Zahl am unteren Rand eines der Filmchen und fragte Lemmy, was die zu bedeuten hätte: „502?“

„Dass sich fünfhundertzwei Leute das Video angeschaut haben“, sagte er. „Beziehungsweise wurde es fünfhundertzweimal angeklickt, vielleicht auch nur von einer Person.“

Ich sagte: „Ganz schön viel.“

„Ganz schön wenig, wenn du bedenkst, wie oft zum Beispiel *Whole Lotta Love* angeklickt wurde.“

„Wie oft?“

Er schaute nach: „Fünfundachtzigmillionenmal.“

Ich war beeindruckt, er nicht: „Kennst du Whitney Houston?“

„Nie gehört.“

Er fing an zu singen: „And Eiiiiiiiiiiheiiiiiiheiiii will alwaysssss loovee youuuuuuuuu ...“

Ich bat ihn aufzuhören, und er suchte das Filmchen, auf dem sie dieses Lied trällerte. Es war achthundertzweiundfünfzigmillionenmal angeklickt worden, was mich zu der Frage brachte, wie viele Menschen eigentlich auf der Erde lebten. Er sagte: „Keine Ahnung, aber ich schätze mal: Mindestens fünfhundert Milliarden.“

„Gibt's noch andere Filme von Kerstin Block?"

„Hier. Auf den hatte sie vierzehn Zugriffe. Auf den dreiundzwanzig, und auf den dreiundvierzig."

Auf dem mit dreiundvierzig räumte sie ihre Wohnung auf, und zwar nach den Anleitungen einer gewissen Doris Knecht. Auf dem mit vierzehn zeigte sie uns, wie man Biomüll entsorgt. Und auf dem mit dreiundzwanzig Zugriffen zeigte sie uns eine Tomate und sagte, dass man die nicht in den Kühlschrank legen sollte und dass die Tomate eigentlich Paradeiser heißt. Was sie uns aber nicht zu sagen brauchte, denn wir aßen keine Tomaten, auch nicht, wenn sie Paradeiser hießen.

Lemmy drückte den Scheiß weg und erklärte mir das System: Je mehr Zugriffe man für seine Filmchen hatte, desto mehr Geld konnte man mit Werbung dabei verdienen. „Klicks sind die neue Währung der Aufmerksamkeit ..."

„Leck mich am Arsch mit Aufmerksamkeit!"

„Du kannst am Abend ins Bett gehen und sagen: So und so viele haben mein verdammtes Video angeschaut. Da schläfst du dann einfach besser. Also vielleicht wollte sie einfach mehr Aufmerksamkeit und hat ihn deswegen angezeigt."

Das hörte sich ganz schön krank an, aber die Welt war nun mal krank.

„Hast du auch so was?", fragte ich.

„Na, klar habe ich den Lemmy-Channel! Dort zeige ich den Leuten, wie man selbst Gras anbaut und so. Wann und wie stark du gießen musst."

„Und?"

„Zwischen zweimillionen- und viermillionenmal."

„Gießen?"

„Wurden meine Filme angeschaut!"

„Dann verdienst du richtig Geld damit?"

„Scheiß auf Geld! He! Ich mache das, weil ich die Menschen glücklich sehen will."

Das war das Stichwort. Ich fragte: „Willst du auch mich glücklich machen?"

Er schaute auf meine Hose und sagte: „Naja, eigentlich nicht so gerne."

Als würde ich mir von einem ohne Zähne einen blasen lassen!

„Nicht so, du Spinner! Ich kann dir neue Absatzmöglichkeiten eröffnen, wenn du im Gegenzug etwas für mich tust."

Und Absatzmöglichkeiten konnte er brauchen, nicht nur, weil er sich selbst die Kunden vertrieb mit seinen Files. Auch das Azorenhoch drückte schwer auf seinen Umsatz, weil die Leute bei Sonnenschein einfach aus sich heraus relativ gut drauf waren und sein Gras, mit dem man gut drauf sein konnte, nicht brauchten, auch wenn sie schlecht drauf waren. Sie kamen dann nicht zu ihm herunter in den Keller, um einzukaufen, sondern gingen lieber irgendwohin Eis essen oder tranken im Park Dosenbier.

Ich sagte ihm also, dass er ein paar große Säcke mit kleinen Säckchen Vaya Con Dios drin einpacken und mitkommen solle.

„Wohin?"

„Ins Bad!"

„Aber ich hab doch erst ..."

„Du musst ja nicht baden!"

***

Ich setzte ihn in den Datsun, und während der Fahrt hinaus ins Bad erzählte ich ihm, was mit Horst passiert war, und dann erklärte ich ihm meinen Plan. Lemmy war vom Typ her Nachtmensch und trug, falls er überhaupt etwas trug, enge schwarze Jeans und die immer gleiche, von außen her mit Bier durchtränkte und von innen her mit Schweiß versorgte Lederjacke, wie sie nun wieder bei heimischen Rockbands beliebt war. Er hatte also noch nie eine Badehose getragen, äußerte aber überraschend klare Vorstellungen davon, wie sie aussehen sollte und sich anfühlen musste, als ich ihn darauf ansprach: „Sie darf nicht zu weit im Schritt sein, aber auch nicht zu eng!“ Darauf legte er Wert, während er seinen Kopf beim Fenster hinaushielt und Haare, Zunge und Ohren im Fahrtwind wackeln ließ.

Draußen im Bad stellte ich ihn schließlich neben das Kassenhäuschen und besprach alles mit Friederike, da war es knapp vor neun Uhr. Sie hatte Horsts Karte noch nicht gelocht, ihn aber auch noch nicht als krank oder abgängig gemeldet. Ich erzählte ihr von meinem Besuch bei ihm und von der Lage, in die er unverschuldet geraten war, und wiederholte das Wesentliche gleich noch einmal, damit es für alle klar war: „Unverschuldet! Im Bau! Wegen einer Dicken!“

Sie schien traurig, nicht wütend, als ich „die Dicke“ sagte, und zögerte, als ich von ihr verlangte, der Dicken ewiges Hausverbot zu erteilen, sollte sie noch einmal hier auftauchen.

„Die immer unter dem Baum liegt!“

Dann sagte ich es noch einmal: „Als hätte Horst es nötig, sich eine Dicke zu nehmen!“

Das war natürlich nicht sehr einfühlsam von mir, wie ich gleich merkte, schon gar nicht neben Friederike, aber es rutschte mir halt heraus. Normalerweise nahm sie so etwas locker, denn sie war hart im Nehmen (wie alle Dicken). Aber diesmal senkte sie die Augen und wurde traurig. So traurig, dass ich mich schon bei ihr entschuldigen wollte: „Friederike, mit dick meine ich doch nicht dich."

Bis sie plötzlich sagte: „Aber Horst mag Dicke ..."

Das wurde ja immer schöner. Fehlte nur noch, dass mir jemand bestätigte, dass die Erde doch eine Scheibe war.

Ich fragte: „Was? Wer? Horst?"

Sie nickte leise.

„Sicher?"

Sie nickte stärker.

„Tut er nicht!"

„Doch."

„Horst ist Horst. Er kann alle haben."

„Du idealisierst ihn."

„Sag nicht so etwas zu mir."

Sie schaute verschämt zu Boden.

Es war absurd, aber endlich kapierte ich: „Du und ... äh ... Horst? Ihr beide?"

Sie nickte: „Ich weiß, ich sehe nicht aus wie Bunny Beach aus den *Beachbunny-I–IV*-Filmen, über die ich dich immer reden höre. Aber ist dir nie aufgefallen, wie sehr du Horst mit Bunny Beach langweilst?"

„Was?"

„Ich wette, er schaut lieber in einen Sack Popcorn hinein, bevor er sich diese *Bunny Beach* auf der Leinwand anschaut. Glaube mir, so eine wie sie ist nicht, was Horst wirklich sucht. Diese ganzen dünnen und sportlichen Beachbunnys, hinter denen du ihn immer herjagst, damit sie ihm ihre Nummer geben, das ..."

„Stopp!"

Ich wollte das nicht hören. Zündete mir einen Joint an und ging in mich. Frage: Ich soll ihn hinter den Bunnys herjagen? Und ich soll ihn idealisieren? Antwort: Was für ein Scheiß!

Andererseits ...

Nachdem ich lange genug dagestanden war wie ein Idiot, hakte ich noch einmal nach: „Wenn er diese leckeren Beachbunnys nicht will, was will er dann? Hm?"

„Du weißt, ich habe nichts gegen einen ordentlichen Fick. Aber er wollte immer nur ..."

„Was? Deine Fingernummer?"

Sie war nämlich richtig gut mit ihren Fingern, heilige Scheiße, ihre Finger kamen wirklich überall hin!

Aber sie sagte: „Nein. Horst wollte Zärtlichkeit und Geborgenheit. Und wenn ich mit ihm Löffelchen machte, dann nannte er mich ..."

Jetzt fing sie an zu weinen. Und ich glaubte selbst nicht, dass ich mein Unterhemd in die Länge zog, damit sie sich hineinschnäuzen konnte, aber ich tat es.

Dann fragte ich: „Wie nannte er dich?"

Und sie sagte: „Er nannte mich Schwester Bertha."

„Wie?"

„Schwester Bertha. Ich glaube, er sah eine andere in mir als die, die ich bin."

„Naja", sagte ich. „Du bist jedenfalls nicht Schwester Bertha."

***

Da ließ Lemmy neben mir einen fahren. Nicht, weil er kindisch war und sich bemerkbar machen wollte – Lemmy war eine durch und durch reife Persönlichkeit –, sondern weil er ihn nicht mehr halten konnte.

Ich sagte zu Friederike: „Das ist übrigens Lemmy. Wir müssen ihn in Horsts enge weiße Bademeisterbadehose stecken, die hinten in seinem Spind hängt, kannst du ihm helfen? Lemmy ist nämlich jetzt Horst. Jedenfalls so lange, bis Horst selbst wieder zurückkommt."

Friederike schaute Lemmy zunächst skeptisch an: „Der soll Horst sein?"

„Ja."

„Nein."

„Doch."

„Nein. Er ist nicht Horst ..."

Dabei zog sich dieser Hauch von Geilheit über ihr Gesicht, den ich schon lange nicht mehr an ihr gesehen hatte – das letzte Mal, als sie mich nach hinten zog in ihren kleinen Verschlag, um mich einzucremen. Das war vor über zehn Jahren gewesen und das „Eincremen" natürlich ein Vorwand.

Sie sagte: „Er ist viel besser als Horst!"

Da flogen plötzlich ein paar Schmetterlinge von ihrem Bauch in Richtung Lemmy, und sie richtete sich, was sie vorne zu richten hatte. Sie fand ihn richtig heiß und war sichtlich bereit, alles für ihn zu tun. Schnurrte sogar schon, als sie ihn an der Hand nahm und mit nach hinten schleppte, wo sie ihm die Hose anzog und ihn mit Tiroler Nussöl Schutzfaktor 50 eincremte. Und zwar so gründlich, dass ich ihn zufrieden brabbeln hörte wie ein Baby.

Nach drei Minuten war der Spuk zu Ende, und sie kamen wieder zurück. Lemmy stand jetzt neben Friederike wie ein dürrer Traum in Weiß: Seine vollkommen weiße Haut passte perfekt zu Horsts vollkommen weißer Badehose, nur ein paar große Muttermale mit langen Haaren dran störten das Bild vollkommener Weißheit. Es ging ihm nun deutlich besser, und Friederike auch. Nur, dass er noch ganz weiche Knie hatte, weil er so etwas wie vorhin schon sehr lange nicht mehr mit einer fremden Hand erlebt hatte. Sie richtete sich ihr Dekolleté, schob die zerzausten Haare nach oben und zog sich das Badekleid zurecht, während sie sich mit der Zunge noch einmal über die Lippen fuhr. Ich deutete auf ihre Wange und sagte: „Da ist auch noch was." Sie ließ den Finger der rechten Hand darüber gleiten, schob ihn in den Mund und sagte: „Mmmhm, lecker."

Dann nahm ich Horsts Bademeisterhandtuch und Bademeistersonnenschirm aus seinem Bademeisterspind und ging mit Lemmy hinaus Richtung Wiese, vorbei am Chaos, das rund um das Becken bereits herrschte. Als ich ihn daran vorbeischleppte, fragte er interessiert: „Was ist das?"

Ich sagte: „Wasser!"

Und lotste ihn zu einer Bank mitten in der Wiese, auf, neben und unter der ein paar zugewanderte Jugendliche herumsaßen, -lümmelten und -lagen. Ich sagte: „Abmarsch!" Und: „Das ist jetzt die Bademeisterbank!" Vergaß dabei auch nicht, auf Lemmy zu deuten und darauf hinzuweisen, dass er nun hier der Chef wäre. Als sich darüber einer aufregte – der Größte von ihnen und der mit der fettesten Wampe – und als der schon zuschlagen wollte, wie er es zu Hause im Gebirgsdorf gelernt hatte, schob ich ihm einen Joint zwischen die Lippen, gab ihm Feuer und sagte: „Weißt du eigentlich, was das ist, Schwester?"

Er murmelte: „Gras?"

„Das ist nicht einfach Gras, du Vollbusige. Das ist Vaya Con Dios, das Gras von dem da. Er heißt Lemmy, und wenn du das rauchst, dann kannst du sogar mit deinem ganzen Fett um die Hüften herum noch Surflehrer werden, jedenfalls in deinen Träumen. Also hau rein. Und, he! Sag allen, die du vom Pizza- und Dönerfressen her kennst, dass es das Zeug ab heute bei ihm zu kaufen gibt. Und wer nur Geld für Eis mithat, der soll auf das Eis verzichten, denn das hier ist besser als Zucker, glaub mir."

„Auch besser als Energydrinks?“, fragte einer.

„Sagte ich: Besser als Zucker?“

„Äh, ja.“

„Na also! Aber passt dann bitte auf, wenn ihr die Rutsche benutzt!“

Lemmy verstand nun ungefähr, wohin die Reise gehen sollte. Jedenfalls grinste er wie ein Mondkalb, das am Euter gekrault wurde, setzte sich hin wie Gandhi zum Schlafen und hängte sich den Bauchladen um wie damals im Café Klub Multikulti, als er bei Darjeeling Silke, der zugewanderten Teeverkäuferin aus Tirol, landen wollte. Die hatte ihn abgelehnt und wollte sein Genmaterial nicht, als er bei ihr vorstellig wurde mit dem Wunsch, sie zu ficken, aber die hier wollten immerhin seine Ware. Die Ersten holten bereits ihr Geld aus dem Badesack und tauschten es gegen eine Tüte. Bald würde es hier riechen wie in einem afghanischen Drogenknast, und es würde friedlich sein wie im Tanzsaal am Morgen nach einer Hochzeit.

Als ich davon zu träumen begann, wie perfekt die Welt sein könnte, wenn Horst hier wäre, während noch acht Wochen das Azorenhoch über uns hing, setzte auch ich mich hin und nahm ein paar tiefe Züge. Dabei merkte ich, wie lang ich schon nichts mehr geraucht hatte – seit gestern Abend! Lemmys Zeug nagelte mich richtig in den Rasen hinein. Die Füße wurden mir schwer, und ich war beinahe glücklich.

Aber dann schaute ich mich um: Sah die Kantine, vor der Erwin die Sonnenschirme aufbaute und in der er sein Bier kühlte, und die übervollen Mistkübel, die keiner ausleerte; sah die besten Plätze auf der Wiese, auf die sich die Ladys legen würden, sobald sie den Friseurbesuch hinter sich hatten und die Nägel gefeilt waren ... Verdammt!

Die Lage war zu ernst, um jetzt einfach glücklich einschlafen zu können und den Tag hier zusammen mit Lemmy zu vertrödeln. Wenn Horst nicht glücklich war, dann wollte ich es auch nicht sein.

Ich schüttelte die Müdigkeit aus den Knochen und streckte mich durch. Bevor ich ging, sagte ich noch zu Lemmy: „Wenn das Zeug knapp wird, dann geh mit dem Preis hinauf, okay?"

„Nicht hinunter?"

„Nein, hinauf!"

***

Ich lenkte meinen Datsun schön breit in Richtung Guttmanns Dienststelle, wurde dabei von einem Pickup fast abgeschossen und von einem SUV beinahe überrollt. Ich hörte den *Oldies-but-Goldies*-Sender und ließ mir *In-A-Gadda-Da-Vida* in die Ohren blasen, was mir ganz guttat. Dann meldete sich eine verrauchte weibliche Stimme mit den aktuellen Nachrichten, die Stimme war geil. Ich hätte die Lady gerne gesehen und stellte mir vor, wie sie redete und dabei eine mit mir rauchte, oder gerne auch einen. Nach abermals Chaos hier und Elend da hauchte sie am Ende doch noch etwas Erfreuliches in den Äther: „In Podersdorf am See wurden während des zurückliegenden Beachvolleyballwochenendes zahlreiche Luxuslimousinen durch Schüsse aus einem Zimmermanndruckluftnagler beschädigt."

Ich schüttelte den Kopf und zischte: „Ts, ts, ts." Und dachte: Vielleicht hat Gutti ja was gesehen? Überhörte dann beinahe, wie sie noch sagte, dass in einem Kloster in Kärnten ein toter Mönch entdeckt wurde, der dort schon ein paar Tage lag, und dem der Schwanz abgeschnitten worden war. „Möglicherweise handelt es sich dabei um eine Serie."

Diese Stimme war wirklich unglaublich, und ich war, wie gesagt, ziemlich breit.

So ging ich den langen Gang hinunter bis nach ganz hinten, wo links ein kleines Kämmerchen lag, an dessen Türe GUTTMANN stand. Dort klopfte ich an, trat ein und fand ihn an seinem Schreibtisch sitzend vor. Als er mich sah, nahm er seine Ledertasche, in die er gerade hineingeschaut hatte, vom Tisch und klemmte sie sich fest zwischen seine helle Bundfaltenhose. Kann sein, dass das Radio gerade noch gelaufen war. Ich schaute ihn streng an und sagte: „Du isst doch nicht wieder heimlich Zucker?"

Er versicherte mir: „Natürlich nicht."

„Hast du welchen in der Tasche?"

„Nein!"

„Sicher nicht?"

„Ich schwöre."

„Was hast du denn dann in der Tasche, das du vor mir verstecken willst?"

„Nichts."

Ich setzte mich und schaute ihn mir genauer an. Der war gerade im Urlaub gewesen, aber seine Stirn war nicht verbrannt, wie ich es erwartet hatte, und auch die Knie waren noch immer ganz weiß. Ich fragte: „Seid ihr auf dem Weg zum Beachvolleyball im Tunnel stecken geblieben, oder was war los?"

Er biss zurück: „Man nennt es Sonnenschirm."

Dann wartete ich darauf, dass es aus ihm heraussprudeln würde: Geilstes Wochenende ever, ewiger Dank und so weiter. Aber es kam nichts. Also musste ich alles aus ihm herausziehen: „Habe ich dir zu viel versprochen? Die Girls? Ihre Tops?"

„Nein, nein, alles bestens."

„Waren ihre Höschen knapp?"

„Sehr."

„Und waren sie auch alle schön eingeölt?

„Von oben bis unten."

„Und blieb der Sand an ihnen kleben, wenn sie sich darin wälzten?"

„Genau das tat er."

„Und wo bleibt die Begeisterung?"

Ich schob mir die Sonnenbrille hinauf, legte die Füße auf den Tisch, und dort sah ich plötzlich ein gerahmtes Foto stehen. Darauf war nicht Titt Eklund zu sehen oder Bunny Beach, was ich noch irgendwie verstanden hätte, sondern ein junges Mädchen mit geflochtenen Zöpfen. Ich rieb mir die Augen und schaute genauer hin. Sie hatte keine Ähnlichkeit mit Guttmann, also konnte sie keine Tochter von ihm sein, von der ich bisher nichts wusste.

Er erkannte meine Gedanken, und bevor ich ihn das fragen konnte, sagte er: „Das ist Greta."

„Greta wer?"

„Greta Thunberg. Das Mädchen, das unsere Erde retten wird."

Ich wurde wieder so müde wie vorhin bei Lemmy im Bad. Wünschte mich dorthin zurück, um mich zwischen zwei jugendlichen Fleischbergen zu verkriechen wie ein Walrossbaby zwischen zwei gut gebauten Müttern und dort eine gemütliche Runde zu schlafen.

Gutti selbst war immer ein großer Fan von Mutti-Filmen, von MILFs, von riesigen Glocken gewesen. Aber die Geborgenheit, die einem diese Filme vermitteln sollten, die kam bei ihm irgendwie nicht mehr an. Im Gegenteil: So wie er dreinschaute, sah er sogar ganz schön ungeborgen aus. Er hatte nun dieses Kommunistische in den Augen, diesen klassenkämpferischen Elan, den ich am Bahnhof, als ich ihn dorthin brachte und er wie Homer Simpson davonwatschelte, noch gar nicht in ihm gesehen hatte.

„Ich sag dir jetzt mal was", sagte er. „Diese ganzen Pornos und so, das viele Biertrinken und Im-Bad-die-Füße-Hochlegen, das hat dich schwach gemacht! Du hast keinen Pep mehr!"

Ich gähnte und sagte: „Ach, hör doch auf!"

„Dein Idol ist ein Bademeister, nicht mal ein Fußballer."

„Jaja, schon gut."

„Hast du nicht gesagt, dass Willi da draußen in Neu-Brasilien bald keine Sonne mehr hat, weil die Reichen dort ihre Häuser so hoch bauen?"

„Naja, schon."

„Und tust du etwas dagegen?"

„Naja, nein."

„Siehst du. Du bist ein Sack geworden."

„Dann ist diese Greta also der Grund, warum du nicht mehr ins Pornokino gehst? Weil dir Pornos zu oberflächlich sind und du etwas Besseres zu tun hast?"

„So ist es! Ich habe Besseres zu tun! Also sag mir, was ich für dich tun kann, ich habe hier nämlich noch ein paar Onlinepetitionen, die ich unterschreiben muss."

Ich nahm die Latschen vom Tisch und lehnte mich nach vor: „Also gut. Es geht um den Bademeister. Meinen Bademeister. Du kennst ihn aus Willis Pornhouse, wo er im Sommer Stammgast bei den Wet-T-Shirt-Wochen oder den Summersplash-Filmen ist, und wo auch du gerne zu Gast bist."

„Gerne zu Gast war!"

„Ja gut, warst. Er sitzt in U-Haft, seit er vor ein paar Tagen mit einer Lady nach Hause ging, obwohl er sonst nie mit einer Lady nach Hause geht, sondern sie immer mit zu sich nach Hause nimmt. Sie ist übrigens Youtuberin und auf Insta, ich weiß nicht, ob dir das etwas sagt?"

„Was glaubst du, was Greta ist?"

„Es ist jedenfalls nichts passiert zwischen den beiden, weil sie dick ist und Horst nicht auf Dicke ... na, egal! Trotzdem hat sie ihn am Ende wegen Vergewaltigung angezeigt, ich nehme an, sie war beleidigt. Beziehungsweise ist sie vielleicht sogar gespalten, weil sie von sich selbst redet, als wäre sie eine andere, eine zweite. Der Fall kam zur Richterin Blau, der braunen Sau mit der trockenen Scheide, und was macht die? Glaubt der, die ihn angezeigt hat, und steckt ihn einfach in U-Haft. Und zwar wegen Wiederholungsgefahr! Wiederholungsgefahr warum? Weil er Bademeister ist und ihrer Meinung nach im Bad die Versuchung sehr groß ist wegen der knappen Bikinis! Dabei hat sie von Bikinis so wenig Ahnung wie du von Beachvolleyball."

„Die Richterin Blau also?", seufzte Gutti.

„Die mit der trockenen Scheide", seufzte ich und deutete auf Guttis Bildschirm: „Kannst du mal in den Akt hineinschauen? Sie heißt Kerstin Block, Block wie der Eisblock."

Er sagte: „Du weißt schon, dass ich das nicht darf?"

„Aber natürlich weiß ich das, Gutti! Natürlich!"

Ich zog ein Stück Würfelzucker aus einer meiner beiden Brusttaschen, das ich für solche Fälle immer mithatte, und hielt es ihm vor die Nase wie einem lahmen Gaul. Er nahm es zunächst nicht, weil er stark bleiben wollte, aber Starkbleiben war nicht seine Stärke. Ich sagte: „Jetzt nimm schon."

Und er nahm.

Dann drehte er den Bildschirm so, dass auch ich etwas sehen konnte, und sah darauf zunächst wieder das

Foto dieser Greta. Es hätte mich ja nicht gewundert, wenn er sich hier heimlich junge Damen anschauen würde, solche wie Pipi Longstockings, die auch immer Zöpfchen trug. Aber solche, die angezogen waren und mit einem Schild um den Hals herumstanden, auf dem Fridays for Future stand?

„Alter Schwede!"

Ich zündete mir eine an, während er mit seinen Wurstfingern gegen die Tastatur drosch. Schon nach einer halben Minute hatte er eine Info für mich: „Diese Kerstin Block heißt Radenka Vujicic."

Das war eine nächste Überraschung, ähnlich der, dass Horst mit Friederike ...

„Was? Wie kommt sie dann auf Kerstin Block?"

„Sag du's mir."

Ich dachte nach, fand aber keine befriedigende Antwort. Außer eben, was Kubelka immer über solche wie die sagte: dass sie „nicht alleine" war.

Ich fragte: „Steht da zufällig auch eine Adresse von der?"

„19. Bezirk, Krottenbachstraße 12, Tür 1. Aber du weißt schon, dass ich dir die nicht geben darf?"

„Das weiß ich natürlich auch, Gutti!"

„Am Ende denkst du noch daran, die Klägerin und wohl auch Zeugin zu beeinflussen."

„Daran denkt natürlich niemand von uns!"

Dann bat ich Gutti noch, mir ihre Aussage vorzulesen, und er las: *„Ich hatte nicht das geringste sexuelle Interesse an Herrn Stalka"*, steht hier, *„da ich solche Muskelberge wie ihn einfach nicht attraktiv finde. Auf Nachfrage bestreite ich ausdrücklich, dass ich einsam bin und ein sexuelles Abenteuer suchte. Ich habe im Gegenteil Herrn Stalka oft einsam und im Tiefsten verzweifelt hinter seiner ausgestellten Männlichkeit im Bad erlebt ..."*

Ich stoppte ihn: „Moment! Von wem redet die? Horst ist doch nicht … einsam. Er kann jede haben!"

„Naja, gut, mir scheißegal. Ich habe jedem alles vergönnt, solange wir die Erwärmung der Erde …"

„Lass du mich endlich mit dem Scheiß in Ruhe, okay! Was sagte sie noch?"

„Dass sie beobachtet hat, wie er jedes Mal zu niesen anfing, wenn er in diesem Bad an einem Baum vorbeikam. Sie kannte eine, die ihm dabei helfen konnte …"

„Siehst du! Sie ist verrückt!"

„… und wollte ihm einen Tee anbieten, den er im Rahmen eines speziellen Zeremoniells nach der Tradition von Indianern, während dem sie freiwillig auf dem Boden knien musste …"

„Siehst du! Sie wollte ihn!"

„… trinken sollten. Dabei nützte er die Gelegenheit und zwang ihr trotz heftiger Gegenwehr sein Gemächt in den Mund."

„Moment. Sein *Gemächt*?"

„So steht es hier. Und in der Folge ejakulierte er in ihr Gesicht und auf ihre Kleidung."

„Moment. *Ejakulierte*?"

„Ja. Ejakulierte!"

„Gutti! Das, was sie auf ihrer Kleidung hatte, war doch nur Rotz! Guter, alter Rotz! Er hat sie von oben bis unten vollgerotzt, in die Haare, auf die Brüste, ins Gesicht, weil sie das Fenster öffnete und vor dem Scheißfenster eine Dattelpalme stand. Als hätte sie ihm das Tor zur Hölle geöffnet!"

Plötzlich schien er an Filme wie *Facials #1–100* zu denken, wo auch immer alles im Gesicht, in den Haaren, auf den Brüsten landete. Oder war ich es, der daran dachte? Na, egal!

Was steht da noch?"

„Dass er sie Schwester Bertha nannte. Kann ich noch Würfelzucker?“

***

Wäre der Boden in Guttis Beton nicht aus solidem Beton gegossen, wäre er mir unter den Füßen weggebrochen. Natürlich zweifelte ich immer noch nicht an Horsts Unschuld, aber die seltsamen Meldungen häuften sich. Es schien mir daher angebracht, mir von Gutti ein Glas russische Brühe einschenken zu lassen, bevor wir zusammen hinunter in den Keller gingen, wo die Biene Mayr die Abteilung Forensik leitete. Richterin Blau hatte nämlich, wie auch im Akt zu lesen war, eine DNA-Analyse von Horsts Rotz in Auftrag gegeben, und es war unsere Freundin Dr. Beate Mayr, die eine solche verschwinden lassen konnte, falls ...

Gutti nahm seinen Blouson von der Armlehne und stand auf, dann griff er nach seiner braunen Ledertasche und klemmte sie vor die Brust. Ich glaubte immer weniger, dass er darin keinen Würfelzucker hatte. So verließen wir sein Büro und bogen in den dunklen Gang ein, gingen hinunter in den ersten Stock, und dort war ein WC. Ich fragte, weil er mir so unruhig vorkam: „Wollen wir pissen gehen?“

Und er sagte: „Nicht nur gerne, sondern sogar dringend.“

Gutti und ich, das funktionierte einfach, seit wir jedes Jahr im Herbst zur tschechischen Grenze hinauffuhren, wo er im Outlet seine Hosen und Blazer für das kommende Jahr einkaufte, zwei zum Preis von einem, mit Braun und Beige als dominierenden Farben. Schwierig mit uns war es nur am Klo, weil ich dort das Schweigen nicht ertrug und es mir unangenehm war, neben einem anderen zu pinkeln. Also redete ich immer irgendeinen Scheiß, womit ich die unangenehme Stille bis zum erlösenden „Aaaah!" überbrückte. Ich sagte: „Willi lässt dich übrigens schön grüßen."

Was nicht stimmte, ihn aber trotzdem freute: „Echt?"

„Ja. Und der Schlauch auch."

„Wer ist das noch mal genau?"

„Der Schlauch! Unser nigerianischer Hirte, der letzten Sommer für die Fleischhaube beim Kartenspielen eingesprungen ist. Du erinnerst dich noch an die Fleischhaube?"

„Natürlich erinnere ich mich an die Fleischhaube. Schrecklich! Mit wie vielen Inderinnen, die gleichzeitig Inder waren, lag er noch mal im Zimmer, als er gestorben ist?"

„Es waren Thailänderinnen, die gleichzeitig Thailänder waren, Gutti. Und es waren drei!"

„Du lieber Himmel!"

„Für die Fleischhaube ist dann eben der Schlauch eingesprungen, der nun vorübergehend irgendwo bei den Brüdern vom Heiligsten Herzen Jesu wohnt, bis er wieder nach Nigeria zurückdarf."

„Was sein dringender Wunsch ist?"

„Natürlich! Wer vermisst nicht seine Heimat?"

Ich war dann als Erster fertig mit Pinkeln, schloss das Tor und drehte ab. Da konnte auch Guttmann sich endlich entspannen und ließ es laufen, gerade, als in seiner abgestellten Ledertasche das Phone zu läuten begann. Er wollte seinen guten Lauf nicht unterbrechen, darum sagte er zu mir: „Holst du das Ding mal raus?"

Das war ein Satz, den man auf einem Klo öfter hörte.

Ich beugte mich zu seiner Tasche hinunter und wollte sie aufheben, um darin nach seinem Phone zu kramen, als er plötzlich mit offener Hose und ohne abgetropft zu haben auf mich zukam – wie Godzilla!

Er riss mir die Tasche aus der Hand und drückte sie wieder fest gegen seine Brust, bevor er hinfiel, weil er ja die Hose unten hatte. Dann schaute er mich von unten an wie eine Bärenmutter, die ihr Kleines verteidigte, und ich zog meine Augenbrauen hoch, was nichts anderes bedeuten sollte als: „Was zum Teufel ist denn mit dir los?"

Mit einer Hand schaffte er es dann, die Hose hinaufzuziehen und die Fleischbank zu schließen, mit der anderen aber ließ er seine Tasche nicht los. Als er endlich aufgestanden war und das Phone heraußen hatte, nahm er den Anruf entgegen und sagte leise: „Ja ... Ja ... Ja ... Ja ..." Und dann noch: „Verstehe ... Verstehe ... Verstehe."

Dann schob er das Teil wieder zurück in seine Tasche, die er wieder fest gegen sich drückte. Seine beige Hose war nun vorne ganz versaut, was übel aussah, also fragte ich: „Hast du eine Reservehose in deinem Büro?"

Er sagte: „Nur eine kurze."

Und ich: „Dann müssen wir jetzt stark sein."

***

Wir dockten bei der Biene unten im Keller an, wo sie auch die Asservatenkammer mitbetreute. Dazu gehörten beschlagnahmte alkoholische Getränke ebenso wie beschlagnahmte Zigaretten, der schönste Teil war beschlagnahmte russische Brühe. Selten nämlich, dass jemand seinen geschmuggelten, beschlagnahmten Wodka zurückverlangte. Es ging sich daher immer aus, dass sie ein Fläschchen oder zwei von irgendeiner Schmuggelaktion abzweigte, die wir dann bei ihr unten tranken. Wer mit der Biene befreundet war, der konnte also ein gutes Leben haben. Und ich war mit der Biene befreundet, seit ich nebenher für Guttmann arbeitete, wenn der für seine Mordkommission einen Fall klären musste und er mich mit ihr bekannt gemacht hatte.

Als wir eintraten, boten sich der Biene zwei Möglichkeiten: Sie konnte zuerst auf meine Beine in meiner kurzen Hose schauen oder auf die von Guttmann in seiner kurzen Hose. Normalerweise war es keine Frage, welche Beine ihren Blick fesselten, aber Guttmann machte ihr die Wahl heute wirklich nicht einfach. Wenn man Medizinerin war, dann waren seine Beine eine faszinierende Ansammlung von weißem Fett, das da überzogen von blauen Adern aus der viel zu großen, gebügelten kurzen Hose, die er mit einem Gürtel um seinen Bauchäquator herum zusammenhielt, herausschaute. Guttmann wusste natürlich, dass diese Beine kein Bringer waren, aber die Art und Weise, wie die Biene ihn jetzt mit offenem Mund anstarrte, war schon irgendwie verletzend. Er sagte: „Was ist? Noch nie Männerbeine gesehen?"

Die Biene baute sich vor ihm auf wie eine frühe Gewerkschafterin vorm Ausbeuter und schaute ihm tief in die Augen: „Grundsätzlich ist es so, dass wir Frauen noch immer auf unser Aussehen reduziert und nicht danach bewertet werden, was wir zu leisten imstande sind. Jetzt sehen wir uns mal dich an und stellen uns vor, das wäre umgekehrt bei dir genauso. Wo würdest du dann stehen in deiner Karriere?"

Er sagte: „Ich gehe aufs Klo."

Und ich: „Das kann doch nicht sein, dass der schon wieder pissen muss! Wir waren doch gerade erst!"

„Erspare mir bitte ein paar Details aus eurem Leben", sagte die Biene angewidert, als Guttmann verschwand, dann nahm sie mich an der Hand und seufzte erleichtert: „Ich dachte schon, der geht gar nicht mehr."

„Das hast du gut gemacht, Biene."

„Dann bist du jetzt dran mit Gutmachen."

Dabei sah sie mir tief in die Augen und fasste mir von unten seitlich in die kurze Hose. Gleichzeitig ließ sie ihr Kleid fallen und setzte sich rücklings auf den Tisch. Während wir das gute alte Rein-Raus-Spiel praktizierten, in aller Gemütlichkeit, erklärte ich ihr, warum genau ich hier war. Auf Nachfrage sagte ich ihr, dass ich natürlich keine Zweifel an Horsts Unschuld hätte. „Aber wenn du seine DNA-Probe verschwinden lassen könntest, wäre er auf der sicheren Seite."

Die Sache mit dem „Rotz" gefiel ihr an der ganzen Story am besten, und als es uns schon ein wenig langweilig wurde mit Rein-Raus, fragte ich sie, ob sie auch welchen wollte.

„Immer nur her damit!"

Nachdem wir auch damit fertig waren, zogen wir uns wieder an. Keine Sekunde zu früh, denn plötzlich stand Guttmann wieder da, mit der Hose halb unten, weil er offenbar tatsächlich noch einmal gemusst hatte und weil er es jetzt sehr eilig hatte. Ihm war nämlich einfallen, wer ihn vorher angerufen hatte: „Scheiße! Wir müssen zu einem Mord in einem Heim für Obdachlose!"

***

Ich lud die Biene ein mitzukommen, die – als willkommener Ausgleich zu dem, was Guttmann mir über den Zustand der Leiche dort erzählt hatte – ganz reizend aussah in ihrem gelb-rot-weißen Sommerkleidchen mit dünnen Spaghettiträgern. Darum bestand ich auch darauf, dass sie vorne neben mir Platz nahm, wo ich ihre freien Knie tätscheln konnte, wohingegen Guttmann sich mit seinen freien Knien hinten hineindrücken musste. Es dauerte, bis er endlich drinnen saß, und währenddessen konnte ich ein wenig den Arsch der Biene massieren, was ihr sehr gut gefiel. Sie war nämlich noch ganz old-school: Entweder es gefiel ihr, wenn ihr einer den Arsch massierte, dann sagte sie es auch: „Mehr! Fester! Na, komm schon!“ Oder es gefiel ihr eben nicht, dann kriegte man eine.

Als wir endlich alle Platz genommen hatten, setzte der Wagen auf Guttmanns Seite auf, und ich sagte: „Setz dich in die Mitte, Dicker!“ Immerhin trug er jetzt keine gelbe Warnweste. Dann nannte er mir die Adresse, wo man den Toten gefunden hatte, sie war im 17. Bezirk, nur unweit des Ottakringer Bades, und wir kamen ganz gut voran, weil ich recht gut war im Vorankommen, wenn man vorankommen musste.

„Der Tote liegt dort in einem Obdachlosenheim der Brüder vom Heiligsten Herzen Jesu“, sagte Guttmann, und ich wurde sofort ein bisschen hellhörig.

„Es handelt sich um einen ... na, wie sagt man, wenn einer schwarz ist?“

Ich sagte: „Um einen Schwarzen?“

„Na gut, wenn du meinst. Dann haben sie dort also einen Schwarzen gefunden, der angezogen ist wie ein ... na, wie heißt das, wenn einer so etwas Ähnliches ist wie der Papst?“

„Ein Verbrecher?“

„Nein. Diese eine Schauspielerin in *Spiel mir das Lied vom Tod,* Vorname Claudia ...“

„Hörbiger?“

„Auch nicht. Pizza mit Schinken drauf?“

„Funghi?“

„Verdammt, nein! Diese eine Mehlspeise, diese Schnitte, die ich so gerne esse?“

Ich wusste es nicht, aber die Biene hatte schön langsam eine leise Ahnung, worauf es hinauslaufen könnte: „Kardinalschnitte?“

„Endlich! Sie haben dort also einen Schwarzen gefunden, der angezogen ist wie ein Kardinal und also vielleicht sogar ein Kardinal ist. Allerdings: Zweifel sind angebracht!“

Nämlich deswegen: „Warum wohnt ein Kardinal in einem Obdachlosenheim?“, fragte er. „Kardinäle sind ja nicht bekannt dafür, dass sie zu wenig Geld im Säckel haben.“

Mir fiel auf, dass es da gewisse Überschneidungen gab zwischen dem Pfarrer aus Nigeria, wie ich ihn kannte, und dem Toten im Obdachlosenheim, wie Guttmann ihn uns beschrieben hatte. Wenn ich mir also bisher wegen Horst ein bisschen Sorgen machte, dann kamen jetzt noch ein paar kleine Sorgen wegen dem Schlauch dazu.

Willis Kartenrunde konnte keinen weiteren Verlust vertragen.

***

Schon zehn Minuten später parkte ich den Datsun keine hundert Meter von diesem Heim entfernt ein. Auf der hoffnungslosen Suche nach einem Parkplatz in der Nähe hatte die Biene sich gewundert, wie oft Guttmann hinten im Fond „Diese verdammten Riesenkutschen!“ fluchen konnte. Ich konnte dabei im Rückspiegel beobachten, wie er seine Ledertasche immer noch enger an seine Männerbrüste drückte, und fragte mich wieder, was da wohl drin war und ob er ein Problem mit solchen Autos hatte.

Möglich war es!

Denn als wir zu diesem Heim latschten, entdeckte er davor auf der gegenüberliegenden Straßenseite einen weißen Riesen-SUV der Marke Mercedes, und ich spürte, wie es ihn dorthin zog – wie einen Süchtigen zur Droge! Ich konnte sehen, wie er mit einer Hand in die Tasche hineinfuhr, und endlich glaubte ich kapiert zu haben. Ich nahm ihn zur Seite und flüsterte ihm zu: „Später, Gutti. Ich verspreche es dir. Aber first things first."

Für ein paar Augenblicke wirkte er wie ein Alkoholiker, dem man sein Glas weggenommen hatte. Ich packte ihn am Ärmel und schob ihn zum Eingang des Heimes, während er sich immer wieder zu dem Scheißkübel umdrehte und stammelte: „Ich tu es doch nur für Greta ..."

Da entdeckte ich vor dem Riesen eingeparkt einen abgerittenen VW Jetta, wie ihn auch der Pfarrer fuhr, und ich wünschte, er wäre nicht dort gestanden.

Gleich hinter der Eingangstüre in diesem Heim befand sich eine Art Holzverschlag für den Portier, wo es schon um diese frühe Stunde des Tages nach billigem Fusel mit einer leichten Note abgestandener Pisse roch. In seinem Kobel sah es aus wie im Schweinestall: Da waren volle Aschenbecher, leere Zigarettenpackungen, ein Nagelzwicker, vollgeschriebene Zettel und ... ein paar Zehner, die achtlos herumlagen.

Er döste mit der Stirn gegen den Schreibtisch, fuhr aber hoch, als ich gegen die Scheibe klopfte. Als wir nach dem Chef verlangten, lachte er und schrie: „Chef!" Dann fiel ihm das Geld auf, das bei ihm herumlag, und er steckte es schnell weg.

Ich fragte: „Wie heißt du?"

„Hubert.“

Schon kam einer um die Ecke, der wirklich nicht wie ein Chef aussah, sondern eher wie eine Mischung aus Nasenbohrer und Nonne. Seine Wangen waren glatt und rosig, die Ohren riesig und die Haare mit Spucke nach hinten gekämmt. Seine helle Kutte war auf Slim Fit geschnitten, worauf er offenbar Wert legte, darunter trug er türkisene Socken und Jesuslatschen – klassisch! Er stand stocksteif da, als hätte er etwas im Arsch, und schaffte zur Begrüßung nur ein schwaches: „Ah, die Herren von der Mordkommission?“

„Der Herr!“, korrigierte ihn die Biene und deutete auf Guttmann.

„Und die Dame, wenn's recht ist“, ergänzte sie schneidig und deutete auf sich.

Und dann kam noch ich an die Reihe: „Rock Rockenschaub, Superschnüffler.“

Er stellte sich mit „Bruder Sebastian“ vor und entschuldigte sein nervöses Auftreten damit, dass er erst seit drei Wochen hier war: „Vor mir hat Pater Pius das Heim geleitet, aber der ist vor drei Wochen gestorben. Vor Pater Pius war es Pater Augustinus, aber der ist letzten Herbst gestorben. Und vor Pater Augustinus ...“

Ich sagte: „Jaja, schon gut. Mir musst du darüber nichts erzählen, ich weiß, wie das ist.“

Also erzählte er, dass er sich erst vor zwei Monaten für den Ordenseintritt entschieden hatte, weil er nicht wusste, was er sonst machen sollte. Er war ganz eindeutig der verklemmte Typ, der zu lange gestillt worden war – oder zu kurz, worauf Kubelka die meisten Probleme der Menschheit zurückführte. Und wenn man sich seine beschissene Optik anschaute und die Chancen, die ihm diese bei den Ladys da draußen bescherte, und wenn man weiters bedachte, wie sehr die Mieten immer noch stiegen, dann war sein Ordenseintritt eine gute Entscheidung.

„Also, was gibt's?", fragte Guttmann ungeduldig, er wollte ja hinaus zum SUV.

„Der Tote hieß Herr John James und war ein nigerianischer Kardinal, der vor den Boko Haram, der dortigen radikalislamistischen Terrorbewegung, fliehen musste. So hat er es uns erzählt."

Ich fragte: „John James?"

„Ja, Kardinal John James."

Kann ja auch ein Zufall sein, dass zwei Nigerianer, die einen Job als Pfaffe hatten, John James heißen, hoffte ich immer noch. Könnte aber auch ein interessanter Tag werden, dachte ich insgeheim.

„Und warum wohnt ein Kardinal in einem Obdachlosenheim?", fragte die Biene schließlich das einzig Richtige.

„Auch für Kardinäle ist der heimische Wohnungsmarkt nicht einfach", sagte der Mönch. „Speziell, wenn sie so aussehen wie Bruder John James, der ja ... nun ja ... schwarz war."

Blieb immer noch die Frage, warum er nicht bei seinem Kardinalskollegen im 1. Bezirk wohnte, in einem Himmelbett aus purem Gold, in dem Kardinäle normalerweise schliefen, und mit Gratishuren, wann immer sie wollten.

***

Der Tote lag im zweiten Stock, und auf dem Weg dorthin erklärte uns Bruder Sebastian, wie der Laden hier so lief: „Die Bewohner müssen untertags das Heim verlassen. Außer die, die für bestimmte Dienste eingeteilt sind, also Putzdienst, Küchendienst, Portierdienst." Gerade wären sie mit nur vierzehn Obdachlosen „relativ dünn belegt, weil die Klienten bei gutem Wetter lieber draußen bleiben".

„Ihr sagt *Klienten*?", fragte ich.

Und Gutti wollte wissen: „Warum lieber draußen?"

„Vielleicht darum?"

Die Biene rümpfte die Nase, weil es hier nämlich streng nach Herrenklo roch, das schon länger nicht mehr geputzt worden war.

Es war dann immer wieder überraschend, wie zwei Stockwerke, zu Fuß absolviert, die Spreu vom Weizen trennen konnte. Ich selbst blieb beim Aufstieg möglichst dicht hinter der Biene, die den Pulk anführte, weil sie richtig fit war in diesem Sommer, was man an ihrem Arsch und ihren festen Schenkeln sehen konnte – ein herrlicher Anblick von hinten!

Mit dieser Karotte vor meiner Nase schaffte ich es, ihr ohne allzu große Probleme zu folgen. Der Bruder hinter mir kämpfte schon ein wenig, und ich merkte, wie er dabei immer wieder an meinem Arsch vorbei auf den Arsch der Biene schaute – wer wollte es ihm verübeln? (Wenn ich diese Ordenssache richtig verstanden hatte, dann war er ja noch Jungfrau!)

Die Nachhut bildete erwartungsgemäß Guttmann, den wir aus dem ersten Stock schnauben hörten, wo er eine Pause einlegte.

Mir war nach der Bergankunft nach Mund-zu-Mund-Beatmung, also lehnte ich mich im zweiten Stock gegen die Biene, die ihrerseits mit dem Rücken gegen eine Wand gelehnt dastand, und legte meine Hand auf ihre Hüfte. Sie nahm sie von dort weg und schob sie auf ihren Arsch, denn sie war – wie schon gesagt – erfreulich unkompliziert in diesen komplizierten Zeiten. Wir beatmeten uns gegenseitig, während der Sebastian verschämt auf den Boden schaute, aber zwischendurch natürlich schon auch immer wieder mal auf den Arsch der Biene, was sie irgendwie anturnte.

Plötzlich fiel mir der Putzkübel mit dem Mops drinnen auf, der hier mitten am Gang herumstand und von dem aus sich eine zehn Meter lange Spur Klebrig-Durchsichtiges zu dem Zimmer zog, in dem der Kardinal lag. Während wir immer noch auf Guttmann warteten, fragte ich die Biene: „Was ist denn deiner Meinung nach das Klebrige da am Boden?"

Sie sagte: „Sieht aus wie Zeug." Und löste sich von mir, holte die Lesebrille aus ihrer Handtasche, die sie beim Küssen nicht brauchte, und beugte sich interessiert darüber. Nahm etwas davon mit einem Tuch auf und steckte es in eines ihrer kleinen Säckchen, in denen sie die Proben sammelte. Als sie sich wieder aufrichtete, tauchte Guttmann auf, und sie sagte zu mir: „Kann aber auch einfach nur Rotz sein."

Der Kardinal lag auf dem Rücken in einem der zwei Betten, die hier jeweils einzeln an einer der Seitenwände standen, zwischen den Betten war ein Fenster weit geöffnet, unter dem die zwei Nachtkästchen standen. Die Kutte war dem Gottesmann weit nach oben gerutscht, seine Unterhose hingegen war bei den Knien, und dort war – eine riesige Wunde.

Eine geöffnete Dose Sardinen lag auf ihm drauf, und der Deckel, mit dem ihm die Gurgel aufgeschnitten wurde, steckte noch in seinem Hals. Das Blut aus dem Kardinal hatte sich großflächig im Zimmer verteilt, auch auf den Wänden.

„Mit dem Fischdosendeckel hat man seine beiden Schlagadern durchtrennt", sagte die Biene. „Dann pumpte das Herz noch ziemlich lange weiter und verteilte das

Blut in zuckenden Fontänen. Insgesamt sind es vier bis fünf Liter im Körper eines Mannes. Bei ihm waren es vielleicht sogar sechs."

Sie deutete zwischen seine Beine, wo sein Ding gehangen war, bis es ihm abgesäbelt wurde, vermutlich auch mit dem Fischdosendeckel. Wenn man so etwas sah, war immer die erste Frage: Warum tut jemand so etwas? Warum schneidet man einem den Schwanz ab?

„Würde man euch das Teil abschneiden, würde da eine Wunde in der Größe einer Zehn-Cent-Münze klaffen", erklärte uns die Biene. „Bei ihm ist sie groß wie ein Bierdeckel, nur damit ihr mal den Unterschied seht."

„In der Größe einer Fünfzig-Cent-Münze", sagte ich ein wenig hilflos.

„Alleine für den Truthahnhals, der da dranhing, brauchte er wahrscheinlich einen Liter, um ihn voll zu kriegen. Wirklich schade um ihn", sagte die Biene. Und dann weihte sie den Jungmönch in die Geheimnisse der Feststellung des Todes ein: „Wenn er noch dran wäre, würde ich ihn jetzt mit meiner Hand umfassen und seinen Puls fühlen. Auf diese Art prüfe ich, ob er auch wirklich tot ist ..."

Wir alle konnten sehen, wie sehr sich der Sebastian in diesem Augenblick wünschte, selbst tot zu sein, damit die Biene auch an ihm prüfen könnte, ob er auch wirklich tot war.

Für die Biene wäre dieser Griff eine schöne Ablenkung von der ganzen Sauerei gewesen, für mich aber war es die letzte Bestätigung, dass es sich bei dem Toten tatsächlich um den Schlauch handeln musste.

Zeit also, sich ein paar ernste Fragen zu stellen: Seit wann war er überhaupt Kardinal? Wer hat ihn gekillt? Wo war sein Rüssel jetzt?

Und warum zur Hölle war kein Fisch in dieser Dose, mit deren Deckel ihm die Kehle aufgeschlitzt wurde?

***

Der Pfarrer hatte es sich in seinem Zimmer leidlich schön eingerichtet, ein bisschen Krimskrams hier, ein bisschen Schnickschnack da. Kein Kruzifix an der Wand, dafür reichlich medizinisches Zeug am Nachtkästchen: eine Apothekerwaage, ein kleines Löffelchen und kleine Plastiksäckchen.

„Sieht aus, als wäre er Apotheker gewesen und nicht Kardinal", sagte Guttmann, der sich wieder halbwegs gefangen hatte, nachdem ihn der Anblick der beiden Wunden doch recht mitgenommen hatte.

„Kardinäle sind halt oft auch Apotheker", versuchte ich ihn noch davon abzuhalten, die Matratze auf dem anderen Bett umzudrehen, aber zu spät. Dort lagen jede Menge Fischdosen in einem alten Koffer, so viele, dass Guttmann sich nun fragte, ob der Kardinal vielleicht auch Fischhändler war.

Die Biene fasste nach einer der Dosen, riss sie auf, und schon fielen kleine Päckchen mit eingeschweißten, weißen Kristallen heraus, von denen nur der Jungmönch keine Ahnung hatte, was es war: Crystal Meth, wie es mein Brotha Lovegod in Bratislava drüben verkaufte, der aber auch selbst genug davon konsumierte, sodass er die klassischen blutunterlaufenen Augen hatte, die diese Droge verursachte. Diese Augen sah ich nun noch einmal weit aufgerissen im Gesicht des Pfarrers, bevor die Biene sie mit einer Hand schloss. Konnte es also sein, dass der Schlauch das Zeug für Lovegod von hier aus verkaufte und sich dabei immer wieder selbst bediente? Und dass er gar kein Kardinal war, ja nicht einmal ein Pfarrer?

Um besser darüber nachdenken zu können, zündete ich mir einen Joint an, und während ich so grübelte, blies ich den Rauch beim Fenster hinaus, das schon offen gestanden war, als wir hereinkamen. Dabei fiel mein Blick auf die Bäume draußen im Hof, die mich an den einen Baum draußen im Bad, unter dem die Dicke gelegen war, erinnerten. Und an Horsts Probleme damit.

Ich fragte die Biene: „Sind das Datteln?"

„Es sind Pappeln, du Idiot."

Auch Guttmann war ins Grübeln geraten, als er beim Fenster hinausschaute und meinte, dass „der Mörder oder ..." – mit Blick auf die Biene – „... die Mörderin vielleicht durch dieses Fenster geflüchtet sein könnte".

Es ging da keine zwei Meter hinunter auf ein Vordach, von dem aus man locker in den Hof hinunterspringen konnte, der umgeben war von Mauern, welche die Grenze zu den benachbarten Grundstücken bildeten.

„Kommt man vom Hof wieder zurück in euer Haus?", fragte Gutti.

„Nein", sagte der Sebastian. „Die Türe zum Hof haben wir gesperrt, weil da draußen zu viele ... äh ..."

„Na?"

„... Drogen ..."

„Geht doch!"

„... konsumiert wurden."

Dann war der Schlitzer also vielleicht wirklich beim Fenster hinausgesprungen, über eine der Mauern geklettert und durch eine der Hintertüren dieser anderen Häuser verschwunden, mit dem Truthahnhals des Kardinals in der Hand. Wenn er damit nicht einfach unten am Portier vorbeispaziert ist. Das müsste dem dann aber irgendwie aufgefallen sein, wenn er nicht gerade geschlafen hat.

***

Während die Biene noch im Zimmer von Willis verstorbenem Kartenkumpel blieb, um Spuren zu sichern, ging ich mit Guttmann und Bruder Sebastian hinunter zum Portier. Der lag schon wieder mit dem Gesicht voran auf dem Tisch in seiner Loge und schlief eine Runde. Als wir ihn aufweckten und nach der Liste der Leute fragten, die hier heute zum Putzdienst eingeteilt waren, suchte er nach einem Zettel, fand ihn endlich und las laut vor: „Das waren der Wilfried, der Walter, der Werner, der Wolfi und ..."

Jetzt waren wir alle gespannt.

„... der Heimo!"

Verdammt!

Kaum hörte er „Heimo", schien Bruder Sebastian ein Eiszapfen im Arsch zu wachsen.

„Waren alle anwesend?", fragte Guttmann.

„Ich glaube schon."

„Und wo sind sie jetzt?"

„Keine Ahnung".

„Wer war im zweiten Stock?"

„Der Heimo."

„Ist er da?"

„Keine Ahnung!"

Das war hier keine katholische Privatschule, wo ein Rädchen ins andere griff. Trotzdem versuchte es Guttmann weiter: „Wir brauchen den Familiennamen von diesem Heimo, sein Alter, den Geburtsort, Grad der Ausbildung und so weiter, den ganzen verdammten Scheiß halt. Und dann müssen wir noch wissen, wie er aussieht."

„Na, wie sieht ein Poolwart aus?", rotzte ihn Hubert an.

Poolwart? Jetzt wuchs mir ein Eiszapfen im Arsch.

„Lange, blonde Haare natürlich! Hinten bis halb zum Arsch! Wenn sie mich fragen, hätte es aber wieder ein bisschen Farbe vertragen können!"

„Noch was?", fragte Guttmann.

„Fetter blonder Schnauzer unter der Nase!"

Der Eiszapfen in meinem Arsch wurde größer, weil mir das alles so bekannt vorkam. So bekannt, dass ich genervt fragte: „Und geformt wie ein Cornetto bei einer Gesamtkörpergröße von über zwei Metern vielleicht?"

„Na, was denkst du denn?", schrie er zurück. „Genau so!"

„Und du hast ihn zuletzt wann genau gesehen?", schrie ich noch ein bisschen lauter.

„Keine Ahnung!", schrie er am lautesten zurück.

Es musste dringend Dampf aus dem Kessel gelassen werden, denn der Sebastian wirkte schon leicht überfordert wegen der ganzen Schreierei. Ich fasste in eine meiner Brusttaschen, nachdem ich mich wieder halbwegs beruhigt hatte, holte von dort ein Säckchen Vaya Con Dios heraus, hielt es ihm unter die Nase und versprach ihm, dass es ihn näher an seinen Gott heranführen könne, wenn er es nur ordnungsgemäß verwendete. Ich bot ihm sogar an, das Zeug für Lemmy hier zu verchecken, was sicher keine schlechte Idee war, jetzt, wo ein gewisser Großdealer entmannt oben in seinem Zimmer lag. Andererseits: Großdealer? Was war da los, dass er nur noch einen VW Jetta fuhr?

„Wie alt bist du?", fragte ich den Sebastian. „Fünfzehn?"

„Zweiundzwanzig."

„Willst du das hier ewig machen, oder willst du dich vielleicht noch entwickeln?"

Entwickeln: auch so ein Wort, das Kubelka ständig verwendete und das mir sehr gut gefiel.

Ich bot ihm fünf Prozent Provision für seine „Entwicklung" an, und wenn er sich richtig gut „entwickelte", dann vielleicht sogar acht. Er hatte keine Vorstellung, um welche Summen es dabei gehen könnte, war aber trotzdem beeindruckt: „Ein gebrauchter VW schaut am Ende auf jeden Fall für dich raus. Hast du einen Führerschein?"

„Nein."

„Dann kauf dir Goldketten und so was."

Staunend öffnete er seinen Kaubereich, als er sich noch Weihrauch und Myrrhe zum ganzen Gold dazufantasierte. Aber gerade, als er „Wow!" sagen wollte, schrie Guttmann verzweifelt: „Meine Tasche!"

***

Bruder Sebastian bat uns in sein Büro, wo Gutti sich setzte und ein Glas Wasser trinken konnte. Noch dringender aber brauchte er jetzt ein Stück Würfelzucker, und bevor er mir vom Hocker fiel, gab ich ihm eines. Er nahm es wie ein Pferd und verlangte nach mehr.

Seine Tasche, die er im ersten Stock vergessen haben musste, als er eine Pause beim Aufstieg in den zweiten Stock einlegte, hatten wir nicht mehr gefunden, und das setzte ihm richtig zu. Von Hubert wussten wir immerhin, dass dort zu diesem Zeitpunkt ein gewisser Walter zum Putzdienst eingeteilt war, den er als „kleinen Giftzwerg" beschrieb. Aber auch ihn konnten wir nicht finden, also half uns auch das nicht weiter. Trotzdem versicherte ich Guttmann: „Du kriegst deine Tasche wieder."

Er schaute mich verzweifelt an, als er stammelte: „Wenn nicht, bin ich erledigt."

„Warum denn?", fragte ich mit dezentem Unterton. „Es ist doch nur eine Tasche ..."

„Für dich ist es nur eine Tasche. Aber für mich ist es ..."

Er klang wie Neil Armstrong, als er seinen Huf in den Mondstaub setzte.

„... *meine* Tasche."

Endlich legte der Sebastian die Unterlagen über diesen Heimo auf den Tisch, und er wirkte dabei ein wenig angespannt, fragte, ob auch er Würfelzucker haben könne, und ich gab ihm ein Stück. Er schaute das Kreuz an, das an der Wand hing, und dann bekreuzigte er sich. Er erzählte: Heimo Aichner, wie er mit vollem Namen hieß, war erst vor vier Wochen nach Wien gekommen, und zwar aus Klagenfurt, wo er als eine Art Hausmeister beim Bischof der Diözese Gurk angestellt war.

„Also, nein, eigentlich eher als Poolwart."

„Haben die Pfaffen denn so viele Pools?", fragte ich.

„So erzählte er es jedenfalls. Heimo wuchs in einem ihrer Heime auf, wo er von Mönchen betreut wurde. Als kleines Kind wurde er aus Wien dorthin verbracht, nachdem seine Mutter ihn weggegeben hatte. Sie war wohl in finanzieller und charakterlicher Hinsicht nicht imstande, ihn großzuziehen, er erzählte etwas von Alkohol."

„Na, und?", sagte ich. „Dann trinkt man halt mal ein Bier! Was ist denn dabei?"

Ich war schon leicht gereizt, weil ich einfach nicht ins Bad kam, um dort endlich mein Azorenhoch zu genießen. Stattdessen spielten sich außerhalb des Bades die seltsamsten Dinge ab, die mir langsam auf den Sack gingen. Warum musste der Typ ausgerechnet aussehen wie Horst? Und warum musste er ausgerechnet Poolwart sein, was ja nichts anderes war als Bademeister?

Ich griff nach dem Flachmann in der linken Brusttasche meines Hawaiihemdes, um mich ein wenig zu beruhigen. Aber da war nichts mehr drin, was mich nur noch gereizter machte.

„Heimo blieb fortan im Schoß der Kirche", erzählte der Sebastian weiter. „Machte dort eine Ausbildung zum Gärtner, blieb in einer Einrichtung der Kirche wohnen und betreute in der Folge die Pools der Geistlichen mit. Er führte so weit ein schönes Leben, wie er mir erzählte, durchaus gottesfürchtig. Sie nannten ihn spaßeshalber den Bademeister Gottes, wie er mir erzählte ... Kann ich noch Würfelzucker?"

Er kicherte unsicher und wurde überhaupt immer unsicherer, je mehr er uns von dem ganzen Scheiß erzählte. Je unsicherer er wurde, desto mehr Würfelzucker wollte er.

„Nimm!"

„Danke. Vor vier Wochen wurde er dann wegen eines Skandals in der Diözese entlassen."

„Kleine Buben?", fragte Guttmann, der eine gewisse klare Vorstellung von den Pfaffen hatte.

„Große Scheine", sagte der Sebastian und nahm noch Würfelzucker von dem Haufen, den ich nun auf den Tisch gelegt hatte. „Der dortige Bischof hatte Geld veruntreut und wurde nach Rom einbestellt. Als Strafe für sein sündiges Verhalten wurde er zwar nicht suspendiert, aber immerhin strich man ihm die Planstelle für die Betreuung seiner Pools. Heimo war ... das Bauernopfer."

Kurze Pause, während der er wieder ordentlich zulangte.

„So erzählte er es mir jedenfalls."

„Immer auf die Kleinen!", schimpfte Guttmann, der sich am liebsten in seine gelbe Warnweste geschält hätte, um gegen die reichen Pfaffen zu demonstrieren. Aber die war ja in seiner Tasche! Also nahm er stattdessen Würfelzucker, bis nur noch ein Stück am Tisch lag. Ich mahnte ihn: „Gutti!"

„All das sind natürlich interne Informationen, die keinesfalls ihren Weg an die Öffentlichkeit finden dürfen", sagte der Sebastian, der umso nervöser klang, je mehr er von Heimo erzählte. „Er hat mir verboten, mit jemand anderem darüber zu reden."

„Na, klar", nickte Gutti, und seine Finger näherten sich gierig dem letzten Stück. „Ehrensache." Während ich schon überlegte, was mein Kumpel Fink von der Stadtzeitung *Schmetterling* mit diesen Infos anfangen könnte. Schließlich war er spezialisiert auf Skandale. Und das könnte ein sehr schöner werden.

Nun ging es wirklich nicht mehr ohne Schnaps, ich fragte: „Hast du vielleicht was zu trinken?"

„Cola?"

„Etwas zu trinken! Schottische Brühe, russische Brühe, zur Not auch mexikanische Brühe."

„Geht auch österreichische Brühe?"

„Jede, außer Kirsche! Ich hasse Kirsche!"

Er schenkte uns Marille ein, und dann dachten wir nach. Ich darüber, wie mein Sommer verlaufen könnte, wenn ich nicht Leute wie Horst oder Willi kennen würde. Gutti darüber, wo seine Tasche sein könnte und warum er nicht schnell genug zugegriffen hatte. Und der Schmale bestimmt darüber, wie er das ganze Blut da oben im zweiten Stock wieder herauskriegen könne aus der Bettwäsche und den Vorhängen und den Ritzen in der Wand, was ja die Aufgabe von diesem Heimo gewesen wäre. Aber der war nicht da. Also sagte Gutti: „Wir müssen ihn finden. Vieles deutet darauf hin, dass er der Mörder ist."

(Als er „der Mörder" sagte, musste ich an „das Gefängnis" denken und an Horst, der diesem Heimo verdammt ähnlich sehen musste, wenn man den Beschreibungen von Hubert Glauben schenken durfte. Kleiner Trost immerhin: Horst konnte nicht selbst der Mörder gewesen sein, denn er hieß ja nicht Heimo und er saß im Bau. Andererseits: Wie viele blonde Bademeister oder Poolwarte, die über zwei Meter groß waren, ihre blonden Haare hinten lang trugen und mit einem fetten Schnauzer im Gesicht ausgestattet waren, mochte es geben?)

***

Das alles hatte Gutti ziemlich mitgenommen: der Koffer voll mit Drogen; die aufgeschlitzte Kehle des Schlauchs, die man auch als Bulle nicht alle Tage sieht; die Wunde zwischen seinen Beinen – dagegen war der Tod der Fleischhaube in Thailand ein sogenannter „schöner Tod".

Aber auch für mich war das kein einfacher Tag. Der Schlauch, wie ich ihn kannte, war nicht mehr. Und als er noch war, war er nicht, was er vorgab zu sein. Wenn ich es genauer betrachtete, dann war ich sogar umgeben von Leuten, die voller Geheimnisse waren. Und da rechnete ich die Dicke unter dem Baum, die von sich in der dritten Person redete, noch gar nicht dazu.

Wieder auf der Straße, schaute ich nach links, wo noch immer der weiße Riesenschlitten stand, zu dem es Gutti vorher hingezogen hatte, und davor stand noch immer der VW Jetta. Vor einer Stunde hatte ich noch glauben wollen, dass auch andere schwarze Pfarrer, die als Kardinäle in einem Obdachlosenheim wohnten, so eine Kiste fuhren, aber jetzt war mir natürlich klar, dass es seiner war. Noch einmal fragte ich mich, warum er innerhalb eines Jahres von einem Dodge RAM auf diese alte Mühle hatte abrüsten müssen, auch wenn ich natürlich wusste, dass Lovegod die Margen für seine Dealer immer weiter drückte. Man musste heute auch als nigerianischer Drogendealer schauen, wie man zurechtkam, manche waren sogar gezwungen, „richtige" Arbeit anzunehmen oder irgendwelche Zusatzjobs zu erledigen.

Gutti zog es sofort wieder zu diesem SUV wie ein Zombie zu frischem Fleisch, und als er davorstand, wusste er nicht, was er mit seinen Händen anfangen sollte. Ich stellte mich neben ihn und sagte: „Erste Opfer in der Schönbrunner Allee, wo du wohnst ... Dann in Podersdorf am See, wo du beim Beachvolleyball warst oder besser gesagt: eben nicht beim Beachvolleyball und den halbnackten, eingeölten Girls, sondern am Parkplatz um die halbnackten eingeölten Girls herum. Und dann springst du mich auch noch mit offenem Hosenstall an, als dein Phone läutet, nur damit ich nicht sehen kann, dass du deine Tatwaffe immer mit dir herumträgst. Du bist ein schlimmer Finger, Gutti."

Er tat nicht einmal so, als wäre er gerade bei etwas ertappt worden, wofür er sich schämte, im Gegenteil: „Wenn du am Abend schlafen gehst und dir einen runterholst, dann hast du es warm, während die Obdachlosen sich nicht einmal im Sommer bei größter Hitze einen runterholen können, weil sie ganz andere Bilder im Kopf haben als deine Bunny Beach. Also, das nehme ich jetzt mal an. Aber bei mir ist es so: Während du im Bad liegst und die Füße hochlegst, gehöre ich einem linken Zirkel an und lese das Kommunistische Manifest."

„Aber Gutti! Ich wusste nicht, dass du ... ich meine ... dass du Kommunist bist."

„Du weißt eben gar nichts!"

„Wäre es dann nicht viel vernünftiger, wenn du mit einer Panzerfaust arbeiten würdest? Mein Brotha Lovegod aus Bratislava drüben, der, wie du weißt, nicht mein Bruder ist, aber eben mein Brotha, hat immer ein paar davon im Kofferraum seines roten Firebirds herumliegen, und damit könntest du ..." Den würde ich sowieso anrufen müssen, um ihn über das Ableben des Schlauchs zu informieren.

Gutti sagte: „Glaube mir, genau daran denke ich die ganze Zeit. Und ich leide darunter, dass ich nicht mutig genug bin, mal richtig groß aufzuräumen mit diesen Scheißmonstern."

„Immerhin hast du damit angefangen", sagte ich. „Du sollst dein Licht also nicht unter den Scheffel stellen. Übrigens habe ich neulich noch Folgendes im Radio gehört: dass in Klagenfurt ein Mönch mit abgeschnittenem Rüssel entdeckt wurde. Hast du das auch gehört?"

Vielleicht hatte Gutti es gehört, aber wenn, dann interessierte es ihn nicht. Er stand mit zitternder Hand vor dem SUV und erzählte: „Ich fange immer vorne an. Und dann arbeite ich mich langsam nach hinten."

Er begann eine gemütliche, langsame Runde um den SUV herum zu drehen, während der ich ihm folgte: „Vordere Kotflügel sind gut. Türen sind gut. Reifen sind gut. Die ganze Karosserie ist gut. Es ist ein schönes Geräusch, wenn ein Nagel auf Blech trifft: Tack, tack, tack ..."

Er ging dem über fünf Meter langen Monster entlang nach hinten.

„Hintere Kotflügel sind sogar sehr gut, weil da die Schäden oft lange nicht entdeckt werden. Dann fängt das Blech an zu rosten ..."

Er blieb davorstehen und schaute interessiert auf die Rückfront. Plötzlich sagte er: „Da muss ihm einer reingefahren sein. Hatte es wohl eilig, als er ausparkte."

Der halbe Arsch der Kiste war leicht zerdeppert, und das linke Rücklicht war sogar zerbrochen. Ich hockte mich hin und sah auf dem schwarzen Lack Spuren von rotem. Dann überlegte ich, wo ich zuletzt ein rotes Auto gesehen hatte, das in etwa die Höhe dieses Monsters hatte.

***

Nie hätte ich gedacht, dass mir Lovegod für Willis Kartenrunde einen Kardinal unterjubeln würde, der sich als gewöhnlicher Pfarrer (wenn überhaupt!) herausstellte und von hier aus seine Crystal-Meth-Geschäfte Richtung Kleingartensiedlung in Neu-Brasilien und wer weiß wohin noch ausdehnen sollte. Offen gestanden war ich ein wenig enttäuscht von ihm, denn ich war mir sicher, dass der Schlauch die Lösung für Willis Kartenrunde sein würde, und zwar für die nächsten zehn Jahre! Ich fand, das ganze Land Nigeria war mir nun etwas schuldig dafür, dass uns einer seiner Bürger, in den wir so hohe Erwartungen gesetzt hatten, so dermaßen enttäuschte.

„Du kanntest ihn also?", fragte mich Guttmann schließlich, als wir wieder im Datsun saßen und zurück Richtung Mordkommission fuhren. Die Biene hatte den Abschleppdienst sowohl für den weißen SUV als auch für den VW Jetta des Pfarrers organisiert und saß auch mit im Wagen. Gutti schaute sich nun den Reisepass des Toten, den die Biene noch in seinem Nachtkästchen gefunden hatte, an: „Ich glaube, wir können an dieser Stelle aufhören, von einem Kardinal zu sprechen oder auch nur von einem Pfarrer. Oder von Herrn John James. Nennen wir ihn einfach bei seinem richtigen Namen."

Ich sagte: „Wie hieß er denn?"

„Also, er hieß Olabu..."

„Was?"

„Olabukono..."

„Wie?"

„Olabukonola Chuk...wum...erei...je. Verdammt, was ist denn das für ein Scheißname?"

Die Biene und ich konnten ihn auch nicht richtig aussprechen, also deutete ich einfach auf Guttis Körpermitte und sagte: „Wir nennen ihn der Einfachheit halber einfach weiter Schlauch. Ehre, wem Ehre gebührt."

Die Biene nickte anerkennend, und ich griff hinüber zu meinem Handschuhfach, holte von dort einen Flachmann heraus, der noch voll war, reichte ihn an Gutti weiter und forderte ihn auf, einen ordentlichen Schluck zu nehmen, bevor ihn die Biene kriegte und ich den Rest davon trank.

Deutlich tiefenentspannt und mit weniger Sodbrennen im Magen, sagte ich: „Gott hab den Riesenrüssel selig."

Befeuert vom Schnaps, machte ich mir dann über Folgendes Gedanken: „Glaubt ihr an so was? Dass man nicht alleine ist?" Und erzählte ihnen, wie mein Freund Horst aussah – wie dieser Heimo nämlich. Und dass Kubelka genau das über ihn sagte: dass er „nicht alleine" war.

Aber ich hörte nur ein zweifaches: „Ach, leck mich doch am Arsch mit Nicht-alleine-Sein!"

Dann läutete mein Phone, und ich wusste sofort, wer dran war, denn die Uhr stand auf kurz nach zwölf. Aber ich hatte keine Lust, mir Willis Gejammere anzuhören, also drückte ich ihn weg. Mir fiel nämlich schön langsam auch keiner mehr ein, mit dem ich seine Kartenrunde auffrischen konnte, nachdem einer nach dem anderen wegstarb.

***

Zurück in meinem Büro, rief ich ihn dann zurück, nachdem ich seine zwanzig Anrufe in Abwesenheit in die Tonne geschoben hatte: „Willi, mein Freund! Ich weiß natürlich, wieso du mich angerufen hast. Und es tut mir auch aufrichtig leid, aber der Schlauch spielt Tarock jetzt woanders."

Wütend fragte er: „Wo?"

Mir fiel nichts anderes ein als: „Im Nigerianerhimmel."

Nachdem er die Schockstarre abgeschüttelt hatte, hörte ich ihn: „Sag nicht, dass er tot ist!"

„Wie das Holz in deinem Garten ..."

„... das du noch immer nicht weggeräumt hast! Und wann kommt überhaupt die Grillkohle? Verdammt, ich brauche Grillkohle!"

„Und einen neuen vierten Mann."

Ich hörte ihn schwach atmen, vielleicht hörte ich ihn auch leise schluchzen, vielleicht auch nur laut furzen. So wie einen alten, starken Mann, der eine Träne unterdrückte und dem dann statt der Träne beim Auge hinten ein Furz herauskam.

Wer weiß, wie viele solcher Horrormeldungen Willi noch wegstecken konnte, bevor er selbst tot umfiel. In den letzten Wochen und Monaten war ja nicht viel Erfreuliches passiert in seinem Leben, und wie es weitergehen würde, das wusste keiner.

Ich wartete auf eine ausgedehnte Suada mit Schwerpunkt „aussichtslos“, „hoffnungslos“ und „sinnlos“. Doch plötzlich überraschte er mich: „Weißt du eigentlich, wie dankbar ich dir bin, dass du diesen Kubelka zu mir gebracht hast? Er kann nämlich wirklich gut zuhören. Und ich wusste bisher gar nicht, wie wichtig das ist, dass einem einer zuhört.“

Das ging bei mir einerseits hinunter wie Reißnägel, denn plötzlich sah ich Ku auf meinem Nachfolgethron sitzen, was ich keinesfalls zulassen durfte. Es brachte mich aber andererseits auch auf eine Idee: Zuhören ... Hm.

Vielleicht konnte ich meinen Sommer mit diesem Zauberwort doch noch in ruhigere Fahrwasser leiten? Hatte plötzlich diese Idee, dass Ku mit seinem verdammten Fachwissen die Dicke vielleicht zum Reden bringen und ihr dann genau zuhören könnte, wenn sie sagte: „Alles retour an den Start. Horst hat mich nie und nimmer vergewaltigt. Ich habe alle belogen!“ Was immer noch meine Hoffnung war.

Ich sagte: „Das freut mich für dich, Willi, dass du dich mit Ku so gut verstehst. Nur muss ich ihn zu seiner eigenen Sicherheit leider verlegen, du weißt ja, dass die Schläger vom migrantischen Hassan hinter ihm her sind.“

Willi hatte natürlich keine Freude damit: „Das kannst du mir nicht antun!“

Und auch Kubelka nicht, denn ich hörte ihn im Hintergrund schreien: „Ja, das kannst du uns nicht antun! Willi liebt mich! Und er glaubt mir endlich, dass ich wegen Ludmilla geschlagen wurde. Nicht wahr, Willi?“

„Natürlich! Wir werden aus dir einen Mann machen und diesem verdammten Hussein den Schwanz abschneiden!"

„Hassan!"

Ich konnte beinahe sehen, wie Ku schamlos seine Wampe, die mittlerweile auf Bierzeltniveau angewachsen war, über die Hose hängen ließ und Bier aus der Flasche trank, während er im gemütlichen Gartensessel saß; er, der sonst nur „guten Wein" gelten ließ, aus Gläsern mit Stiel. Konnte sehen, wie er sich gehen ließ, und hatte sogar das Gefühl, dass ihm dort eine Last von den Schultern gefallen war.

Das alles konnte ich nicht zulassen. Darum sagte ich zu Willi: „Stell ihn schon mal zum Gartentor, ich hole ihn dann später ab."

***

Ich legte auf und schaute in mein kleines Büchlein, blätterte vor zu „H" wie Hurenbock, wo ich die Nummer von Herschel, dem Juden, fand. Ich wählte sie, er hob ab, und kaum sagte ich: „Herschel, ich bin's!", schoss er wie aus einer Maschinenpistole zurück: „Rockele, du dreckiges braunes Arschloch! Ich dachte schon, ich kann sterben, ohne dass du mich vorher noch mal anrufst!"

Irgendwann hatte er sich angewöhnt, alle Österreicher „dreckiges, braunes Arschloch" zu nennen. Das hatte wohl mit dem Krieg zu tun.

Ich schluckte kurz, bat ihn dann aber um Folgendes: „Sag bitte nicht Rockele zu mir, Herschel. Du weißt doch, dass ich Rock wie der Felsen heiße und nicht Rockele wie das Felsele?"

„Ach, leck mich doch am Arsch!"

Tatsächlich hatte ich mich schon länger nicht mehr bei ihm gemeldet, weil ich im Sommer halt lieber im Bad bei Horst herumlag als mit alten Männern wie Willi Karten zu spielen oder mit noch älteren Männern wie Herschel über ihre Probleme mit dem Katheter zu reden. Nachdem er es mir dann noch ein paar Mal vorgeworfen hatte, fragte ich zurück: „Warum hast eigentlich du mich nie angerufen?"

„Hast du eine Ahnung, was das kostet, Rockele?"

Das dumpfe Geräusch von Tennisbällen, die im Hintergrund geschlagen wurden, verriet mir, dass Herschel im noblen Park Club im Wiener Prater war. Tennis interessierte mich noch weniger als Golfspielen und Kartenspielen. Aber der Club lag am Weg hinaus nach Neu-Brasilien.

Nachdem er mich dorthin eingeladen hatte, stieg ich in meinen Datsun, und schon fuhr ich wieder über den Kanal und anschließend die Uferstraße entlang hinunter Richtung Riesenrad, wo ich in die Allee hinaus Richtung der Anlage einbog.

Vor dem Club standen hintereinander aufgereiht riesige Karossen, noch größere als die vor Willis Datscha, die Guttmann zum Durchdrehen gebracht hätten. Herschel selbst kam natürlich immer mit dem Taxi hierher, weil man ihm wegen seines angeblich zu hohen Alters den Führerschein abgenommen hatte. Er musste mittlerweile an die hundert sein, sein Tennisschläger jedenfalls war noch mit Mammutdarm bezogen.

Der Club war so nobel, dass sie einen am Empfang sitzen hatten mit Fliege und Frack und weißen Handschuhen, der bei vierzig Grad im Schatten den Spielplan überwachte – und das Kommen und Gehen der Mitglieder. Den runzeligen Ladys, die hier andockten, machte er Komplimente – oder versuchte es zumindest –, mich aber stoppte er vor seinem Tischchen und meinte, dass ich da mit meiner grünen Hose nicht hineinkommen würde, denn das wäre hier wie in Wimbledon: Man trage Weiß, und zwar nur Weiß. Mit meinem weißen Unterhemd und meinen weißen Socken war ich mit dabei, aber eben meine Hose und mein Hawaiihemd – ein echtes Problem!

Ich machte einen auf Zimttörtchenscheißerin und tat übertrieben entsetzt, fasste mir an die Brust und hielt mir die Hand vor den Mund, bevor ich sagte: „Mit meiner grünen original Hose der Rapid-Meistermannschaft aus 1982 um Hans Krankl und Antonín Panenka darf ich bei euch also nicht hinein?“

„Nein.“

„Bist du vielleicht Austria-Fan?“

„Nein.“

„Sportclub?“

„Videoton Stuhlweißenburg.“

„Echt?“

„Scherz. Aber hör zu, Panenka. Du ziehst dir entweder eine weiße Hose an, oder du biegst hier wieder ab. Nur weil ich weiße Handschuhe trage, heißt das nicht, dass ich dir mit der Zange darunter nicht die Eier abreißen werde.“

„Dann wäre der Handschuh aber rot.“

„Und ich hätte endlich ein bisschen Spaß. Oder glaubst du, dass das hier Spaß macht?“

So einer war das also. Dachte, er kommt bei den Weißhosenträgern gut an, wenn er auf mich Grünhosenträger heruntertrat.

Ich machte einen Schritt zurück und deutete meinen Abgang an, rammte ihm dann aber die Faust mitten ins Gedärm, wo sie ein paar Sekunden lang stecken blieb. Dann zog ich sie zurück und schüttelte sie kurz durch. Der kleine Schlag hatte ihn gefällt, wie ein Embryo lag er vor mir. Diese jungen Kampfsportler rechneten heute einfach nicht mehr mit dem Bauchhaken, sie sind viel zu sehr auf Fußtritte gegen die Schläfen und (was weiß ich, was!) fokussiert.

Ich holte mir eine Flasche Prosecco, die neben seinem Empfangspult im Eisbottich steckte, öffnete sie, nahm einen kräftigen Schluck und entschied, dass ich bei Bier bleiben würde. Ich schüttelte die Flasche kräftig (wie Panenka und Krankl nach ihrem Meistertitel) und spritze dem Frackträger den Rest ins Gesicht, während ich ihn fragte: „Kennst du Herschel, den Juden? Er ist Anwalt und wird dich verklagen wegen Diskriminierung von Grünhosenträgern. Hast du mich verstanden?"

„Ja."

„Kannst du das dem Präsidenten ausrichten, damit er sich auf die Klage vorbereitet und Geld zur Seite legt?"

„Mach ich."

Ich nahm ein paar Bierchen mit, die ebenfalls im Eisbottich standen, und machte mich auf den Weg zur Terrasse. Dort saßen einige sehr ansehnliche, jedoch viel mehr sehr unansehnliche Ladys unter ihren Sonnenschirmen herum und warteten darauf, dass ein Sandplatz für ihre Partie frei wurde, Einzel oder Doppel. Die Ansehnlichen gehörten zum Personal (Osteuropa, hohe Wangenknochen), die Unansehnlichen gehörten zum heimischen Geldadel, der die Chose hier am Laufen hielt und schlechtes Bindegewebe hatte. Wieder einmal zeigte sich: Geld macht vielleicht glücklich, aber nicht schön.

Ausnahmslos alle schauten in ihre Phones und wollten gar nicht hinsehen, als ich ihnen ein paar Anfütterungstütchen von Lemmy anbot mit dem deutlichen Hinweis, dass er auch liefern würde. Eine fragte immerhin: „Was ist das?"

Und ich konnte wieder einmal die berühmten drei Worte aussprechen: „Vaya Con Dios."

„Ist das Italienisch?"

„Nein, das ist Latein, Herzchen!"

„Und was soll das heißen?"

„Flieg mit der Concorde. Wenn Sie das nämlich in Ihren Lungenflügelchen sacken lassen, dann fliegen Sie überschallmäßig davon. Und glauben Sie mir, in Ihrem Alter und mit Ihrem Arsch brauchen Sie eine Rakete, um abheben zu können."

Sie senkte wutschnaubend ihren Blick und schaute wieder ins Phone. Ihr genügten die Appetitzügler, die sie sich in der Schweiz bestellte, und das Kokain, das so weiß war wie ihr Röckchen. Irgendetwas war anders geworden, seit Jimi Hendrix seine Gitarre mit der Zunge gespielt hatte.

Ich zündete mir selbst einen dicken Ofen an, genoss zwei tiefe Züge, und dann sah ich endlich Herschel unter einem Sonnenschirm sitzen, der größer war als ein niederösterreichischer Kreisverkehr. Er starrte auf einen roten Aschenplatz vor ihm, wo zwei alte Männer versuchten, sich gegenseitig fertigzumachen, aber halt auf Art des Hauses: Wie Jopi Heesters knapp vor seinem hundertzehnten Geburtstag konnten auch sie eigentlich nicht mehr richtig Tennis spielen, weil sie ja kaum noch richtig stehen konnten. Das sah jedenfalls nicht aus wie McEnroe gegen Lendl Paris 1984, Ende fünfter Satz. Ihre beiden als junge Geliebte getarnten Pflegerinnen – ich schätzte mal: aus der Ukraine – trugen sehr knappes Wimbledonweiß, saßen bei Prosecco auf der Tribüne und – schauten in ihre Phones. Kurz überlegte ich, ob ich sie vielleicht überreden könnte, etwas Gras zu kaufen für die zu pflegenden Herrschaften, aber mittlerweile wusste ich: Gegen den Reiz eines Phones kommst du mit Rauschgift einfach nicht mehr an!

Der eine Alte, der gerade mit Aufschlag dran war, wollte nun, dass die eine Junge ein Foto von ihm machte, und zwar sobald er es geschafft hatte, den Ball weit genug in die Luft zu werfen, um ihn mit seinem Schläger auch zu treffen. Aber sie hatte anderes zu tun und suchte in ihrem Phone eine Welt, in der sie mit der hier nichts mehr zu tun haben musste.

So wie es Herschel vor zwei Jahren getan hatte, als er mit seinem Hildchen nach Israel zog. Bis dahin war auch er verlässlicher Gast in Dirty Willis Swedish Pornhouse gewesen, wo er sich alle *Dirty-Brown-Asshole-Destroyed*-Filme mit Eve Brown in der Hauptrolle angeschaut hatte, mit Leidenschaft, Kennerschaft und Hingabe. Dann aber hatte er sich plötzlich entschlossen, zusammen mit seinem Hildchen auszuwandern, weil er über den Jordan schippern wollte, wo der Jordan auch tatsächlich war – in seinem schönen Gelobten Land. Keinesfalls wollte er hier „in eurer österreichischen Erde begraben werden, die so vollgeräumt ist mit braunen Arschlöchern", wie er immer sagte, „dass ich darin keine Ruhe finden würde!".

Aber kaum waren sie dort, starb sein Hildchen, und Herschel verfiel dem Trübsinn. Jeden Tag stand er an ihrem Grab, erinnerte sich an die Zeiten, als sie sich im Lager kennengelernt hatten, und wollte selbst zu ihr ins Grab hinein, weil er keinen Sinn mehr im Leben sah.

Bis er irgendwann ihre Stimme hörte: „Geh wieder zu deinen Freunden, du alter Hurenbock, und schau dir deine *Dirty-Brown-Asshole-Destroyed*-Filme an, wie du es dein Leben lang geliebt hast!“ Jedenfalls sagte er uns, dass es Hildchens Stimme war, die ihm das befohlen hatte, als er mit zwei Koffern, in denen er seine Anzüge hatte, wieder in seine alte Wohnung in der Josefstadt zog und wir eine Spezialvorführung für ihn organisierten, zur Feier des Tages.

Aber Herschel war nicht mehr der alte Herschel. Während der Jahre in Israel und wohl auch durch den Tod von Hildchen war er milder geworden. Er fragte uns sogar, wie es uns ging, anstatt uns immer nur zu erzählen, wie beschissen es ihm ging („Das Knie! Die Hüfte! Die Augen! Die Prostata! Der Katheter!“). Und als jeder einzelne von uns versicherte, dass man schon so recht und schlecht durchkommen würde, bis auf die finanzielle Seite halt, da schrie er uns nicht an wie früher immer („Ich scheiß euch zu mit meinem Geld, wenn ich das will. Aber ich will halt nicht!“), sondern sagte nur: „Wenn ihr etwas braucht, dann lasst es mich wissen.“

Aber natürlich schämten wir uns alle, und so ließ es ihn keiner wissen.

Nun kam er jeden Tag hierher in diesen Club, um zu saunieren – auch bei vierzig Grad im Schatten –, und dann saß er auf der Veranda und schaute sinnlos in die Gegend – eine Kulturtechnik, die leider langsam verloren ging. Dabei brannte die Sonne unter seiner Schirmkappe auf seine Nase, die aussah, als wäre sie von einem kleinen Hautkrebs befallen, was ihm aber wiederum scheißegal war, weil er den Krebs ja auch schon im Arsch hatte. Gut gehen ließ er es sich trotzdem: Er aß Würste, als ich an seinen Tisch kam, selbstverständlich mit Messer und Gabel, und er trank dieses Gesöff dazu, das Champagner hieß. Ich setzte mich zu ihm und fragte: „Geht's gut?“

„Machst du Witze? Ich verbringe nachts mehr Zeit am Klo als im Bett. Bald lege ich mir eine Matratze vor die Muschel. Oder nein, weißt du was? Ich werde doch den Katheter nehmen ...“

Waren wir also wieder beim Thema. Und ausnahmsweise war ich mal froh, dass alle um uns herum in ihre Phones starrten und niemand uns zuhörte.

Ich legte die Beine übereinander, wippte mit den Flip-Flops, rauchte eine und trank ein Bier. Dabei schilderte ich ihm die Lage. „Es geht um meinen Freund Horst. Er ist Bademeister und hat ein Problem mit einer Lady.“

„Bademeister also“, sagte Herschel. „Dann beschuldigt ihn wohl eine der Vergewaltigung?“

Ich war beeindruckt von seiner Weisheit und schilderte ihm, was genau passiert war. Er fasste zusammen: „Eine Dicke lädt also einen muskelbepackten Bademeister in ihre Wohnung ein. Sie kniet sich vor ihn auf den Teppich und er macht sie voll, aber nicht mit Zeug, sondern mit Rotz, weil er allergisch auf Pappeln ist ...“

„Auf Datteln, Herschel, auf Datteln. Und dann sagt sie, er hätte sie vergewaltigt!“

„Hör zu: Grundsätzlich solltest du heute als Mann besser nicht mehr alleine zu einer Frau mit nach Hause gehen. Bei mir ist es egal, denn ich bin impotent, und das kann ich dann vor Gericht sogar beweisen. Aber ist das dein Freund auch?“

„Horst und impotent? Verdammt, Herschel. Horst ist der Mann! Er kann sie alle haben, und dann kann er natürlich immer und rammelt sie in Grund und Boden!“

„Als Strafverteidiger nenne ich dir drei Möglichkeiten, falls er sie doch vergewaltigt hat. Erstens: Er konnte ausgerechnet die eine eben nicht haben, die ihn beschuldigt, also musste er sie mit Gewalt nehmen.“

Ich war entsetzt: „Was redest du da? Sie ist dick! Und Horst ... Naja." Das Argument schien mir selbst sehr schwach, seit ich mit Friederike geredet hatte.

„Ach", sagte Herschel. „Du weißt nichts über die Frauchens und die Männer, ich aber weiß alles über sie. Manchmal denkst du, einer will nur die gutaussehenden, weil er selbst gutaussehend ist, so wie ich es früher mal war. Aber das ist nicht immer so. Also Möglichkeit zwei: Vielleicht wollte er genau die Dicke, weil er mit der dicken Rosi aufgewachsen ist, mit ihr glücklich war und nie mehr eine fand, die so weich war wie sie. Aber es gibt keine dicke Rosi mehr, und die, in der er die dicke Rosi sah, wollte ihn nicht, sondern ihm nur Tee machen, was ihn durchdrehen und sie vergewaltigen ließ."

Meine Fassungslosigkeit nahm zu: „Dicke Rosi? Weich wie sie? Er hat sie nicht vergewaltigt!"

„Oder Möglichkeit drei: Er sucht sein Leben lang eine wie die, die zwanzig Jahre älter war als er und fünfzig Kilo schwerer, als sie ihm als jungem Kerl die Unschuld raubte und ihn dann zärtlich in den dicken Arm nahm und an ihr volles Fleisch drückte, an dem er mit einem Gefühl der Geborgenheit einschlief, so wie es bei mir der Fall war ..."

Ich fragte: „Du meinst ... äh ... Zärtlichkeit und Geborgenheit?"

Er schien in ferne Erinnerung abzudriften, in eine Welt, in der er selbst irgendwo herumlag in den Armen einer Dicken, die ihm eine verdammte zärtliche Geborgenheit schenkte, dann sagte er: „Sie hieß Milli ..."

Er machte mich ganz unrund mit seinen Weisheiten, die er aus seinem Nähkästchen holte: „Hör zu, Herschel, das ist doch alles ein kompletter Scheißdreck, den du da redest! Du weißt vielleicht alles über die Dicken bis

1940, aber du weißt nichts über die von heute! Die Dicke, von der ich rede, ist Youtuberin und auf Insta ..."

„Auf was?"

Ich wünschte, ich hätte ihm sagen können: „Auf Drogen!"

Stattdessen wiederholte ich: „Auf Insta!"

„Und das erste?"

„Youtuberin! Und Lemmy vermutet, dass sie durch die Aufmerksamkeit, die ihr eine Vergewaltigung einbringen würde, vielleicht ihre Klickzahlen erhöhen wollte."

„Hä?"

Jetzt war er es, der den Kopf schüttelte, und dann sagte er leise: „Habe ich dich eigentlich schon gefragt, was aus dieser Scheißwelt geworden ist, Rockele?"

Ich versuchte dann noch, ihm die Vertretung von Horst schmackhaft zu machen, indem ich ihm verriet, dass der Fall zu Richterin Blau gekommen war: „Herschel! Richterin Blau! Du weißt doch ..."

Und früher hätte er gebrüllt wie ein Kampfhund: „Die braune Sau mit der trockenen Scheide? Ich mache sie fertig!"

Aber heute nickte er nur nachsichtig und sagte: „Ach, Gertrude? Sie wird Recht sicher Recht sein lassen ..." Was mich echt überraschte.

Ich versuchte es noch mit der anderen Spezialität, die er immer am Speiseplan hatte, wenn es vor Gericht hart auf hart kam: „Sollen wir der Dicken vielleicht die Beine brechen? Okay, die Hand? Na gut, die Finger? Die Nase? Herschel! Das waren doch immer deine Vorschläge: Beine, Hände, Finger, Nase ... Oder war es umgekehrt?"

Er schüttelte wieder den Kopf und meinte: „Vielleicht sollte man ihr einfach zuhören?"

Das war doch nicht mehr Herschel, der da jetzt schweigend auf den Platz hinausschaute, wo die zwei Alten versuchten, den Ball zu treffen.

Plötzlich hatte ich sogar den Eindruck, als würde er gerne den Schiedsrichter für die beiden machen, um eine Aufgabe zu haben. Oder gar, um die beiden zu versöhnen, wenn der eine „Out!" schrie und der andere „In!" und sie sich minutenlang nicht einigen konnten und wegen jedem Scheiß anschrien. Als würde Herschel sich am liebsten zu ihnen stellen und sagen: „So, jetzt gebt euch mal die Hand und hört einander zu."

Ich brauchte dringend einen Joint, und als ich mir den anzündete, sah ich, dass eine Träne aus seinem rechten Auge trat und die Wange hinunterlief. Dieser Anblick war so überraschend für mich, dass ich die Träne sofort mit einer Serviette, die auf dem Tisch lag, wegwischte, denn eine Träne passte einfach nicht in Herschels Gesicht.

Er sagte leise „Danke" und versank in tiefes Schweigen, und ich wusste nicht, was ich sagen sollte. Die eine, die passende Frage, schien mir zu weibisch. Trotzdem stellte ich sie, als er nicht aufhören wollte zu schweigen: „Was denkst du? Denkst du an Milli?"

Die Antwort kam überraschend: „Ich denke an Shmuel."

„An wen?"

„An Shmuel. Hier haben wir immer gespielt, genau auf diesem Platz da vorne."

„Wer soll das denn sein? Shmuel?"

„Mein Zwillingsbruder Shmuel. Wir konnten uns nie leiden, von Kindesbeinen an nicht, wir waren wie Kain und Abel, wie Israel und Palästina. Zu Hause durften wir uns nicht schlagen, also droschen wir uns hier die Bälle um die Ohren und brüllten uns an wie die beiden da vorne. Wir trachteten immer danach, dass der eine stärker war als der andere. Oder nein, es ging um mehr: Wir hassten uns und wollten den anderen vernichten. So wie die beiden, nur, dass wir jung und voller Kraft waren. Wir hatten Eier, Rockele. Richtig dicke Eier!"

Er schaute mich mit flehendem Blick in seinen Augen an: „Du weißt doch noch, wie dick meine Eier immer waren?"

Er meinte es – hoffentlich – bildlich, daher konnte ich ehrlichen Herzens sagen: „Natürlich weiß ich das, Herschel. Aber ich wusste nicht, dass du einen Zwillingsbruder hast."

„Hatte!", fuhr er mich an. „Und jetzt weißt du es, also merk es dir gefälligst!"

„Das werde ich."

„Wir hatten zu Hause eine, die hieß Milli und war zwanzig Jahre älter als ich, ein einfaches Mädchen aus Prag, die im Haushalt geholfen hat, keine Jüdin. Sie hatte hundert Kilo, solche Schenkel, solche Brüste, überquellendes Fleisch. Sie roch nach Kraut und Knödel, als sie mir in der Wäschekammer alles gezeigt hat, was man wissen muss über die Liebe. Alles. Verstehst du?"

„Ja."

„Aber meinen Bruder nahm sie nie, ich weiß nicht, wieso. Sie wollte Shmuel nicht ranlassen, obwohl er genauso aussah wie ich. Das machte ihn wahnsinnig, er hasste mich dafür. Und weißt du, was dieser Idiot deswegen gemacht hat? Er hat sie an die Nazis verraten, ist zu denen gegangen und hat gesagt, da oben arbeite eine bei Leuten, die sind Juden. Und weil sie schon mal da waren, nahmen sie uns auch gleich mit, alle."

Eine weitere Träne lief ihm über die Wange. Dann sagte er: „Als sie uns alle wegbrachten, haben sie uns Brüder getrennt, und ich verstehe bis heute nicht, wieso. Ich habe überlebt, wie du siehst. Aber von Shmuel habe ich nie wieder etwas gehört."

Das ging mir tief rein ins Herz. Ich spürte einen Druck auf der Brust, der mich einen Vorstoß wagen ließ: „Und seither hast du das Gefühl tief in dir drinnen, dass du nicht alleine bist? Genau hier?" Ich drückte gegen mein Brustbein.

„Was?", schrie er. „Leck mich am Arsch mit Nicht-alleine-Sein! Ich weiß seither einfach nicht, ob er noch lebt, was unwahrscheinlich wäre. Aber ich weiß auch nicht sicher, ob er tot ist. Und wenn er längst tot ist, was wahrscheinlich ist, dann weiß ich nicht, wo er begraben liegt, und das macht mich so wütend! Denn wenn er noch lebt, möchte ich ihm seinen Schädel einschlagen. Und wenn er längst tot ist, dann möchte ich auf sein Grab pissen und darauf scheißen für all das, was er Milli angetan hat!"

Das machte mich nachdenklich: „Hast du dir etwa nur deswegen Eve Browns *Dirty-Brown-Asshole-Destroyed*-Filme angeschaut? Weil du so wütend warst? Und nicht, weil sie dich erregten?"

„Na sicher, weil ich wütend war, du Idiot! Oder was glaubst du, wie mich dieser Scheiß hätte erregen sollen? Ich meine, wir reden hier von einem braunen Arschloch, das *destroyed* wird! Was soll daran erregend sein?"

„Aber ... wir reden von dem von ... Eve Brown", stammelte ich.

„Das ab Folge 35 gar nicht mehr richtig braun war, weil sie es rasiert hat! Aber nicht nur deswegen kannst du dir ihre ekelhaften und primitiven Filme in den Arsch stecken!"

Ich fand, jetzt ging er zu weit: „Primitiv und ekelhaft?"

„Primitiv und ekelhaft! Und diese Eve Brown ist obendrein noch hässlich wie das Huhn beim Arsch! Hässlicher als Eva Braun selbst! Hässlicher als der Krieg in Russland! Und hundertmal hässlicher als Hitler!“

Als der Securitytyp, der sich wieder erholt hatte, gebeugt an den Tisch kam und Herschel mit leisem Säuseln bat, nicht so laut zu sein, weil sich schon andere über ihn beschwerten, schrie Herschel ihn an, dass er sowieso längst vorgehabt hätte, diesen Scheißverein zu verlassen!

Er stand auf, zerriss seine Mitgliedskarte, warf sie auf den Boden, und dann wir gingen wir gemeinsam zum Ausgang.

Auf dem Weg dorthin fragte ich ihn nach Hildchen. Jetzt, wo er mir von Milli erzählt hatte, war ich mir nicht mehr sicher, ob sie wirklich seine große Liebe war, wie er uns immer versichert hatte.

„Natürlich war sie meine große Liebe, du Vollidiot! Ich habe sie geliebt, aber von Milli habe ich geträumt, verstehst du? Das ist ein Unterschied!“

„Okay.“

„Sogar im Lager erkannte ich aus zehn Meter Entfernung, dass Hildchen es war, die zu mir gehören würde. Rockele! Sie hatte solche Titten, bevor es im Lager richtig losging mit Hunger, und sie wogten auf und ab, als sie auf mich zukam, jawohl, sie wogten auf und ab, du Idiot! Und weißt du was? Ihre Haut war ockerbraun! Und wenn du so eine siehst, hörst du, dann darfst du nicht zögern! Dann darf dir nichts und niemand wichtiger sein! Dann musst du den Sack zumachen! So eine Chance hast du nämlich nur einmal im Leben. Und dann macht es auch nichts, wenn man sein Leben lang von seiner Ersten träumt, von der, die einem alles gezeigt hat. Das ist einfach etwas anderes!“

Als wir daran vorbeigingen, trat er mit aller Kraft, die ihm noch geblieben war, den Eisbottich mit den Bier- und Proseccoflaschen um, die am Boden explodierten, und schrie: „Was soll ich nur ohne Hildchen tun? Was soll ich überhaupt noch tun? Kannst du mir das vielleicht sagen?"

Ich wusste es auch nicht sofort. Aber ich hob die paar Bierflaschen auf, die am Boden lagen, aber heil geblieben waren, und nahm sie mit zum Datsun. In dem saßen wir dann, und ich öffnete die erste Flasche, dann die zweite und schließlich auch noch die dritte, dabei stellte ich ein paar Überlegungen an.

Die letzten Tage waren das reinste Herumgeschiebe gewesen, um den Laden irgendwie zusammenzuhalten: Kubelka für Bauchstich-Fritz zu Willi; Lemmy für Horst ins Bad ... Und jetzt?

Ich fragte Herschel: „Kannst du Tarock spielen, Herschel?"

Und er schrie: „Natürlich kann ich Tarock spielen, du dreckiges, braunes Arschloch! Oder glaubst du, Milli hat mir nur das Ficken beigebracht?"

***

„Warum bin ich nicht in Israel geblieben?", jammerte Herschel dann, als wir uns auf den kurzen Weg über die Donau machten. „Und was ist schon wieder mit meinem Katheter?"

Ein Blick auf seine Hose hätte es mir verraten können, aber den mied ich lieber, seit ich mit Guttmann am Klo war und der in die kurze Hose wechseln musste. Suchte stattdessen nach dem Haus der Ockerbraunen in Alt-Brasilien, weil Herschel mir diesen Floh ins Ohr gesetzt hatte, als er sagte: „So eine Chance kriegt jeder nur einmal." Seither hoffte ich insgeheim, dass ich sie vielleicht zweimal kriegte, aber – links, geradeaus, rechts, rechts, geradeaus, links oder doch rechts, geradeaus ... Ich fand dieses verdammte Haus nicht mehr, weil wir irgendwie aus der falschen Richtung gekommen waren!

Es wurde ja nichts einfacher im Leben, eher im Gegenteil.

Schließlich gab ich auf und ruderte hinüber nach Neu-Brasilien, wo ich direkt vor Willis Gartentür problemlos einen Parkplatz fand: kein Jetta, kein Amarok, alles frei.

Ich stellte den Motor ab, zündete mir einen an und ging im Kopf noch einmal alles durch: Den toten Schlauch würde ich durch den halbtoten Herschel ersetzen. Das war natürlich kein Plan für die Ewigkeit, aber er würde mir ein paar Tage Luft verschaffen, während derer Kubelka der Dicken zuhören und sie aushorchen sollte, damit die Wahrheit über sie und Blondie ans Tageslicht kam und ich endlich wieder ins Bad.

Aber Moment! Durch wen sollte ich Kubelka ersetzen?

Ich verlor langsam wirklich den Überblick.

Als ich Herschel durch die Gartentüre schob, weil er schon sehr dringend pissen musste, stand Kubelka schon auf meinen Zehen und hatte gepackt, was es zu packen gab. Plötzlich schien er seine Abreise kaum mehr erwarten zu können, obwohl ich ihn vor ein paar Stunden noch schreien hörte, dass er nie mehr von hier wegwollte, weil Willi ihn liebte.

Ich nützte diesen Moment unerwünschter Nähe, zu dem uns das enge Gartentor zwang, um ihn auf eine seiner schweren Fehldiagnosen hinzuweisen, die sich meiner Meinung nach in letzter Zeit häuften: „Weißt du eigentlich, dass Herschel sich *Eve Brown's Dirty Brown Asshole Destroyed* gar nie angeschaut hat, weil er sie so geil fand, wie du es immer behauptet hast, sondern nur, weil er so wütend war?"

„Und wenn schon!", sagte er lässig.

„Schämst du dich nicht?"

„Überhaupt nicht! Und jetzt will ich nach Hause, los!"

„Und die Schläger des migrantischen Typen? Hast du vergessen, dass ich dich vor ihnen hierher in Sicherheit gebracht habe?"

„Und hast du vergessen, dass du einen für Willis Kartenrunde brauchtest?"

„Wodurch ich dich in Sicherheit gebracht habe!"

Punkt für mich.

Er knickte ein, kratzte sich am Kopf und meinte: „Ah ja, natürlich, die Schläger habe ich wirklich beinahe vergessen inmitten der hochsommerlich gelösten Stimmung hier. Und jetzt los, bring mich irgendwo anders in Sicherheit, Hauptsache weg von hier, das ist ja die reinste Hölle."

„Details?"

„Hör zu: Ich kam gestern richtig gut ins Spiel und nahm Willi sogar ein paar Scheine ab, und auch schlafen konnte ich leidlich gut in seinem Geräteschuppen, weil ich ja auch leidlich etwas getrunken hatte. Darüber hinaus entwickelte ich eine leidlich gute Gesprächsbasis mit ihm, sodass er sich mir sogar anvertraute und mit mir über seine Einsamkeit, die Angst vor dem Alter und ‚Was tun mit dem Ersparten?' redete."

Hier hakte ich ein: „Was tun mit dem Ersparten?"

„Ja. Ich weiß nicht, ob du weißt, dass er Erspartes hat. Weißt du es? Na, egal! Ich hätte es dir natürlich gesagt, sobald er es mir anvertraut hätte."

„Das Ersparte?"

„Ja, natürlich! Alles war easy cheesy, bis sich das friedliche Idyll in ein verdammtes Irrenhaus verwandelte."

„Wie?"

„Nachdem du Willi angerufen hast, kam plötzlich die Alte von dem da!", schimpfte er und deutete auf den Rotschopf, der jetzt gut gelaunt an Willis Kartentisch saß.

„Sie macht Mode und ist Influencerin. Oder was weiß ich, was sie macht! Jedenfalls machte sie Schluss mit ihm, als sie ihn hier sah und er nicht rüberkommen wollte zu ihr, sondern auf dicke Eier machte und lieber hierblieb, weil er mit einer gewissen Verrückten da drüben nicht mehr unter einem Dach leben wollte. Ich glaube, er meinte damit ihre Oma, die übrigens auch bei ihr im Wagen saß, als sie hier ankam."

Ich fragte: „Die Unersättliche?"

***

Das interessierte mich zwar, aber es interessierte mich ein bisschen weniger als der Rotschopf, der sich an Willis Tisch breitmachte wie die Made im Speck und Sachen sagte wie: „Kann ich noch Bier? Kann ich noch Wurst?" Er redete wie die Kleinen im Kindergarten, nur, dass er keine Apfelspalten wollte, sondern eben Bier ohne Moos oder Zitronen und Wurst aus dem Supermarkt und eben nicht vom Bauern.

„Der!", sagte Kubelka, als er mir an den Tisch folgte und auf ihn deutete wie ein Dreijähriger, der auf dem Spielplatz nicht zur Schaukel durfte. Ihm schmeckte genauso wenig wie mir, dass Willi dem Roten den Senf zur Wurst brachte und dann noch ein Bier, bevor er ihm wieder Schnurren aus seinem Leben erzählte: „Ob Jack Schleck wirklich an Zungenkrebs gestorben ist, willst du wissen? Und ob der an Zungenkrebs gestorben ist! Ach, was sage ich? Er ist daran verreckt, drüben in California! Dieser Lappen! Hast du *Jack schleckt sie alle* gesehen, die Fortsetzung von *Jack schleckt 13!*? Da kann man schon sehen, dass das Teil angegriffen war ..."

Sie waren hörbar beim Thema, und Willi hatte wieder mal die Gelegenheit, über alles zu reden, was ihm wichtig war im Leben, und zwar wirklich über alles. Die Geschichten, die ich mir hundertmal anhören musste und daher nicht mehr hören konnte, die landeten jetzt in den Ohren dieses lallenden Spinners.

„Gestern hat er mir den ganzen Scheiß erzählt", beklagte sich Ku. „Und jetzt erzählt er ihm den ganzen Scheiß, und er tut so, als würde es ihn interessieren. Dabei denkt er nur an Bier und Wurst, weil seine Alte Vegetarierin ist, wie er sagte, und seit der Hausgeburt ... Da läuft nichts mehr mit den beiden. Aber ich meine, was soll der Scheiß? Dieser Typ zerstört die ganze gewachsene Ordnung!"

Dem Roten aber war's egal. Der kratzte sich zufrieden an der Wampe und sagte: „Kann ich noch Kotelett?" Was ihm Willi aber verweigern musste, weil er keine Grillkohle mehr hatte.

„Willi will ihn jetzt adoptieren und einen richtigen Mann aus ihm machen", jammerte Ku weiter. „Und nicht mehr aus mir, wie ich das mit ihm schon ausgemacht hatte. Seit er in ihm einen Sohn sieht, den er angeblich nie hatte, und nicht mehr in mir, der ihm so gut zuhörte, gelte ich nichts mehr, rein gar nichts. Und so behandelt er mich auch!"

„Wie den ungarischen Zigeuner, der du bist, und der eigentlich Köbölkö heißt und nicht Kubelka?"

Er sagte: „Werde jetzt nicht persönlich, okay! Das habe ich nicht verdient!“

***

Ku würde noch dafür bezahlen, dass er es auf Willis Erspartes abgesehen hatte, aber erst später. Zuvor musste die alte gewachsene Ordnung in Willis Garten wiederhergestellt werden, und zwar die ganz alte, die vor Ku: Ich ging zum Kartentisch, begrüßte Willi mit der Rechten und fasste den Rotbart mit der Linken am Gesteck. Daran zog ich ihn in die Höhe, sagte zu Willi, dass er uns kurz entschuldigen müsse, und schob ihn zurück zu seinem Gartenzaun, an dem ein alter Apfelbaum stand. Auf dem Weg dorthin fragte ich ihn, ob er Al Bundy kennen würde, den Schuhverkäufer aus Chicago, der mit einer Rothaarigen verheiratet war, deren Haarfarbe seiner sehr ähnlich war. Aber der sagte ihm gar nichts, so wie diese jungen Leute heute insgesamt oft die besten Serien nichts mehr sagten.

„Kennst du wenigstens John-Boy Walton?“, fragte ich ihn.

Beim Apfelbaum angekommen, schob ich sein Gesicht gegen den Stamm in der Art, wie Al Bundy immer die Verehrer seiner Tochter Kelly gegen den Türstock laufen ließ. Dann schaute ich mir seine blutende Nase an und sagte: „Hör zu, Künstler – oder was auch immer du bist. Da, wo ich schon hingeschissen habe, da musst du erst hinriechen. Hast du mich verstanden?“

Das war offenbar nicht der Fall, denn er fragte: „Was?“

„Du wirst das Pornhouse nie, nie, niemals kriegen, ist dir das klar? Und schon gar nicht das Ersparte.“

Wieder verstand er nicht: „Was?“

Darum ließ ich ihn noch einmal Anlauf nehmen. Dann machte es „Dock!“, und er lag beim Baum und rührte sich nicht mehr. Ich war nicht härter zu ihm gewesen als zu anderen in meinem Leben, aber diese Rothaarigen hielten heute einfach nichts mehr aus. (Na gut. Kann sein, dass ich manchmal überreagiere. Aber die Probleme entstehen ja erst, wenn man vorher gar nichts unternommen hat!)

***

Ich machte kehrt. Aber als ich mir dabei die Rauchwaren aus der Arschtasche meiner grünen Adidas-Hose holte, um mir einen fetten Joint zu drehen, hörte ich vom Swoboda-Haus her das verächtliche Lachen einer weiblichen Stimme, und dann: „Schlappschwanz!“

Das hatte sich Willi anhören müssen, als er bei der alten Swoboda auf Zärtlichkeit und Geborgenheit drängte. Ich drehte mich um und schaute zu dem Fenster hinauf, von wo her die Stimme kam, aber dort sah ich sie nicht mehr. Dafür stand eine beim Zaun, von der ich annahm, dass es Matilda war. Dass sie in Mode machte, sah man ihr auf den ersten Blick nicht an! Sie hatte einen leichten Schlag ins Zigeunerfach, und in ihrem Haarkranz hätten drei Storchennester Platz gehabt. Wegen ihrem Kerl, mit dem sie Schluss gemacht hatte, rührte sie jetzt keinen Finger, sondern schaute ihn nur mitleidig an: „Du hättest ihn vor einem halben Jahr sehen müssen“, sagte sie, ohne dass ich danach gefragt hätte. „Da kam er nicht damit klar, dass ich keinen Wunschkaiserschnitt gemacht habe, sondern eine natürliche Geburt hier bei Oma.“

Ich sagte: „Was?“

„Ich wollte ja gar nicht, dass er dabei ist bei der Geburt, aber er wollte halt unbedingt. Der Kopf vom Jason war wirklich groß, hat mich echt fast zerrissen da unten. Schon lag er da, voll ohnmächtig, und seither kann er meine Mumu nicht mehr ... naja, du weißt schon. Er glaubt, er schafft das nicht. Glaubt, dass er zu klein ist, was er auch ist. Geile Hose übrigens, die du da anhast. Verkaufst du sie mir?"

Die letzten Tage waren ja nicht so rosig gewesen für mich, ich fasse zusammen: Horst und Friederike; Horst und die Dicke; der Schlauch in seinem eigenen Blut; Kubelka neben mir im Bad; die Ockerbraune, die ich nicht mehr fand. Und, und, und.

Aber verdammt, jetzt sagte schon die Zweite, dass ich eine geile Hose anhabe. Ich fühlte mich geehrt, möglich, dass ich sogar wieder anfing zu hüpfen. Zwar hatte sie all die Nachteile, die ich bereits erwähnt habe, und es kamen noch die ganzen Metallteile in ihrem Gesicht dazu und wirklich sehr dreckige Zehennägel. Aber scheiß drauf! Sie war jung, und das war irgendwann das Wichtigste, wenn man es mit den Ladys zu tun hatte. Ich zog also meine Wampe ein, soweit sie sich einziehen ließ, schaute sie an, und dann sagte ich: „Wie steh ich denn ohne Hose da?"

Irgendetwas lag in dieser Hitze, das meinen Körper seltsame Dinge tun und meinen Mund seltsame Sätze sprechen ließ.

Plötzlich verlor sie das Interesse an meiner Hose und vor allem an mir. Um es wieder zu wecken, reichte ich ihr meinen Joint, aber sie lehnte mit verächtlichem Lachen ab. Fehlte nicht viel, und sie hätte „Schlappschwanz!" zu mir gesagt, weil ich nur Dope rauchte und mir nichts Härteres reinzog.

„Dann wohl lieber das Zeug vom Pfarrer?", fragte ich.

Da lächelte sie breit wie Janis Joplin nach einem späten Frühstück mit Jimi Hendrix, bevor ihr das Gesicht starr wurde und sie einfach davonlief. Aber auch ich war schon ziemlich dicht, als ich ihr nachrief: „Was ist jetzt mit meiner Hose?“ Weil ich mir dachte: Scheiß drauf! Vielleicht gibt sie mir ja ihren Rock?

***

Nachdem ich Willis Kartenrunde neu organisiert und wir das Schlaflager für Herschel im Geräteschuppen eingerichtet hatten, schaukelten Kubelka und ich im Datsun schweigend dahin in Richtung Stadt. Dabei schaute ich ihn mir von der Seite her an, seine verbogene Nase, die blauen Augen. Obwohl er fast nichts sah, hatte er schon Willis Erspartes gesehen, das er sich in meine Rapid-Auswärtsdresshose, die ich ihm geborgt hatte, stecken wollte, ohne mir etwas davon zu erzählen.

Das konnte ich nicht einfach so hinnehmen, weil das einem Autoritätsverlust gleichgekommen wäre. Schließlich war ich es, mit dem Willi über die Ladys auf Augenhöhe sprach; dem er glaubte, wenn ich eine mit nach Hause nahm; und dem er anvertraut hatte, dass die alte Swoboda seinen kleinen Willi fressen wollte.

Um die Verhältnisse wieder geradezurücken, bremste ich unvermittelt ab, sodass es ihn gegen die Armaturen drosch, Nase voran. Er schrie: „Spinnst du?“

Das sollte eine kleine Strafe sein, aber auch eine kleine Auffrischung seiner Gesichtsfarbe. Denn für den Plan, den ich mit ihm hatte, brauchte er eine frische Gesichtsfarbe: „Angenommen, mein Freund Horst hätte diese Kerstin Block vergewaltigt, was er nicht hat: Was würde dann im sogenannten Opfer deiner Meinung nach vorgehen?“

„Dann würde das Opfer reden wollen, ganz klar.“

„Du meinst: mit jemand anderem reden?“

„Ich weiß nicht, wie du redest, wenn du nicht mit jemand anderem redest, aber ja. Sie wird sich diesem anderen mitteilen wollen. Das ist ein tiefes Bedürfnis des Menschen und seiner Seele, dass sie sich mitteilen möchte, um Erlebtes zu verarbeiten."

„Verarsch mich jetzt nicht, okay."

„Es mag ja in Teilen ehrenwert sein, dass du in deiner Steinzeithöhle festsitzt und auf das nächste Mammut wartest, das du mit einem Überkopfwurf auf den Griller legen kannst. Aber es gibt eine Seele, du bestehst nicht nur aus Fleisch und Knochen, du bist mehr! Und das, was du mehr bist, das will sich mitteilen, wenn das, was du mehr bist, etwas Schlimmes, Trauriges, Traumatisches erlebt hat."

„Oder wenn es gelogen hat?"

„Dann auch."

Na gut, das war die Theorie. Jetzt aber zur Praxis: „Würdest du dieser Seele zuhören, wenn es die von der Dicken aus dem Bad wäre? Zu der du auf ihre Decke wolltest, obwohl du auf einem Auge blind bist und das andere eigentlich auf deine perfekte Lehrerin geworfen hast?"

Er sagte: „Naja ... du meinst ... die Dicke, die du mit deinem unfassbar rüpelhaften Verhalten zu Tode beleidigt hast, du erinnerst dich?"

„Ich meine die ganz Dicke, die dir mit ihren zwei Milchkannen voran ins Gesicht gesprungen ist. Du erinnerst dich, dass sie von dieser Kerstin Block, der Lehrerin mit dem Blog, geredet hat?"

„Ja."

„Weißt du was? Sie ist Kerstin Block!"

Neben dem erotischen Interesse an ihr hatte ich nun auch sein fachliches geweckt: „Das würde ja bedeuten, dass sie von sich in der dritten Person redet."

„Ja. Geil, oder? Aber es kommt noch besser. Sie heißt gar nicht Kerstin Block, sondern Radenka Vujicic, redet also über drei Ecken über sich, was sagst du jetzt?“

„Wow! Da kann man dann schon von einer ausgewachsenen Schizophrenie reden!“

„Also machst du es?“

„Ja, klar. Ich werde mich allerdings ausdrücklich von dir distanzieren müssen, wenn sie mich auf dich anspricht.“

„So ausdrücklich wie möglich, bitte!“

***

Als wir endlich in der Nähe dieser Adresse waren, blieb ich vier Häuser von ihrem entfernt stehen. Dann fragte ich Ku, ob er seine Visitenkarten mit dabeihätte. Er sah eigentlich nicht so aus, als würde man mit ihm reden wollen, aber er hatte da seine Tricks. Wenn er einmal nicht genug Irre auf seiner Couch liegen hatte, dann stellte er sich einfach irgendwo auf die Straße und verteilte seine Karten mit dem schönen Hinweis, dass es die erste Stunde bei ihm zum halben Preis geben würde. Allerdings hatte er dabei immer ein normales Gesicht und sah nicht aus wie der Schlächter von nebenan.

Er nickte und deutete auf sein Herrenhandtäschchen: „Hier sind sie.“

Ich fasste hinüber zu seiner Türe, öffnete sie und deutete ihm, dass er aussteigen solle.

„Und dann?“

„Sie wohnt da drüben. Du stellst dich vor ihr Fenster und verteilst deine Karten an Passanten.“

„Warum?“

Wie bei allen Plänen war es am besten, wenn man nicht groß darüber redete, aber hier machte ich eine

Ausnahme: „Die Dicke hätte nicht auf dich angesprochen, wenn sie keine Kümmerin wäre, das müssen wir für uns nützen. Sobald dich vor ihrer Türe einer zusammenschlägt, weil du ihm mit deinem Gesicht und deinen Scheißkarten auf die Nerven gehst, robbst du einfach zu ihrer Türe und bittest um Hilfe. Sie wird sich um dich kümmern wollen, und dann nistest du dich bei ihr ein. Vergiss aber bitte nicht mich anzurufen, sobald sie dir erzählt hat, was mit Horst wirklich passiert ist. Du hast zwei Tage Zeit, sie zum Reden zu bringen. Also: Was hältst du von meinem Plan?"

Er sagte: „Nichts!"

Aber plötzlich konnten wir sehen, wie sie nach Hause kam, und er starrte durch sein halboffenes Auge in ihre Richtung. Sie trug zwei Säcke voll mit Futter: was Bekömmliches fürs Wochenende – Chips und so Sachen – plus ein paar Grundnahrungsmittel für während der Woche – Fleisch und Wurst.

Immerhin war nun klar, dass sie zu Hause war, und Ku wollte jetzt dringend zu ihr. So dringend, dass ich mich wiederum fragte, was er eigentlich für die „Perfekte" empfand.

Er merkte sofort, dass ich etwas in diese Richtung dachte, schließlich war er Gehirnschlosser, und als solcher merkt man einfach, was der andere denkt. Also fing er plötzlich an, tief zu seufzen und „Ach!" zu sagen, und ich fragte: „Was ist?"

„Ach, Ludmilla!"

„Ja?"

„Über alles geliebte Ludmilla!"

„Jetzt übertreib mal nicht. Schließlich gehst du gerade zur Dicken!"

Da setzte er noch eins drauf: „Habe ich dir überhaupt schon erzählt, wie schön sie ist? Dass sie zwei wogende Brüste hat? Und dass ihre Haut ockerbraun ist, ihre Haare kohlpechrabenschwarz sind und ihre Augen wie zwei große Mandeln? Habe ich dir das schon gesagt?"

Ich hatte reichlich Vaya Con Dios im Blutkreislauf, das sich aber erst langsam in der Hirnrinde festsetzen musste, wo es traditionell mein Denkvermögen stärkte. Darum sagte ich nur: „Da ist es jetzt natürlich doppelt blöd, dass die Dicke gar nichts Ockerbraunes und Mandeläugiges hat ..."

„Egal!", schrie er, stieg aus und stellte sich auf die Straße vor ihrem Fenster.

Dort passierte zunächst nichts, was ich in meinem Plan vorgesehen hatte, weder bei ihm heraußen noch bei ihr drinnen. Sie war wohl am Futtern, sodass sie heraußen nicht interessierte.

Weil mir aber schnell langweilig wird, wurde mir jetzt langweilig, und in die ganze Langeweile hinein dachte ich plötzlich: Ockerbraun? Kohlpechrabenschwarze Haare? Wogende Brüste? Und dann noch mandelbraune Augen? Kam mir irgendwie alles bekannt vor.

Ich stieg aus, weil ich Ku fragen wollte, ob seine Ludmilla zufällig auch dicke Bücher über Plastilin las, so wie die eine Ockerbraune, die ich kennengelernt hatte. Konnte ja sein!

Aber da kam ein bis hinter beide Ohren tätowierter Schrank mit zwei Sporttaschen in den Händen die Straße herunter, und ich dachte sofort: Wenn Ku jetzt alles richtig macht, dann kommt die Sache endlich ins Laufen.

Fröhlich drehte er sich um die eigene Achse, legte ein Tänzchen hin, das obendrein ziemlich schwul aussah, und – „Hallo, darf ich Ihnen das in die Hand drücken?" – hielt dem Schrank seine Visitenkarte hin, obwohl der gar keine Hand frei hatte. Freundlicherweise blieb er trotzdem stehen, stellte seine Taschen ab und nahm die Karte. Schaute sie an, las, gab sie ihm wieder zurück und sagte kopfschüttelnd: „Marcel redet nicht mit einem Mann."

Dann schlug er ihm gegen die Nase, nahm seine beiden Taschen und ging – zur Türe von Kerstin Block, die genau in diesem Moment herausgestürmt kam, ihn zur Seite stieß und sich mit ihren Drüsen voran auf Ku drauflegte. Der wurde sofort wieder geil auf sie und sie irgendwie auch auf ihn, und über ihrer Geilheit war sie bereit, ihm alles zu verzeihen: „Fickst du wirklich nur ohne Gefühle?"

„Nicht, wenn ich für eine so tief empfinde wie für ... Kerstin Block, die Lehrerin mit dem Blog ..."

Da sank sie zusammen auf ihm wie Bierschaum in einem schlecht gespülten Glas, so gerührt war sie. Ku wollte seinerseits klare Fronten schaffen und fragte mit Sehnsucht hinter dem geschwollenen Auge: „Wer war der Schrank? Liebst du ihn?" Und deutete in Richtung Marcel, über den sie aber nur hysterisch lachte.

„Oh Gott, ihn? Das ist doch nur Marcel, der schwule Installateur mit dem Fitnessblog. Er wohnt einen Stock über mir und vergisst ständig seine Schlüssel!"

„Dann wollte er gar nicht zu dir?"

„Ach, komm! Was soll ich mit einem, der Muskeln hat? Ich liebe es, wenn ein Mann Geist hat!"

„Schon mal vom Philosophen Pfaller gehört?"

Das war eine schwierige Frage für Radenka Vujicic, darum küsste sie ihn lieber, als ihm darauf zu antworten.

Und er deutete mir: Alles klar!, als er wieder Luft holen konnte.

***

Ich ließ die beiden Turteltäubchen alleine in der Hoffnung, dass Radenka Kubelka gegenüber ihr Herz ausschütten und ihm ihre Lüge gestehen würde. Dass Horst sie nicht vergewaltigt hatte in ihrer Wohnung, wo hinter den Fenstern zum Hof ein paar Datteln stehen mussten, wenn ich dem, was er mir erzählt hatte, Glauben schenken durfte.

Oder waren es Pappeln?

Natürlich war mir jetzt auch klar, dass es Kubelkas Ludmilla war, die mich gestern da draußen in Alt-Brasilien auf meinen mintgrünen Datsun aufmerksam gemacht hatte, inmitten der ganzen schwarzen Uniforimti...

Mit ihren wogenden Brüsten, den kohlpechrabenschwarzen Haaren und dem Ockerbraun dort, wo ihr winziger Bikini nicht die Haut bedeckte. Die jetzt bei ihrer Mutter lebte, weil ihr eifersüchtiger Hassan ihrem Liebhaber die Nase einschlagen ließ. Aber stimmte das auch?

Ich richtete mir im Rückspiegel die Haare, spülte den Mund mit ein wenig russischer Brühe, und dabei überlegte ich, ob ich ihm hätte erzählen sollen, dass sie meine Schenkel in meinen Shorts, die darüber hinaus perfekt mit meinem Hawaiihemd harmonierten, gelobt hat. Und dass ich Idiot die Chance meines Lebens vorüberziehen ließ, weil ich mich in dem Moment für meinen Kumpel Horst entschied, den ich jetzt mit seiner Hilfe aus dem Bau herausholen wollte. Dass ich mir aber schön langsam nicht mehr sicher war, dabei die richtige Entscheidung getroffen zu haben.

Ich sprühte ein wenig AXE in meine Hose und kam zu dem Schluss, dass Ku das alles nichts anging. Denn jetzt, wo er auf die Dicke schielte, wollte ich selbst die Ockerbraune und hoffte, dass ich noch eine zweite

Chance kriegen würde, die ich dann unbedingt nützen musste. Plötzlich fiel mir auch wieder ein, wie ich zu ihr kommen würde: rechts, geradeaus, rechts, geradeaus, links, geradeaus, links, geradeaus und dann ...

Es war ein langer, ereignisreicher Tag, nach dem ich mir Entspannung verdiente. Ich drückte aufs Gas und freute mich auf sie, die sie hoffentlich wieder auf ihrer Liege lag mit ihrem schweren Buch, als schon wieder das Phone in meiner Arschtasche läutete. Ich zog es heraus und sagte: „Superschnüffler Rock Rockenschaub löst auf alle Fälle alle Fälle, was kann ich für Sie tun?"

Es war Friederike, die mich aus ihrer Loge im Ottakringer Bad heraus anrief. Sie klang aufgeregt, so, als hätte sie gerade Freddy Krueger gesehen, den aus der Elm Street mit den Messern an den Händen. Und was sie mir zu sagen hatte, das war jede Aufregung wert: „Rocky! Hör zu! Du wirst nicht glauben, wer gerade ins Bad gekommen ist!"

Ich sagte: „Beruhige dich, Friederike! Und sag vor allem nicht Rocky zu mir!"

„Horst ist im Bad!"

„Red keinen Scheiß!"

„Aber er ist da! Und er hat so getan, als würde er mich nicht kennen! Hat sich eine Tageskarte gekauft, obwohl in einer Stunde schon Badeschluss ist."

Jetzt kicherte sie.

„Ich habe dann auch so getan, als würde ich ihn nicht kennen, und habe ihm eine gegeben. Er hat dann nicht einmal nach seinen Sachen gefragt, sondern so getan, als wäre er hier gar nicht der Bademeister, sondern nur ein normaler Gast. Dann ist er auf die Wiese gegangen."

„Und nicht zu Erwin in die Kantine?"

„Nein.“

„Also kann es nicht Horst gewesen sein, Friederike. Denn Horst geht immer zuerst zu Erwin, wenn er ins Bad kommt. Und außerdem sitzt er im Bau!“

„Ich weiß doch, dass er im Bau sitzt, Rocky! Ich verstehe ja auch nicht, wie das geht.“

„Hat dir Lemmy etwas von seinem Zeug zum Rauchen gegeben?“

„Nein, wirklich, er ist hier! Aber er hat so komisch geredet, irgendwie steirisch. Oder tirolerisch.“

Langsam wurde mir unwohl. Ich fragte: „Kärntnerisch?“

Sie sagte: „Keine Ahnung! Aber kannst du bitte kommen? Ich habe Angst vor ihm, denn weißt du was? Er musste die ganze Zeit niesen. Und als ich seine tränenden Augen sah, da sah ich ...“

„Was?“

„Ich sah das Böse in seinen Augen ...“

***

Ich wollte nicht, fuhr aber trotzdem hinaus zu Friederike ins Bad, denn während ich mit ihr telefonierte, beschlich mich ein Verdacht: Wenn es nicht Horst war, der ins Bad gekommen war, dann war es vielleicht dieser Heimo aus dem Obdachlosenheim, der ihm so verdammt ähnlich sah. Das Heim lag nur einen Bezirk weiter nördlich im 17. Bezirk, und wenn er Poolwart war und es ihn von Berufs wegen zum Wasser zog, dann war Horsts Bad das nächstgelegene.

Als ich aber dort ankam, war er nicht mehr da, und ich schaute Friederike mit dem „Wegen dir habe ich jetzt wieder vergessen, wie ich zur Ockerbraunen komme!“-Blick unter meinen Lidern an. Sie merkte meinen Ärger und entschuldigte sich, meinte dann kleinlaut: „Vielleicht kommt er ja morgen wieder?"

„Ja, vielleicht! Aber werde ich morgen wissen, wo die Ockerbraune wohnt?"

Wo ich nun schon mal hier war, wollte ich nach Lemmy sehen. Der hatte sich den ganzen Tag über nicht von seiner Bank wegbewegt und war von den Zehen bis hinauf zur Nase knallrot. Das würde schöne Brandblasen ergeben, die richtig weh tun würden bei einem, der noch irgendetwas spüren konnte. Was bei Lemmy aber Gott sei Dank nicht der Fall war. Darum erwähnte ich seinen Sonnenbrand erst gar nicht, als ich ihn begrüßte, weil er ohnehin wieder nur gefragt hätte: „Sonnenbrand? Was ist das?"

Die Fettflecken lagen um ihn herum wie um ihren Meister, es sah hier aus wie in der reinsten Opiumhöhle. Sie mussten nur ihre Hand mit den Geldscheinen ausstrecken, und Lemmy reichte ihnen frisches Gras. Wäre Horst wirklich hier gewesen, dann hätte er dieses Irrenhaus sofort aufgeräumt, diese Säcke hier mit der Tröte verjagt und dann die Rollläden hinuntergelassen. Dass es hier aber aussah wie am Strand in Goa, nahm ich als letzten Beweis, dass er nicht hier gewesen sein konnte.

Ich hatte dann keine Lust, Lemmy mit seinen Fans zum Ausgang zu schleppen. Darum ging ich zu Friederike zurück und sagte: „Du sperrst den Laden am besten einfach zu und lässt die alle dort über Nacht auf der Wiese liegen."

„Und Lemmy? Bleibt der auch hier über Nacht?"

Ich sah Herzchen in ihren Augen, die verliebt blinzelten.

„Lemmy natürlich auch."

„Oje."

Klar, sie war traurig, denn sie hätte ihn gerne mit nach Hause genommen, nachdem das heute früh alles so gut begonnen hatte mit ihnen. Aber da kannte sie noch nicht seine Eigenart, auch mal achtundvierzig Stunden hindurch den Arsch überhaupt nicht zu heben und in dieser Zeit weder zu trinken noch zu essen; oder die Sache mit seiner Computertastatur, von der sie auch noch nichts wusste, weil ich ihr davon nicht erzählt hatte. Im Grunde hatte sie überhaupt keine Ahnung von ihm, und dass sie jetzt so sehnsuchtsvoll zu ihm hinüber auf die Wiese schaute, hatte wohl damit zu tun, dass sie ihn ... idealisierte.

Ich musste die Sache also wieder geraderücken, ein paar Fakten vor ihre aufkeimende Romantik schieben, bevor sie da die falsche Abzweigung nahm: „Weißt du denn überhaupt, dass er Willie-Nelson-Fan ist?", fragte ich. „Und du liebst doch Gianna Nannini! Es tut mir leid, Friederike, aber überleg dir das noch einmal mit ihm. Ich glaube, das geht sich einfach nicht aus!"

Das machte sie traurig, oder jedenfalls tat sie so. Und dann legte sie noch ein Stück Traurigkeit drauf und drückte ihr Bedauern aus, weil ich wegen ihr herausgekommen war ins Bad, ohne dass ich jetzt etwas davon hatte.

„Voll unnötig", sagte sie. „Dass ich dich angerufen und dir den Abend versaut habe. Sicher hattest du etwas Geiles vor."

„Etwas Ockerbraunes", sagte ich. „Und etwas in Teilen Wogendes."

Das verleitete sie zu einem gewagten Vorstoß: „Möchtest du mit mir kommen, als Entschädigung?"

Das war hoch gegriffen: „Entschädigung? Friederike! Du bist nicht ockerbraun! Und an dir wogen nicht nur die Brüste, an dir wogt praktisch alles."

Aber dann wurde ich scharf auf sie, weil mir einfiel, dass auch Horst auf sie scharf gewesen war, als er die Schwester-Bertha-Löffelchennummer mit ihr machte. Mich aber interessierte das Löffelchen nicht, mich interessierten plötzlich ihre kurzen, fleischigen Finger, mit denen sie Sachen draufhatte, die keine andere draufhatte, und mit denen sie hinkam, wo keine andere hinkam.

Das lernten die Jungen heute ja gar nicht mehr, weil sie alle ihre zehn Finger für ihre Scheißphones brauchten!

***

Die Nacht dann!

Ich war echt froh, als Friederike aufstehen und wieder ins Bad hinausmusste, um dort alles vorzubereiten. Während sie sich anzog, fragte sie: „Bringst du mich raus?"

Aber ich musste ein paar klare Worte vor die aufkeimende Romantik stellen: „Nein, Friederike. Ich muss mich um andere, wichtigere Dinge kümmern." Das war hart, aber notwendig.

Sie fragte: „Hast du an diese wichtigeren Dinge heute Nacht gedacht, weil du ..."

„Friederike!"

Sie war nahe daran, alles zu zerreden. Dabei hatte sie natürlich nicht unrecht. Der gestrige Abend ließ sich ganz gut an zwischen uns beiden, mit zwei Cordon Bleus, die sie für mich gemacht hatte, und auch das bisschen Salat dazu war nicht schlecht, wenn auch zu viel. Am Tisch standen vier Biere, die ich alleine leerte, sie selbst trank Saft. Dann wechselten wir samt Schnaps für mich und Eistee für sie auf die Couch, und dort tat sie, was sie am besten konnte. Und das war, wie gesagt, sehr viel.

Aber wo auch immer sie ihre Finger hatte: Klein Rocky blieb zu Hause, wollte die Hütte nicht verlassen, weigerte sich hartnäckig zu bellen. Und je mehr sie sich abmühte, desto heimeliger und zurückgezogener wurde er. Oder besser gesagt: Er schaute mich die ganze Zeit von unten herauf an und fragte, wo denn nun die Ockerbraune war, die ich ihm versprochen hatte.

Ich träumte dann, als Friederike schon längst *Friends* schaute und ich besoffen neben ihr lag, dass ich bei ihr im Garten war. Zwar kannte ich auch im Traum den Weg zu ihr nicht, aber im Traum ist das ja scheißegal, also war ich plötzlich dort. Sie kniete vor mir (ja, sie kniete vor mir!), und meine Hose hing halb bei den Schenkeln (ja, halb bei den Schenkeln!). Diejenige Hose nämlich, die darüber hinaus so gut mit meinem Hemd harmonierte. Anders als Friederike, verstand sie sich gut mit Klein Rocky, und auch ihre Finger waren hochqualifiziert, allerdings lang und schlank und – ockerbraun. Und ihr Mund? Ein schmatzender Traum (ja, genau!), oder um genau zu sein: Ihr Mund saugte an mir wie der Taifun am nordwestlichen Pazifik.

„Warum bist du in der Nacht plötzlich hochgefahren?", fragte mich Friederike auch auf die Gefahr hin, wirklich alles zu zerreden. „Hast du schlecht geträumt?"

Ich blieb übel gelaunt und sagte: „Muss wohl so gewesen sein. Was dagegen?"

Die schlechte Laune kam daher, dass die Ockerbraune im Traum plötzlich aufgehört hatte, an mir herumzumachen, stattdessen hatte auch sie angefangen mit Smalltalk: „Ich bin Professorin für Neurologie an der Universität Wien mit Gastprofessuren in Berkeley und Uppsala."

Und ich: „Also Lehrerin?"

Sie lachte auch im Traum herzlich: „Nein, ich bin doch keine Lehrerin!“

Aber ich konnte auch im Traum stur bleiben: „Doch.“

„Nein.“

„Für mich sind Sie Lehrerin.“

Ich dachte schon, die Sache kippt, aber plötzlich sagte sie wie im Traum: „Na gut, dann bin ich halt deine Lehrerin. Was soll ich denn noch für dich sein?“

Wir waren also plötzlich per du, was mich nicht störte. Ich überlegte und sagte: „Äh, Krankenschwester?“

„Was noch?“

„Kellnerin?“

„Was noch?“

Aber mir fiel nichts mehr ein. Nur Friederike fragte: „Bist du etwa in eine Kellnerin verliebt?“

Weil ich wohl im Schlaf mit ihr geredet haben muss, mit der Kellnerin, die eine Lehrerin war. Und weil ich mich jetzt selbst nicht mehr auskannte, sagte ich streng: „Aber Friederike! Sie ist doch keine Krankenschwester!“

***

Auch wenn die Nacht mit Friederike durchwachsen war, so hatte sie doch etwas Gutes: Mir war mein Kumpel Fink eingefallen, und zwar wegen ihrer Finger!

Fink schrieb seine Reportagen für den *Schmetterling*, die Stadtzeitung von Vollbartträgern für Vollbartträger. Uns verband eine klassische Eine-Hand-wäscht-die-andere-Freundschaft, außerdem tranken wir gerne Bier.

Ich drehte eine Runde und parkte den Datsun vorm Hard & Heavy von Jolanda, der serbischen Bohnengulaschkönigin. Setzte mich vorm Eingang in die Vormittagssonne, wo es schon gut und gerne vierzig Grad hatte, und die brauchte ich jetzt auch. Ich vermisste die Kraft der Glutbeule da oben am Himmel, die ich mir sonst entspannt im Bad zuführte, aber Entspannung im Bad konnte ich vergessen, solange Horst nicht dort war. Ich ließ sie mir auf meine Schenkel brennen, bis diese so heiß waren, dass Jolanda darauf hätte die Zwiebel für ihre Gulaschsuppe rösten können. Von der bestellte ich mir zum Frühstück eine Portion aus dem Kessel, den sie gestern angerührt hatte. Es war eine Portion der Sorte Balkan brutal, weiß der Teufel, wo die immer ihre Pfefferoni herkriegten, aus der Hölle waren sie nicht. Sie mussten von irgendwo weit darunter kommen, wo es noch viel heißer als in der Hölle war.

Nachdem mir Jolanda den Topf serviert hatte, schaute ich ihr zu, wie sie in ihrem engen schwarzen Rock Bier und Gulaschsuppe an die drei Tische servierte, die sie hier aufstellen durfte. Ihr Arsch war ein herrlicher Anblick, aber die Hölle ließ mich an die Dicke denken, mit der Kubelka nun seine erste Nacht verbracht haben musste. Wenn er nicht ebenfalls bereits im Gefängnis saß, weil sie auch ihn der Vergewaltigung bezichtigte, dann war er noch bei ihr.

Zeit, ihm eine Message zu texten.

„und wie ist sie in der kiste?“

Die Antwort kam sofort und mit Begeisterung.

„volles ueberquellendes fleisch sehr fraulich wirklich sehr fraulich gleichermassen zaertlich wie wild und leidenschaftlich“

Wie schaffte er es, so viel Scheiß in so kurzer Zeit zu schreiben?

„hat sie schon geredet?“

„wir hatten noch keine zeit zum ‚reden‘ ;););) und jetzt ist sie beim baecker“

„vergiss nicht mit ihr zu reden oida!"

„bleibe dran! roger and over"

Ich gab ihm noch bis morgen Früh Zeit, sie zum Reden zu bringen. Und mir selbst den Auftrag, möglichst schnell die Ockerbraune zu finden. Bis dahin würde ich mir Jolandas Arsch anschauen. Jolanda hatte nichts Ockerbraunes, eher was von einem serbischen General. Ihr Damenbart konnte es fast mit dem Schnauzer von Horst aufnehmen, und wenn sie redete, dann klang sie nach Autowerkstatt im Hinterhof, aber verdammt! Sie war heiß! Und als sie zum vierten und sechsten Mal an mir vorbeiging und ich schon befeuert war vom zweiten und dritten Bier und der Hitze der Sonne, da dachte ich: Scheiß drauf! Ich wollte ihr einen festen Klaps auf den Arsch geben, um ihr zu verdeutlichen, wie verdammt gut sie heute wieder aussah, aber da griff mir Fink in den Arm und hielt mich zurück.

Er hatte nämlich sofort erkannt, worauf meine gehobene Hand hinauslaufen würde, und sagte mit strenger Stimme: „Spinnst du? Willst du ihr etwa auf den Arsch hauen in diesen vermaledeiten Zeiten von MeToo?"

Ich dachte nach.

„Früher konntest du herumlaufen, eine Lady anlachen und ihr sagen, dass sie die Süßeste ist, und insbesondere ihr Arsch ... und so weiter! Du konntest sagen: ‚Zu dir oder zu mir?' Und meistens hat sie gesagt: ‚Zu mir, weil ich besser kochen kann.' Aber wenn sie das gesagt hat, dann nicht, weil sie auch wirklich kochen wollte."

„Naja", lachte ich dreckig. „Wir wissen beide, was sie wollte!"

„Aber wenn dich heute eine einlädt, dann kann es sein, dass sie wirklich nur kochen will."

„Oder noch schlimmer: nur reden."

Wir lachten und klatschten uns ab.

Trotz der Affenhitze war Fink wie immer mit einem tadellos sitzenden, schwarzen Sechzigerjahre-Anzug und mit weißem, an den Kragenenden abgekautem Hemd samt schwarzer Krawatte bekleidet, ganz old-school. Sonne bedeutete ihm noch weniger als Lemmy, dafür bedeutete ihm Bier fast noch mehr als mir. Wir bestellten uns beide gleich noch zwei davon, wobei ich das erste gegen den Durst bestellte und das zweite zum Trinken, er aber beide gegen den Durst und dann gleich noch ein Drittes zum Trinken. Irgendwie mussten diese Schreiberlinge ihre zitternden Finger ja ruhig kriegen. Und seine zitternden Finger waren mir gerade eingefallen, als Friederike ihre in mir hatte.

Danke, Friederike!

Der Nachteil beim Biertrinken in großer Hitze war natürlich, dass man wie Sau schwitzte. Aber das war auch der Nachteil an der feurigen Gulaschsuppe, die ich bald zur Hälfte weggelöffelt hatte. Irgendwann rückten wir möglichst unmerklich voneinander ab, weil wir den jeweils anderen mit seinem Schweiß und der Ausdünstung sehr unappetitlich fanden.

Aber als ich endlich weit genug von ihm weg saß, rückte ich wieder näher an ihn heran, um ihm die Sache mit dem Bischof in Kärnten zu stecken, dem verschwundenen Geld und der Sauerei, dass deswegen nur der Poolwart gekündigt wurde, nicht aber der Bischof selbst. Woraus er sicher eine schöne Geschichte bauen würde.

Als Gegenleistung sollte er seine Unterlagen zu jener Geschichte durchackern, für die er damals sogar einen Preis bekommen hatte: eine Geschichte über Kinder in den Heimen Österreichs, die dort in den Sechzigerjahren aufgewachsen waren. Ich hatte den Scheiß zwar nicht gelesen, aber ich hatte ihn immerhin dazu überredet, mit uns zusammen das Preisgeld hier bei Jolanda zu verblasen, an einem einzigen Abend, und das waren immerhin fünftausend Euro.

Dann erzählte ich ihm von dem Typen, der jetzt in der Stadt herumlief und aussah wie Horst, „und zwar eins zu eins: Haare, Schnauzer, Größe – genau wie er!" Fink sollte sich nun an diese Geschichte erinnern und seine Unterlagen durchforsten nach dem Namen, den ich ihm nun nannte und von dem er gleich sagte, dass da irgendwo weit hinten im Oberstübchen etwas läutete: „Heimo? Ja, da war ein Heimo ..."

Aber was genau für ein Heimo und wo der war, daran konnte er sich wegen des vierten Biers nicht mehr erinnern. Gott sei Dank aber war Heimo ein eher seltener Name, anders als Franz und Hans, wie die meisten der Kinder in diesen Heimen damals vermutlich hießen. Oder Rosi und Elfi, wenn es Mädchen waren.

„Und dann schau noch nach, ob da was mit einer Schwester Bertha war ..."

Da war irgendwas in seinem Gesicht, als ich den Namen fallen ließ. Irgendeine Erinnerung fächerte sich auf hinter seinen wässrigen Augen, aber sie ersoff dann wieder im fünften Bier, und dann war überhaupt nichts mehr mit ihm anzufangen.

Ich überließ ihm die Rechnung, weil ich jetzt schon fand, dass das, was ich ihm geliefert hatte, mehr wert war als das, was er mir liefern würde. „Aber wenn von dir etwas Geiles kommt, werde ich mich selbstverständlich revanchieren."

Das sollte ihn motivieren, denn das sechste und siebente Bier, das er sich nun bestellte, ließen mich daran zweifeln, dass er noch den nötigen Schwung aufbringen würde, um sich in seine Unterlagen zu vergraben.

***

Schon saß ich wieder im Datsun, weil mich überraschend Gutti angerufen und gebeten hatte, ihn abzuholen. Ihm war nämlich eingefallen, oder es hatte ihm jemand gesteckt, wo seine Tasche war, und die sollte ich jetzt bitteschön mit ihm zusammen abholen.

Gutti stand bereits vor seinem Büro, als ich dort ankam, aber ohne seine Tasche wirkte er nur halb wie Gutti. Er wirkte wie ein Glas ohne Bier und war ein sehr trauriger Anblick. Ich hielt kurz an, ließ ihn einsteigen, und dann fuhren wir schon zu diesem Obdachlosenheim, wo er sie vergessen hatte.

Während der Fahrt erzählte ich ihm das Neueste: „Dieser Heimo ist gestern wahrscheinlich draußen im Bad aufgetaucht, und Friederike dachte, er wäre Horst. Sie sagte, er hätte das Böse in den Augen."

Gutti wirkte nicht sehr interessiert.

„Jedenfalls habe ich heute Fink getroffen, der doch für den *Schmetterling* vor Jahren diese Geschichte über Kinderheime der Stadt Wien geschrieben hat, du erinnerst dich. Vielleicht ist das eine Spur, weil dieser Heimo ja aus einem solchen Kinderheim nach Kärnten gebracht wurde. Dann könnte über ihn etwas in Finks Unterlagen stehen."

„Ja, vielleicht."

„Ich habe mich schon gefragt, ob er einen Zwillingsbruder hat, von dem er nichts weiß. Das kommt vor, dass Zwillinge irgendwann als Kinder getrennt werden und dann nichts voneinander wissen."

„Ach, red keinen Scheiß."

„Doch! Also hör zu: Wir fahren heute ins Bad, nachdem wir deine Tasche geholt haben. Dort setzen wir uns unter einen Baum und warten. Vielleicht kommt er ja wieder, und dann wird er anfangen zu niesen. Diesen Augenblick nützen wir, um ihm die Handschellen anzulegen, wegen des dringenden Verdachts, seinen Wischmopp im zweiten Stock weggelegt und den Schlauch abgemurkst zu haben, dann hast du einen ... Erfolg! Und einen Erfolg kannst du brauchen!"

Ich klopfte ihm auf den fleischigen Oberschenkel, aber er freute sich gar nicht über den Weg, den ich ihm geebnet hatte. Schon die Girls in Velden hatten ihn nicht aus seiner Nachdenklichkeit gerissen, und mein harter Schlag auf sein weißes Fett schaffte es schon gar nicht: „Verdammt, was ist mit dir eigentlich los?"

„Mir ist dieser Typ ehrlich gesagt scheißegal", sagte er. „Ich habe echt andere Sorgen."

„Details?"

„Die haben mich aus dem Obdachlosenheim nur angerufen, weil der Portier dort ermordet worden ist, und zwar mit einem Nagel in den Kopf. Und Bruder Sebastian steht dort mit einer Hand an die Wand genagelt und kann nicht weg. Soll ich es noch einmal sagen? Genagelt! Mit Nägeln! Von meiner Tasche haben die gar nichts gesagt."

Ich sagte: „Okay."

Auch mich beschlich jetzt eine leise Ahnung, womit die Hand vom Sebastian an die Wand genagelt worden war und womit man dem Portier das Licht ausgeblasen hatte. Aber sicherheitshalber fragte ich: „Mit deinem Druckluftnagler?"

Gutti schaute verschämt zu Boden und sagte: „Mhm."

Das erklärte natürlich seine Sorgen. Denn wenn der Zimmermannnagel in der Stirn des Portiers von der gleichen Bauart war wie der in den Autos, die von einem verdammten SUV-Feind durchlöchert worden waren, dann würde kein gutes Licht auf die Polizei insgesamt und in der Folge auf Guttmann im Besonderen fallen.

Ich sagte: „Sieh das Positive, Guttmann! Vielleicht kriegst du ja deine gelbe Warnweste wieder zurück. Und die passt wirklich hervorragend zu deiner kurzen, beigen Hose und *darüber hinaus* auch sehr gut zu deinen weißen Knien."

Mit irgendetwas musste ich ihn ja trösten.

***

Wir dockten bei diesem Heim an, wo die Vögelchen alle längst ausgeflogen waren, wofür man aber wirklich niemandem einen Vorwurf machen konnte. Denn wenn du als Bewohner eines Obdachlosenheimes nach einem Verbrechen am Tatort bleibst, auch wenn du keinen Dreck am Stecken hast, dann konnte es passieren, dass die Bullen dir ein paar lästige Fragen zu viel stellten: „Haben Sie Leichen im Keller des Hauses, in dem Sie nicht mehr wohnen?"

Du musst dann einfach schnell weg, wenn einer mit einem fetten Nagel mitten in der Stirn in seinem Kobel sitzt, mit der linken Wange gegen die Tischplatte liegend und den Augen noch weit geöffnet, die er auf die paar Zehner richtete, die da wieder herumlagen. Bruder Sebastian stand dem Kobel gegenüber wie Jesus, dessen Kreuzigung man unterbrochen hatte, weil die Nägel ausgegangen waren. Mit der Hand, die nicht angenagelt war, bohrte er in der Nase und sagte: „Das ist Walter." Deutete auf den Kerl neben sich, der ihm kaum bis zur Hüfte ging. Er sah aus wie das Spielzeug eines Zwerges.

Walter war gestern im ersten Stock für den Putzdienst eingeteilt gewesen, und dort musste er wohl Guttis Tasche gefunden haben, als der sie während seiner Verschnaufpause dort stehengelassen hatte. Denn er hielt den Druckluftnagler noch immer in der Hand, in dem jetzt wahrscheinlich zwei Nägel fehlten. Ich flüsterte Guttmann zu: „Kaliber?"

Er sagte: „Hundertzwanzig Millimeter."

Dann ging er mit seinen schwabbelnden hundertfünfzig Kilo auf den Zwerg zu, beugte sich über ihn wie ein riesiger Schatten über das Tal, und fragte streng: „Ist das die Tatwaffe?"

Walter nickte, und Guttmann nahm sie ihm ab. Dann fragte er, wo die Tasche dazu wäre, ohne dass jemand sie erwähnt hätte, und Walter rückte auch sie ohne Murren heraus. Von Kubelka wusste ich, dass ihm jetzt etwas am Herzen liegen musste, worüber er „nach dieser Erfahrung" wahrscheinlich reden wollte. Tatsächlich hüpfte Walter die ganze Zeit schon herum wie Rumpelstilzchen und konnte es kaum erwarten, dass ihm endlich einer die entscheidende Frage stellte: „Willst du reden?"

Er drehte beinahe durch: „Das ist ja das Neueste, dass mir mal einer zuhören will!"

Plötzlich fand ich alles hochinteressant, womit Kubelka mich immer zutextete. Und damit auch Guttmann verstehen konnte, was da gerade vor sich ging, erklärte ich es ihm: „Er hat wahrscheinlich öfter das Gefühl, dass man einfach durch ihn hindurchschaut."

„Wohl eher über ihn hinweg!", sagte Guttmann.

„Nein, Gutti", sagte ich. „Durch ihn hindurch. Kennst du dieses Gefühl nicht?"

Er überlegte, dann fiel ihm ein: „So, wie wenn ich von einer angeschaut werde, die mich aber gar nicht sieht, weil ...?"

„... sie durch dich hindurchschaut! Genau das meine ich.“

Im Wesentlichen ging es dann überraschend darum, dass der Walter böse auf den Hubert war, weil ihm dieser keine Damenbesuche auf seinem Zimmer gestattete, dem Schlauch aber schon. Das hörte sich nach einem vernünftigen Motiv an, jemanden umzunieten, und weckte zunächst sogar Verständnis bei mir. Denn das Problem mit den Ladys war ja, dass man nie eine hatte, wenn man selbst gerade eine brauchte; dass aber gleichzeitig allzu oft eine im Nebenzimmer lag bei einem, der sie der eigenen Meinung nach gar nicht verdiente.

Aber dann dachte ich: Moment! Wie kommt der Zwerg überhaupt zu Damen, die ihn hier besuchen wollten? Er sah jedenfalls nicht so aus, als würden die Ladys extra wegen ihm hier vor dem Heim Schlange stehen.

Als er dann Heidi Klum, das Brechmittel, erwähnte, mit der er angeblich zusammen war und die er eben gerne öfter mal hierher mitnehmen wollte, um sie oben in seinem Zimmer in Grund und Boden zu nageln, war klar, dass Walter im falschen Heim schlief.

Ich fragte den Sebastian: „Sollte er nicht in eine Anstalt mit Gitterbett eingeliefert werden? Schon alleine wegen Heidi Klum?“

Dieser seufzte: „Doch! Aber es ist diese furchtbar neoliberale Bundesregierung mit dem Herrn Bundeskanzler an der Spitze, die das dafür vorgesehene Budget leider schon wieder gekürzt hat! Darum bleibt ja auch immer mehr Arbeit an uns sogenannten NGOs hängen, obwohl wir gleichzeitig angegriffen werden, sobald wir anderen helfen, Stichwort: Balkanroute. Ich weiß also wirklich nicht mehr, wie das alles weitergehen soll in diesem Land!“

Sagte einer, der mit einer Hand an die Wand genagelt war.

Ich antwortete, mit Blick auf Guttmann, dass die Kommunisten das schon wieder auf die Reihe kriegen würden, und fragte dann Walter: „Warum hast du eigentlich den Sebastian nicht erschossen?"

„Weil kein Nagel mehr drin war!"

Das war das klassische Problem aller Massenmörder: dass ihnen allen irgendwann einfach der Sprit ausging.

Gutti wollte dann wissen, ob in letzter Zeit irgendwelche Ladys beim Schlauch waren, die nicht hier hereingehörten, die der Hubert aber trotzdem zu ihm gelassen hatte. „Zum Beispiel gestern Vormittag, bevor er ermordet wurde?"

„Jawohl!", schrie Walter entrüstet. Und der Sebastian schloss verschämt die Augen, als hätte man ihn gerade beim Wichsen am Klo erwischt. Ich drehte mich zu ihm und klopfte ihm gegen die Brust: „Warum hast du uns gestern nichts davon erzählt?"

Es stellte sich heraus, dass es mit Ruf und Ansehen zu tun hatte, die bei ihm auf dem Spiel standen, so wie bei Horst im Bad.

„Weil es so peinlich ist!", sagte er. „Dass ich es nicht einmal schaffe, sündhafte Geschlechtsakte von einem Männerobdachlosenheim des Herrn fernzuhalten. Wie soll ich da jemals Papst werden?"

„Geschlechtsakte?", fragte Guttmann erstaunt. „Hier im Heim?"

Und ich fragte noch etwas erstaunter: „Sündhaft?"

Bis hierher dachte ich, dass der Kardinal wegen seiner Drogen eine stark nachgefragte Persönlichkeit war, aber jetzt sollte es plötzlich um etwas anderes gegangen sein? Um seinen Schlauch vielleicht, der ihm dann von einer, die ihn besuchte, abgeschnitten wurde, und gar nicht von diesem Heimo, nach dem die Fahndung lief?

„Hat Hubert eine junge, heiße Blondine zum Kardinal gelassen?“, wollte Gutti wissen, der auch mal gerne eine junge, heiße Blonde gehabt hätte, was ihm aber nie gelungen war und nie gelingen würde.

„Und hat er dafür Geld genommen, dass er sie reinließ?“

„Geld hat er dafür genommen“, sagte Walter. „Aber als jung und heiß würde ich sie nicht beschreiben. Sie sah eher wie eine alte Oma aus mit sehr runden Hüften.“

„Und als besonderes Merkmal ging sie vielleicht am Stock?“, fragte ich gereizt.

„Genau das tat sie!“, sagte er.

***

Wie aus dieser Scheiße wieder herauskommen?

Wir hätten im nächsten Baumarkt einen Druckluftnagler gleicher Bauart kaufen und ihn dem Walter in die Hand drücken können, anstatt dem von Gutti. Dann wären auch dort seine Fingerabdrücke drauf gewesen, und er wäre vielleicht als Tatwaffe durchgegangen, nach Schmauchspuren würde daran ja keiner suchen.

Aber das hätte wieder gedauert! Und keiner konnte garantieren, dass nicht trotzdem blöde Fragen gestellt werden, wenn der Fall – nicht auszudenken! – vielleicht zu Richterin Blau kommen würde.

Darum gaben wir dem Zwerg lieber zwanzig Sekunden lang Zeit, sich aus dem Staub zu machen. Und falls er das Angebot zur Flucht nicht annehmen wollte, stellte ich ihm das Zusammenleben mit drei groß gewachsenen Tschetschenen in einer engen Zweimannzelle in einem insgesamt sehr engen Gefängnis in Aussicht. „Und glaube mir: Dort wird es noch schwerer für Heidi, dich zu besuchen!“

Man versuchte halt, Probleme zu vermeiden, wo es ging. Und wo es nicht ging, da versuchte man, sie möglichst von sich wegzuschieben.

Das mit Heidi und den eingeschränkten Besuchsmöglichkeiten überzeugte Walter schließlich. Er sagte: „Auf Wiedersehen!“ Und hinaus war er bei der Türe.

„Halt!“, schrie Guttmann noch der Form halber. „Halt! Oder ich schieße!“

Blieb noch Bruder Sebastian, den wir nicht so einfach wegschieben konnten, weil er mit einer Hand an der Wand hing. Ich nahm einen Joint aus meiner Brusttasche, zündete ihn an und schob ihn zwischen seine Lippen. Dann ging ich mit ihm seine Aussage durch, die er als Zeuge vor Gericht auftischen sollte: „Ich habe echt keine Ahnung, welcher mindestens einen Meter neunzig große Mann aus dem asiatischen Kulturkreis da aus welchem Grund auch immer mit einem Druckluftnagler zu uns ins Obdachlosenheim hereingekommen ist und ohne Grund den Portier erschossen hat ...“

Ich nahm die Zehner aus dem Kobel und hielt sie ihm vor die Nase, bevor ich sie ihm in die Kutte schob.

„Naja, ohne Grund vielleicht nicht, kann sein, dass es ein Raubüberfall war, denn beim Portier fehlt Geld, das schwöre ich beim allmächtigen Herrn. Und asiatischer Raum deswegen, weil er Schlitzaugen hatte!“

„Klingt gut“, sagte ich. „Bis auf den allmächtigen Herrn, den kannst du weglassen.“

Dann erklärte ich ihm noch einmal die Vorteile des Verbots von Drogen für den, der sie illegal verkaufte, und bot ihm nun bereits zwölf Prozent vom Umsatz an, wenn er das Zeug hier für Lemmy verkaufen würde. Lovegod drüben in Bratislava würde mich deswegen auslachen, denn der war mit den Margen für seine Dealer immer weiter hinuntergegangen, was man am VW Jetta des Kardinals sehen konnte. Und was vielleicht ein Grund dafür war, dass er Damenbesuche empfing? Empfangen musste, um die Haushaltskassa ein wenig aufzubessern?

Nachdem der Sebastian mit der rechten Hand eingeschlagen und den Deal fixiert hatte, riss ich seine linke mit einem harten Ruck von der Wand, sodass der Nagel das Fleisch endlich ganz durchdrang und er sich wieder frei bewegen konnte. Die Wunde an seiner Hand fand er dann sowieso geil, weil sie ihn an die von seinem Herrn Jesus Christus erinnerte, wie er sagte. Und die starken Schmerzen würden vorübergehen, sobald er Lemmys Gras im Blutkreislauf hatte, weil das auch ein verdammt guter Schmerzkiller war vor dem allmächtigen Herrn.

***

„Dann war vielleicht gar nicht dieser Heimo der Mörder, sondern eine Frau?“, fragte Guttmann, und ich merkte, dass ihm das ganz schön zusetzte. Einen zwei Meter großen Riesen mit langen blonden Haaren und fettem Schnauzer im Gesicht hätte früher oder später auch ein Blinder irgendwo finden können. Aber eine Alte mit runden Hüften und Stock? Die halbe Stadt Wien bestand aus solchen!

Es war dann also nicht ganz einfach für mich, Gutti die größeren Zusammenhänge verständlich zu machen, aber ich versuchte es, als ich den Datsun hinaus in Richtung Neu-Brasilien lenkte, während ich mir über die Speiseröhre ein wenig Schnaps zuführte und über die Luftröhre ein wenig Rauch: „Du weißt doch, dass der Kardinal Teil von Willis Kartenrunde war, und dass er mir letztes Jahr einen Traktormäher geschenkt hat, einen John Deere in Grün-Weiß, okay?“

„Okay.“

„Damit drehte ich dann immer den Zaun zum Nachbargrundstück entlang meine Runden. Neben Willis Datscha steht nämlich ein Haus, wo ein junges Paar wohnt, sie macht in Mode, er macht nichts, hat rote Haare. Der saß gestern als Erbschleicher bei Willi am Kartentisch, bis ich dem gruseligen Treiben ein Ende bereitete.“

Er sagte: „Was?“

„Na, wie auch immer! Der Kardinal muss die beiden da draußen kennengelernt haben, denn ich beobachtete einmal, wie er dem Rothaarigen Drogen verkaufte, mit schönem Gruß an seine Frau, die Modemacherin. Das Zeug, das wir unter seinem Bett gefunden haben ... Crack.“

„Herrgott, komm zum Punkt!“

„Ja gut, ich versuch’s. Diese Modemacherin hat eine Oma, der dieses Grundstück neben Willis samt Haus darauf gehört, sie heißt Frau Swoboda. Willi hatte mal was mit ihr, aber nicht lange, denn, laut Willi, war sie unersättlich, und zwar sogar für seine Verhältnisse unersättlich. Verstehst du? Sie wollte ihn verschlingen, sein Teil fressen! Und jetzt hör zu: Die Frau Swoboda hat runde Hüften und geht am Stock ...“

Guttmann überlegte, dann deutete er auf meinen Joint und fragte: „Wie viel rauchst du eigentlich am Tag von dem Zeug?“

Ich fragte: „Meinst du jetzt in Gramm? Oder die Anzahl der Geräte?“

***

Wir kurvten durch Alt-Brasilien in Richtung Neu-Brasilien, und irgendwie hatte ich es plötzlich nicht mehr so eilig, Gutti zur alten Frau Swoboda zu bringen, damit er sie verhaften konnte.

Guttmann merkte das Ziellose meines Herumfahrens, schob es aber auf Lemmys Gras. Genervt schraubte er mir den Joint aus dem Mund und warf ihn beim Fenster hinaus: „Wenn du weiterhin so viel rauchst, werde ich dich nicht mehr für Hilfsdienste heranziehen!"

Ich sagte: „Mir scheißegal!"

„Links, rechts, geradeaus, rechts, links ... verdammt! Wo willst du überhaupt hin?"

Es war gar nicht so sehr die bevorstehende Verhaftung der Frau Swoboda, die ich hinausschieben wollte, es war vielmehr die Erinnerung an die Ockerbraune, die mich so weich und breit herumfahren ließ. Hier irgendwo musste sie ja sein! Hinter irgendeiner Thuje musste sie liegen und ihr Buch lesen.

Ich fragte mich: Denkt sie dabei an Ku? Oder denkt sie an mich? Oder war der migrantische Hassan schon wieder zurück von seinem Kongress und engte sie ein? Aber gab es den überhaupt? Schließlich hatte sie keinen Ring getragen, als sie mir das Wodkaglas reichte. Und sie trug keinen Sack über ihrem perfekten Körper, wie es diese Hassans von ihren Ladys verlangten. Sie trug nur Blattgold.

Links, geradeaus, rechts, geradeaus, rechts? Oder rechts, geradeaus, links, geradeaus, links?

Wir parkten uns vor Willis Gartenhäuschen ein, über das wir uns unauffällig dem Swoboda-Haus nähern wollten. Aber als wir sein Grundstück betraten, saß dieser ganz alleine am Gartentisch neben seinem Griller, der längst ausgekühlt war. „Wo sind die anderen?", fragte ich.

Und er erzählte resigniert, dass Freddy „Benz“ Friedl vor einer Stunde mit seinem Fahrrad weggefahren war, weil er die Schnauze voll hatte von dem ganzen Scheiß hier, und dass er draußen auf der Straße gleich von einem SUV angefahren worden war, sodass er mit der Rettung weggebracht werden musste.

Das war schon schrecklich genug, aber was jetzt kam, war noch viel schrecklicher.

„Und Herschel?“

Sofort kriegte Willi das ängstliche Zittern: „Der ist drüben bei ihr ...“

Er traute sich ihren Namen gar nicht auszusprechen, sondern deutete nur hinüber zum Swoboda-Haus und dort in Richtung des Fensters im ersten Stock, von wo ich gestern „Schlappschwanz!“ gehört hatte und lautes, höhnisches Lachen.

Ich war besorgt: „Sag jetzt bitte nicht, er ist auf seine alten Tage noch einmal geil geworden?“

„Geil geworden? Ach, leck mich am Arsch mit *geil*! Sie hat ihn zum Essen eingeladen, nachdem er es sich hier in meiner roten Reservebadehose mit den Bommeln dran gemütlich gemacht hatte. Rock! Hast du schon mal sein jüdisches Ding gesehen?“

Herschel war bekannt für sein jüdisches Ding. Auch wenn ich es noch nie gesehen hatte. Wenn einer nämlich so bekannt war für sein Ding, dann mied man den gemeinsamen Gang aufs Klo mit ihm, weil man sich dem Vergleich nicht stellen wollte. (Ich hatte diesen Fehler einmal mit Kubelka am Klo des Texas Tabledance gemacht, wo ich ihn deutlich unter mir eingeschätzt hätte, wo er mit seiner Ausstattung aber jeden Nigerianer inklusive des Kardinals in den Schatten gestellt hätte, was mich zwei Prozent meines Selbstbewusstseins kostete. Dabei galt als ausgemacht, dass

Ku – was die Ausstattung anging – vergleichsweise ein Mitteleuropäer war gegen Herschel.)

Ich antwortet: „Nein. Und weiter?"

„Die Alte hat von ihrem Fenster aus den ganzen Tag auf ihn herübergestarrt, und ich weiß genau, wohin sie gestarrt hat! Irgendwann schrie sie dann: ‚Es gibt Wurstschnecke!' Und mehr brauchte Herschel nicht. Er hatte ja seit gestern nichts mehr gefuttert, weil du die Scheißgrillkohle nicht gebracht hast." Am Ende lief es immer darauf hinaus: Du hast das nicht gemacht, du hast jenes nicht erledigt!

„Und du?", fragte ich. „Hast du keinen Hunger?"

„Mir hängt der Magen auch schon bis zu den Knien, aber ich bin natürlich nicht mit hinübergegangen. Ich weiß ja genau, was sie plant!"

Ich dachte an den Kardinal, wie er ohne seinen Truthahnhals im Bett lag. Und dann daran, wie Willi mir Herschel in seiner Badehose mit den Bommeln dran geschildert hatte. Und dann noch daran, was er mir über die Frau Swoboda und ihren gesunden Appetit erzählt hatte: *„Irgendwann war ich mir sicher, sie will ihn … fressen!"*

Und hatte sie nicht gesagt, es gibt Wurstschnecke?

Während Guttmann noch überlegte, wie diese Wurstschnecke wohl schmecken könnte, rannte ich schon zum Zaun, sprang darüber und fand Herschel hinter dem Haus auf einer Hollywoodschaukel sitzend vor. Mein Blick fiel prüfend auf Willis rote Badehose mit den Bommeln dran und auf das, was seitlich heraushing. Erfreulicherweise war noch alles da, aber wie befürchtet konnte die Badehose sein beschnittenes Ding nicht annähernd bändigen. Immerhin hatte er den Katheter herausgezogen!

Er saß breitbeinig da und schien glücklich, aber nicht darüber, mich zu sehen: „Rockele! Du dreckiges, braunes Arschloch! Wolltest du uns hier verhungern lassen?“

Ich wollte ihn an der Hand nehmen und zurück auf Willis Grundstück bringen, aber er weigerte sich. Wir verloren wertvolle Zeit, während der ich versuchte ihm zu erklären, dass das Stück Fleisch, welches Milli als Erste in der Hand gehabt und das Hildchen in der Folge über Jahrzehnte glücklich gemacht hatte, in höchster Gefahr war. Das zumindest ließ ihn nachdenklich werden, denn ohne sein jüdisches Ding dran wollte er am Ende auch nicht abtreten.

„Was meinst du mit *in Gefahr*?“, fragte er, und ich deutete auf das große Messer, das ich am Tisch liegen sah. Nun konnte es ihm nicht schnell genug gehen, aber in seinem Alter war schnell genug nicht möglich. Er schaffte es einfach nicht aus der Hollywoodschaukel heraus – „Das Knie!“ –, und dann hörten wir plötzlich das Docken des Stockes, mit dem sich Frau Swoboda die fünf Stufen vom Haus in den Garten herunterkämpfte, mit der Pfanne in der einen Hand und dem Stock in der anderen. Ihre Hüften waren noch etwas runder geworden, seit ich sie das letzte Mal gesehen hatte, aber ihr verrücktes Strahlen im Gesicht war unverändert. Ich schaute neugierig in die Pfanne, und darin lag die Wurst, eingedreht zu einer Schnecke. Die Verrückte hatte sie mit Speckstreifen ummantelt und zu einem Kranz gerollt, dann mit Speckwürfeln garniert und in Öl herausgebraten. Das sah ganz lecker aus, wenn man nicht wusste, woher die Wurst vermutlich kam. Kurz dachte ich an die vielen schönen Stunden, die der Schlauch damit verbracht haben musste, mit Ausnahme seiner letzten ...

Als auch Guttmann endlich beim Eingang stand und hereinwollte, nahm ich sicherheitshalber das lange Messer an mich und ging damit zum Gartentor, öffnete es, und Guttmann zwängte sich hindurch. Gemeinsam gingen wir zurück zum Tisch und sahen, wie Frau Swoboda die Pfanne draufstellte und das Messer suchte, das gerade noch da lag. Herschel hatte den Gedanken an Flucht wieder fallen lassen und wollte die Wurstschnecke am liebsten im Ganzen verschlingen, während sie auf Herschels Pimmel zwischen den Bommeln starrte und ihr das Wasser im Mund zusammenlief. Sie suchte das Messer, aber sie fand es nicht. Ich stellte mich zwischen sie und Herschel und sagte: „Wollen Sie ihn nicht lieber mit einem Fischdosendeckel abschneiden, wie Sie das beim Kardinal im Obdachlosenheim gemacht haben?“

Und Herschel schrie: „Ich will keinen Fisch!“

Frau Swoboda schaute mich an wie die Verrückte, die sie war. Spucke lief ihr aus den Lefzen, und dann fing sie an zu zittern.

„Was?“, keuchte sie.

„Sie haben ihm den Schwanz abgeschnitten!“

„Wem?“

Ihr war wohl klar, dass die Reise hier zu Ende war und sie Herschels Wurst nicht auch noch kriegen würde, als Gutti ihr die Handschellen zeigte und zu ihr sagte, dass er sie verhaften müsse wegen Verdachts des Mordes nach § 75 StGB und Verdachts auf Kannibalismus, den entsprechenden Paragrafen wusste er gerade nicht. Sie lachte nur höhnisch und zischte ihn an: „Schlappschwanz!“

Schlappschwanz war ihr letztes Wort. Dann machte sie plötzlich die Augen weit auf, fasste sich an ihre Brust und fiel tot um. Die Zunge hing ihr aus dem Mund, in den sie sich weiß der Teufel was schon alles gesteckt hatte.

Da kam ihre Enkelin heraus und sagte: „Wer will Salat?“ Als sie ihre Oma mit der geschwollenen Zunge und dem blauen Gesicht sah, ließ sie die Schüssel auf sie fallen und sagte: „Wow! Das ist ja geiler als Crack!“ Dann sah sie wieder meine Hose und meinte: „Verkaufst du sie mir?“

Sie war voll mit Chemie, aber ich selbst war auch nicht ganz nüchtern. Als ich schon das Knie hob, um mir die Hose auszuziehen, stieß sie mich an, und ich fiel um wie ein Sack, lag auf der Alten drauf. Matilda lief davon. Aber als ich Guttmann zurief, dass er ihr nachlaufen und sie wegen mutmaßlicher Beihilfe zum Mord sowie zur Kastration verhaften solle, war das natürlich sinnlos. Weil einer, der hundertfünfzig Kilo auf den Rippen hatte, gegen eine, die mit jeder Menge Speed in den Muskeln rannte, keine Chance hatte.

***

Ich bat Guttmann, mir seine Tasche zu geben, und warf endlich einen neugierigen Blick hinein. Mit leisem Tadel fragte ich ihn: „Ist das Würfelzucker?“

Er schaute mich mit resignierten Augen an. Diesen Kampf hatte er verloren, so wie Lemmy den Kampf gegen das Internet verloren hatte. Aber jetzt war ich sogar ganz froh darüber, denn ich nahm eine Handvoll heraus und gab sie Herschel, damit er mir nicht wegen Unterzuckerung von der Schaukel kippte: „Hier, nimm!“

Er schrie: „Zucker? Ich will Wurst, du dreckiges, braunes Arschloch!“

„Bitte, glaube mir. In diesem speziellen Fall ist Zucker besser als Wurst.“

„Sicher?“

„Ganz sicher.“

Die Kannibalin war tot und musste dringend weggebracht werden, bevor die Schnecken und Fliegen kamen, die sich ihrerseits über sie hermachen würden, wie die Alte sich über die Wurst des Kardinals hermachen wollte und – wer weiß? – auch über die von Herschel?

Ich überlegte: Es musste Matilda gewesen sein, die ihre Oma zum Schlauch gebracht hatte, und als sie dann im roten VW Amarok wegfuhren vom Heim – die Alte mit der Trophäe irgendwo in ihrer Hausfrauenschürze! –, rammte sie den Arsch seines VW Jettas, daher der rote Lack daran. Selbst Richterin Blau würde an dieser Beweiskette nichts auszusetzen haben, falls sie die Sache auf den Tisch kriegte und irgendwann verhandeln musste.

Ich sagte zu Gutti: „Siehst du. Jetzt hast du dein Erfolgserlebnis!"

Aber für einen Erfolgreichen blieb er überraschend zurückhaltend: „Die wichtigste Zeugin ist tot, nämlich die Alte selbst. Und die andere ist davongelaufen, die müssen wir erst mal finden. Mehr als den Lack an seinem Auto haben wir nicht."

„Und die Wurstschnecke", sagte ich, wickelte sie in eine Alufolie und stopfte sie in seine Tasche. „Die geben wir der Biene für eine eingehende Analyse."

„Naja", meinte er. „Mal sehen."

Er wurde ganz weiß im Gesicht, und wenn er nicht gleich ein paar Stück Zucker aß, dann würde er mir hier umkippen.

„Hier, nimm!"

Und er nahm.

Danach rief er in seinem Büro an und bestellte die Tatortreiniger mitsamt der Biene hierher. Gerne hätte ich auf die Biene gewartet, um nach dem Ergebnis von

Horsts Rotz-Analyse zu fragen, aber ich hatte Wichtigeres zu tun: Herschel musste zu Willi zurückgebracht werden, denn er brauchte dringend eine Dusche. Als Willi ihn so sah, voller Blut, fiel er beinahe in seinen Griller hinein, weil er sich sicher war, dass sie ihr Werk erfüllt hatte. Aber dann sah er erleichtert, dass noch alles dran war an ihm, und als ich ihm erzählte, dass die Alte tot war, verdrückte er keine Träne, im Gegenteil: „Hoffentlich kriegt sie den Schwanz des Teufels zu fressen!"

Nachdem Herschel geduscht hatte, standen die beiden herum wie zwei Patienten im Siechenheim, die auf die Ball-Zuwerfen-Nummer um Punkt vierzehn Uhr warteten. Kurz vorm Abendessen fragte Willi: „Wer spielt jetzt mit uns Karten?"

Ich wusste es nicht, und ich wollte darüber auch nicht mehr nachdenken. Irgendwann kam der Punkt, wo man auch seine Allernächsten alleinlassen musste, damit sie erwachsen wurden: „Lasst euch selbst etwas einfallen!"

„Ich werde dich enterben!"

***

Ich machte mich auf die Suche nach Matilda, schrie: „He! Willst du meine Hose nicht mehr?" Dabei streifte ich durch die engen Gässchen Neu-Brasiliens und kam immer weiter hinüber in Richtung Alt-Brasilien, wo ich mich wieder heillos verirrte. Die Suche nach ihr war natürlich nur ein Vorwand gewesen, und schon bald suchte ich wieder Schatten, weil die Sonne so gnadenlos herunterbrannte, und schlich wieder an Mauern und Zäunen entlang, bis mir der Lappen wie ein trockener Schwamm am Gaumen klebte. Ich überlegte schon, ob ich auf Knien weiterrutschen sollte, und irgendwann dachte ich daran, es auf dem Bauch zu tun. So konnte ich dann gleich liegen bleiben und mich wie eine Zwetschge rösten lassen, bis ich mein Leben aushauchte, immerhin in meiner besten Hose.

Aber da sah ich sie!

Sie stand an ihrem Zaun, als wäre sie von dort nicht mehr weggegangen, seit ich in meinem mintgrünen Datsun weggefahren war, der so erfreulich war inmitten der ganzen langweiligen Unifo...

Was weiß ich!

Ich lehnte mich gegen den Zaun, hatte dabei mein Hawaiihemd weit geöffnet, sodass sie die behaarte Fleischkrawatte gut sehen konnte, und schaute sie an. Wieder rochen wir einander wie zwei Tiere, und wieder hätte ich sie fressen können, wenn mir nach der Sache mit Frau Swoboda nicht irgendwie der Appetit aufs Fressen vergangen wäre.

Sie trug keinen Ring, wie beim letzten Mal. Aber diesmal deutete ich auf diese unglaublich zarte Hand mit diesen unglaublichen Fingern dran, von denen ich schon geträumt hatte, und wollte fragen, ob der migrantische Hassan ...

Aber ich kriegte kein Wort heraus.

Sie fragte: „Wodka?"

Ich verneinte zu meiner Überraschung und schaffte es zu meiner eigenen noch viel größeren Überraschung, so etwas Ähnliches wie „Wasser" zu sagen.

Nachdem sie zu ihrer Liege zurückgegangen war (ein unglaublicher Anblick!) und wieder zurückgekommen war (ein um nichts schlechterer Anblick!) mit dem Glas in der Hand, nahm ich einen kräftigen Schluck, spuckte den zweiten aus und sagte dann: „Jetzt Wodka."

Als sie auch den brachte, vorschriftsmäßig gekühlt und mit einem Stück Gurke drin, wie ich es liebte, fragte ich endlich nach dem Gatten.

„Der Gatte?"

„Ja. Der ... Gatte. Ist er noch auf dem Kongress?"

Als sie sagte, dass sie nicht verheiratet sei und nichts von einem Kongress wisse, war die Überraschung gar nicht mehr so groß.

„Dann sind Sie auch nicht zu Ihrer Mutter gezogen, weil Ihr Gatte seine Schläger gar nicht auf Ihren Lover gehetzt hat?"

Sie verstand nichts von dem, was ich da redete, bestätigte aber, dass sie hier alleine wohnte.

„Und der Lover?", hakte ich nach.

Sie zuckte gelangweilt mit den Schultern. Das bestärkte mich darin, auf die Tube zu drücken. Ich fragte: „Haben Sie Sonnenöl?"

„Reichlich."

Sie bat mich hinein auf ihr Grundstück und führte mich zu ihrer Liege, wo neben dem Buch über das menschliche Gehirn auch die Flasche mit dem Öl lag. Ich schob das Buch mit dem Fuß beiseite – „Das brauchen wir jetzt nicht!" – und nahm mir mit dem Öl auf den Händen ihre Arschbacken vor, während sie sich öffnete (ja, sie öffnete sich!) und mir über ihren Lover erzählte: „Er war mein Therapeut."

Das „Erzähl mir etwas Neues!" ersparte ich ihr.

„Ich bin nämlich so instabil, ich weiß auch nicht ..."

Ich wischte meine öligen Finger an einem Handtuch ab und zog einen Joint aus meiner Brusttasche, den ich ihr vor das süße Näschen hielt: „Wollen Sie denn etwas haben gegen Ihre Instabilitit...tität?"

„Sie meinen Tabletten?"

„Ich meine Vaya Con Dios."

„Klingt spanisch."

„Ist aber lateinisch."

Sie widersprach nicht.

Ich gab ihr das Teil, und sie wusste zunächst nicht, wie man es rauchte. Oder jedenfalls tat sie so. Aber nachdem ich es ihr erklärt hatte, mit dem Hinweis, dass sie daran saugen müsse wie an meiner Zunge, die ich ihr zum Üben in den Mund steckte, konnte sie es. Zwischen zwei ausgedehnten Küssen fragte ich sie: „War Ihr Lover denn ein heißer Hengst?"

Das war eine Fangfrage, über die aber auch sie sofort lachen musste, nicht nur ich. Dabei war ihr nicht nach Lachen zumute. Sie tat sich schwer mit Männern, weil sie so verdammt heiß war, dass Männer sich nicht an sie herantrauten.

„Nein, also nein, wirklich nicht", sagte sie über ihren Lover. „Er war nicht wie Sie."

Genau das wollte ich hören.

„Aber er konnte zuhören, war verständig, einfühlsam, wissend und gebildet."

„Aber er hatte einen Krummrücken?"

„Ja. Und seit vorgestern ist er weg und hat sich nicht mehr gemeldet, ich weiß nicht, warum."

„Ich weiß zwar alles über das menschliche Gehirn, aber ich weiß nichts über die Männer."

Ich sagte: „Na gut, Männer und Gehirn ..."

Sie lachte, als hätte sie selbst keines.

***

Wir wechselten in die Kiste (riesig; weiße Wäsche; das Nachtkästchen gut gefüllt mit allem, was Spaß machte), wo wir den Rest des Tages verbrachten inklusive der ganzen Nacht bis hinein in die frühen Morgenstunden.

Während der ganzen Zeit passierte nichts, was einen Mann nicht *extrem* glücklich machte: Ihre Ockerbraunheit war reinstes Glück, ihre Finger beherrschten alles, was die von Friederike auch konnten, und ihr Mund saugte an mir wie das Auge des Taifuns am nordwestlichen Pazifik, genau so, wie ich es geträumt hatte. Und sogar schlafen konnte ich neben ihr (was ich sonst nie neben einer konnte), nachdem ich an die hundertmal über sie drübergerutscht war, sehr zur beiderseitigen Freude. Am Morgen dann, nachdem wir zusammen geduscht hatten, zögerte sie nicht einmal, mir einen Schluck Schnaps in den Kaffee zu schütten, als ich sie darum bat, und kraulte mir die Locken an den Schenkeln, als ich sie auch darum bat.

Mit anderen Worten: Schnurziburzi, wie ich sie mittlerweile nannte, war perfekt. Obwohl sie mir irgendwann gestand, dass sie gar keine Professorin für Neurologie an der Universität Wien mit Gastprofessuren in Uppsala und Berkeley war, sondern nur Lehrerin. „Ich hab da leider ein Problem mit meiner Selbstwahrnehmung."

Bei mir freilich konnte sie sich das „leider" sparen, ich sagte: „Ich hab doch immer gewusst, dass du Lehrerin bist."

Sie lachte und fragte: „Woher denn?"

„Das bleibt mein Geheimnis."

Während ich das Ham and Eggs mit den acht Eiern drin verschlang, das sie mir zubereitet hatte, nachdem ich sie darum gebeten hatte, überlegte ich bereits, mit welchen Worten ich Lemmy beibringen sollte, dass ich bei ihm ausziehen und mich nicht um seine Pflege im Alter kümmern konnte. Und die Worte, mit denen ich Willi sagen würde, dass er mich am Arsch lecken und sein Imperium wem auch immer überschreiben solle, der ihm den Rasen mähte und das Totholz zur Seite räumte, tropften bereits wie süßer Honig aus meinem Mund, der gleichzeitig an dem der Ockerbraunen klebte, wenn ich ihm nicht gerade Egg oder Ham zuführte. Und sollte irgendein Scheißtiefdruckwirbel irgendwann mein geliebtes Azorenhoch zur Seite schieben, war es mir auch scheißegal, denn der Arsch von Schnurziburzi war so heiß, dass man damit einen Hochofen befeuern konnte, kurz: Wir saßen schon nach einer einzigen perfekten Nacht sicher auf unserer Rakete in Richtung ewiges Glück, und nichts und niemand würde diese Rakete jemals stoppen.

Kirschtörtchen, wie ich sie mittlerweile auch nannte, nachdem sie mir eines eingepackt hatte als Jause für den Tag, begleitete mich dann sogar hinaus bis zum Gartentor, wo wir uns weitere zwei Stunden fünfundvierzig Minuten lang küssten, bevor ich schließlich den Satz aller hart arbeitenden Männer sagte: „Ich muss dann wirklich."

Nämlich in die Stadt hinein und schauen, dass ich Horst wieder ins Bad kriegte, denn ... Horst ... mein Horst ... Ihn konnte ich einfach nicht vergessen, ihn löschten auch ihre zwei Mandeln über der Stupsnase nicht aus meiner Erinnerung.

Mein Horst!

Zwar schmolz ich schon wieder, als sie mich weitere fünfunddreißig Minuten lang küsste, und war geneigt zu sagen: Wofür brauche ich ein ganzes Bad, wenn ich die in der Badewanne habe? Aber nach diesem kurzen Schmatz und dem langen Bad, das wir dann auf meinen Vorschlag hin gemeinsam genommen hatten, standen wir dann doch wieder beim Eingang, und es stolperten die berühmten sechs Worte aus ihr heraus, die jeder Mann fürchtete: „Wollen wir mal etwas zusammen unternehmen?“

Es zog mir augenblicklich den Sack in der Hose, die so gut mit meinem Hawaiihemd harmonierte, zusammen, und mit leichtem Stottern fragte ich: „Du meinst wie Kajakfahren oder Campen an der Thaya?“

Sie strahlte: „Ja, genau! Oder Radfahren die Donau entlang!“

Sie hüpfte sogar ein paarmal auf und ab und schlug die Hände zusammen, was wohl eine gewisse Vorfreude ausdrücken sollte, aber da war sie natürlich bei mir an den Falschen geraten. Ich musste nicht einmal überlegen, sondern sagte nur: „Nein, danke. Ist nichts für mich.“

Und ging.

Drehte mich nicht mehr um und schaute nie wieder zurück.

***

Ockerbraun hin, ockerbraun her: Diese Ockerbraune war nichts für mich, wenn sie schon nach der ersten heißen Nacht etwas unternehmen wollte. Das Wichtigste im Leben war es schließlich, nichts zu tun. Und das gelang mir am besten im Bad.

Horst!

Ich fand überraschend schnell zurück zu Willis Gartenhäuschen, wo mein Datsun stand. Ich wollte schon hineinspringen und in die Stadt zurückfahren, da traute ich meinen Augen nicht: Matilda musste in der Nacht zurückgekommen sein, hatte heimlich vom Haus der Oma Grillkohle organisiert, und nun legte sie für die beiden rüstigen Senioren die letzten Steaks und Koteletts auf den Griller und trank mit ihnen sogar noch

Bier mit Zitrone. Sie war ganz hibbelig, weil sie nichts zum Nachschießen hatte, und Willis Hunger hatte über seine Angst gesiegt, dass bei der Enkelin der Hang zum Kannibalismus mit der speziellen Vorliebe durchschlagen würde, obwohl auch sie, wie sie jetzt immer wieder versicherte, begeistert war vom Anblick der beiden in ihren Badehosen: „Oh, là là!"

Und sie meinte nicht die Hosen!

Sie sagte so oft „Oh, là là!", dass Herschel und Willi gar nicht hörten, wie sie dazwischen fast ebenso oft nach ihrem Ersparten fragte.

Da war mir klar, dass sie wohl irgendwie pleite war. Das mit ihrer Scheißmode hatte nicht recht funktioniert, die Scheine flatterten nicht wie erwartet herein.

Um die Übergabe des Hauses voranzutreiben, tat sie alles, um die Alten bei Laune zu halten und ihren Appetit zu stillen, und wie Willi forderte wahrscheinlich auch sie immer mehr und legte die Latte immer höher. Bei ihm musste der Rasen gemäht und das Totholz weggeräumt werden. Die alte Frau Swoboda hingegen war bald nur noch zufrieden gewesen, wenn sie sexuell ausgelastet war und am besten nach dem Sex etwas zu futtern kriegte. Senioren wurden heute nicht einfach irgendwo alt, sie stellten Ansprüche! Und der Schlauch, den Matilda hier als Drogendealer kennengelernt hatte, wurde den Ansprüchen der Unersättlichen mehr als gerecht.

Das alles bestätigte mir Matilda, nachdem ich die fröhliche Runde unterbrochen und sie zum Geräteschuppen geführt hatte, wo ich ihr drohte, sie zum John Deere zu sperren, wenn sie mir nicht im Detail erzählte, wie es gelaufen war: Sie legte beim Drogenkauf immer etwas drauf, womit sie sich für die Oma einmal in der Woche Sex mit dem Schlauch erkauft hatte; hatte sie hingebracht mit dem Amarok, vor dem Heim gewartet und sie wieder hierhergefahren. Warum sich der Schlauch darauf eingelassen hatte, konnte ich mir selbst erklären: Lovegod war bei den Margen für seine Dealer knausrig wie eine Bank bei den Zinsen für ihre Sparer, den Dodge RAM musste er gegen den VW Jetta tauschen, was für einen nigerianischen Dealer, der etwas auf sich hielt, extrem peinlich und erniedrigend war. Wenn er sich also etwas dazuverdienen konnte, sagte er nicht Nein. Und Hubert kriegte seinen Fair Share, damit er die Ladys hereinließ.

Über den Mord selbst konnte oder wollte sie nichts erzählen, da sie nicht mit drinnen war, also stellte ich meine eigenen Vermutungen an: „Dem Kardinal war die Last, die er da einmal in der Woche mit seinem Schlauch zu stemmen hatte, so schwer, dass er deiner Oma an dem Tag, an dem sie ihn umbrachte, damit drohte, das Pimpern einzustellen, wenn du nicht deutlich etwas drauflegst."

„Was?", fragte sie gelangweilt.

„Das hat ihr nicht geschmeckt, denn sie wusste wohl, dass die Tage in ihrem Leben, an denen sie es mit so einem Gottesgeschenk aufnehmen durfte, gezählt waren."

„Wer will nicht alles rausholen aus seinem Leben?", fragte sie frech.

„Und weil sie nicht teilen wollte, schnitt sie ihm lieber die Kehle auf und holte sich seinen Rüssel, bevor ihn eine andere kriegen würde. Ganz schön egoistisch", tadelte ich sie.

Matilda schaute genervt: „Gefickt hat sie ihn, ja. Aber was redest du für einen Scheiß mit Mord und Schwanzabschneiden? Du bist echt voll drauf, Scheiße. Hast du für mich auch so was, das will ich unbedingt."

Ich fragte: „Meinst du meine Hose, oder wie? Vergiss es!"

Ich war böse auf sie, denn sie hatte den Schlauch, meinen Kumpel, zur Hure gemacht, der über ihre Oma drüber musste, und dafür sollte sie büßen.

Ich führte sie zu den beiden Alten in ihren geilen Badehosen, die sie vorher noch über den grünen Klee gelobt hatte, und sagte ihr, dass der eine von den beiden Pornokinobesitzer war, wo sie nach der Gefängnisstrafe als Putzfrau anfangen könnte, und der andere Anwalt, der für sie die Gefängnisstrafe auf ein Minimum reduzieren könnte, wenn sie jetzt noch alles für die beiden tun würde, wozu ein schöner Sommertag im Garten, wie er sich abermals abzeichnete, einlud.

Und zwar alles!

Aber da bestätigte sich ihr mieser Charakter, denn sie sagte: „Dann lieber lebenslänglich."

***

Ich packte sie zusammen und setzte sie in den Datsun. Dann legte ich für Willi und Herschel die restlichen Koteletts auf die restliche Glut. Und weil sie mich dabei so verloren anschauten und irgendwo in ihren Augen der letzte Sonnenuntergang zu sehen war, der ihnen bald bevorstand, verriet ich ihnen etwas: „Nach dem Essen geht ihr da raus bei der Türe, dann rechts, dann geradeaus, dann links, dann geradeaus, dann rechts, dann wieder links, wieder geradeaus, rechts, geradeaus, links und dann noch fünfzig Meter geradeaus. Dort findet ihr einen Gartenzaun mit einer niedrigen Thuje. Wenn ihr über die drüberschaut, dann liegt dahinter im Garten eine auf ihrer Liege, sie ist ockerbraun und liest ein Buch über das Gehirn. Und ob ihr es glaubt oder nicht, ihr ist noch langweiliger als euch, weil sie so unglaublich schön ist und sich keiner an sie rantraut. Also wenn ihr nicht alles falsch macht, dann habt ihr eine schöne Woche vor euch, fragt sie nur, ob sie etwas unternehmen will, vielleicht spielt sie sogar Tarock mit euch."

Sie waren zuerst erstaunt, dann begeistert. Und dann sagten sie: „Wie genau kommen wir da hin?"

Nachdem ich es ihnen noch einmal erklärt hatte, fuhr ich mit Matilda zurück in die Stadt, bog dort ab in Richtung Mordkommission und stellte sie zum Empfang, wohin ich Guttmann bestellt hatte. Der ließ sie erkennungsdienstlich behandeln, als Mitwisserin und Komplizin in der Mordsache Mr. John James: „Sie wollte das Haus der Alten, so wie sie meine Hose wollte. Und dann noch das Ersparte von Willi und Herschel. Sie kriegte den Schlund nicht voll."

Guttmann sagte: „Schrecklich. Schrecklich. Aber hat sie mit dem Mord auch wirklich etwas zu tun?"

Und ich sagte: „Natürlich, Gutti! Natürlich!"

Dann gingen wir hinauf in sein Büro, wo ich merkte, dass er den Anblick der Wurstschnecke noch immer nicht ganz verdaut hatte. Ich drängte ihn, doch etwas mehr Zufriedenheit darüber zu zeigen, dass er den abscheulichen Mord an dem Kardinal samt Kannibalismus geklärt hatte. Auch wenn die Leser der *Gosse*, wenn der Fall erst in der Zeitung stand, es vermutlich lieber umgekehrt gehabt hätten. Dann hätte man auch diese alte Zeichnung mit dem Negerhäuptling vor dem kochenden Kessel wieder mal bringen können, den Häuptling natürlich im Leopardenfell mit ein paar Knochen durch die Nase. Und auch wenn die wichtigste Zeugin, Frau Swoboda, tot war, und die andere wichtige Zeugin, ihre Enkelin, so tat, als wüsste sie nicht, was wir mit „Schwanz abgeschnitten“ überhaupt meinen.

„Sie ist halt drogensüchtig, Gutti! Sie kann sich nicht so gut erinnern!“

Was ihn nicht glücklicher machte: „Das hilft uns vor Gericht auch nicht weiter.“

Nur zögernd führte er sich zur Feier des Tages ein Stück Würfelzucker zu. Und dann hörten wir noch im Radio, dass dem Azorenhoch plötzlich ein Tiefdruckwirbel am Arsch hing, obwohl man uns für die nächsten acht Wochen Sonnenschein versprochen hatte. Was wiederum mich nicht glücklich machte.

„Wenn sie ihn wirklich umgebracht hat“, sagte Guttmann, „dann kapiere ich noch immer nicht, warum dieser Heimo von dort weggelaufen ist. Und die Spur von seinem Putzkübel zum Zimmer des Kardinals ... Glaubst du, es war Zeug?“

Ich sagte: „Ich hoffe, es war Rotz! Aber verdammt, musst du immer irgendwo ein Problem sehen?“

Die Wurstfinger, mit denen er auf den Tisch geklopft hatte, erinnerten mich daran, dass ich Fink, der ja vielleicht etwas über diesen Heimo herausgefunden hatte, anrufen musste, sobald wir bei der Biene unten in der Forensik fertig waren. Sie war der eigentliche Grund meines Besuches, und nachdem wir um Punkt neun Uhr bei ihr ankamen, kredenzte sie uns schon russische Brühe.

Dabei prüfte sie mich mit dem wissenden Blick einer Frau, mit der mich eine reife Freundschaft verband: „Du siehst beinahe glücklich aus für einen alten Mann, der sich mit Riesenschritten dem Tod nähert. Hattest du noch einmal eine heiße Nacht, bevor es damit endgültig vorbei sein wird?“

Ich lächelte überlegen: „Schön, dass man es mir ansieht, und danke der Nachfrage. Sie war perfekt, mit einem einzigen, kleinen Makel."

„Lass mich raten: Sie wollte etwas mit dir unternehmen?"

Die Biene! Sie wusste nicht nur alles über den menschlichen Körper, sondern auch alles über Frauen und Männer, die in diesen Körpern steckten, und die kleineren und größeren Unterschiede, die sie am Ende nie zusammenkommen ließen. Jedenfalls nicht so, dass sie miteinander glücklich würden.

Wirklich glücklich war ich im Bad mit Horst in der Kantine, nachdem er seine Runde über die Wiese gedreht hatte, an der Dattel vorbei, die ihm den Rotz aus der Nase trieb.

Oder war es eine Pappel?

Ich fragte also: „Hast du endlich die Analyse?"

War sogar richtig nervös, was sie merkte. Mein Wohl und Wehe hing davon ab, ob mein Freund diese Kerstin Block mit Rotz oder mit Zeug benetzt hatte. Horst, der sie alle haben konnte. Horst, der Riese, zu dem alle aufschauten, ich vielleicht am meisten. Horst, die Autorität, die selbst zugewanderte Rotzlöffel vom Seitlich-ins-Becken-Springen abhalten konnte. Der jeden Tag öfter Sex hatte als unsereins in einem ganzen Jahr.

Ich fragte: „Na?"

Und sie sagte: „Entspann dich. Es war Rotz."

Ich sank beinahe in die Knie vor Freude. „Und du hast dich sicher nicht getäuscht?"

„Ich weiß sehr gut, was Rotz ist, und ich weiß sogar noch besser, was Zeug ist. Schließlich habe ich Monica Lewinskys Biografie gelesen. Wenn das Zeug gewesen wäre, dann hätte dein Freund Horst dieser Kerstin eine

Ladung verpasst, von der sich ein eiweißarmes Land drei Tage lang ernähren kann, das schafft nicht einmal dein Horst."

Ich sagte: „Naja ... Unterschätz bitte Horst nicht!"

„Und was euch vielleicht freuen wird, oder vielleicht auch nicht: Die DNA im Rotz auf dieser Kerstin Block ist identisch mit dem Rotz, den wir auf dem Kardinal gefunden haben. Wenn man also dem Ergebnis dieser Analyse folgt, dann hat dein Freund Horst nicht nur diese Kerstin mit Rotz bestäubt, sondern auch diesen Pfaffen. Was ich aber nicht verstehe, und du vielleicht auch nicht: Wie ist das möglich, wenn er seit drei Tagen in U-Haft sitzt? Hat er einen Schlüssel und kann nachts raus? Wohl kaum. Also hast du eine Idee?"

Ich hatte keine, und Gutti auch nicht.

Der war sowieso schon schlecht gelaunt, und jetzt betrachtete er auch noch die aufgerollte Wurstschnecke, die da auf dem Nirosta-Tisch der Biene lag und ihm den Rest gab: „Nicht viel, aber doch länger als meine."

Ich klopfte ihm auf die Schulter: „Du hast da vielleicht ein Problem mit deiner Selbstwahrnehmung, Gutti. Der Schlauch ist dreimal so lang wie deiner."

„Selbstwahrnehmung" könnte eines meiner neuen Lieblingswörter werden.

Aber die Biene war nicht zögerlich darin, auch mir die gute Laune zu verderben. Sie lachte verächtlich, denn sie hatte die Schnecke mittlerweile sorgfältig ausgerollt und eingehend untersucht. Eiskalt sagte sie: „Ihr spielt beide nicht in seiner Liga, erstens. Und zweitens: Warum bringt ihr mir Wurst? Was soll der Scheiß?"

Diese Worte schabten an mir wie grobes Eis an grobem Eis, ich stammelte wie ein Idiot: „Was meinst du jetzt genau mit Wurst?"

„Ich meine vierzig Prozent Schwein, Rest Rindfleisch. Da ist nichts Nigerianisches drin in diesem Teil, was ich sogar schade finde. Wenn ihr also wollt, könnt ihr gerne zugreifen. Es handelt sich nicht bei jedem Verbrechen, wo der Schwanz des Toten fehlt, um Paraphilie: eine sexuelle Neigung, die deutlich von der empirischen Form abweicht, wo die kannibalistische Handlung Teil der sexuellen Fantasie ist. Kommt seltener vor, als ihr denkt, und hat meist mit der Angst vor dem eigenen Alter und dem Tod zu tun. Kommt euch bekannt vor?“

Guttmann war der Hunger vergangen. Er schaute mich an, als hätte ich sein ganzes Leben zerstört *und* ihm auch noch den ganzen Zucker weggenommen.

Er griff zum Telefon und rief die Staatsanwaltschaft an, denen sagte er, dass man diese Matilda wieder freilassen solle, weil es nichts gab, was wir gegen sie in der Hand hätten.

„Absolut nichts!“

***

Gutti hatte sich mit seiner Ledertasche und dem Würfelzucker drin in sein Büro zurückgezogen, wo er mir vorwarf, dass ich nicht nur einerseits gewisse Leute idealisieren, sondern auch noch andererseits gewisse Leute ohne Grund verdächtigen würde, Schwänze abzuschneiden. „Das eine ist nur lächerlich! Aber das andere ist ein echtes Problem!“

Er schob es auf Lemmys Rauchwaren und beauftragte mich, den Scheiß wieder in Ordnung zu bringen, als Wiedergutmachung gewissermaßen: „Bring mir diesen Schwanz! Und bring mir den, der ihn abgeschnitten hat, gleich mit!“

„Meinst du diesen Heimo?“

Das mit der Wurst war natürlich ein herber Rückschlag, dafür war die Sache mit dem Rotz ein Triumph. Darauf rauchte ich einen, und dann parkte ich mich vor Kerstin Blocks Haus wieder leidlich gut gelaunt ein. In dem ganzen Trubel hatte ich Ku beinahe vergessen, jedenfalls dachte ich nicht an ihn, als ich letzte Nacht bei der Ockerbraunen lag. Außer, sie erzählte mir von ihrem Therapeuten, wenn wir zwischendurch duschten. Über das Meiste, was sie mir erzählte, konnten wir gemeinsam gut lachen. Aber als sie mir sagte, dass er sich einfach nicht mehr bei ihr gemeldet hat, war ich beinahe abgestoßen von ihm.

Ich stieg aus und klopfte an die Türe der ebenerdigen Wohnung. Ku öffnete selbst, schaute verschlafen heraus und sagte: „Rock!“

Er trug einen Sack, der normalerweise der Dicken als Nachthemd diente, und bat mich hinein, als wäre er hier schon zu Hause. Sogar einen Schlüssel hatte er bereits, den er wieder umdrehte, sobald er die Türe hinter uns geschlossen hatte.

„Komm weiter, ich trinke gerade Tee in der Küche.“

„Scheiß auf deinen Tee in der Küche.“

Ich schob ihn ins Wohnzimmer, wo er Platz nehmen sollte, und ich tat es auch. Ich sah den Teppich, von dem mir Horst erzählt hatte, und die Türe, die nach hinten in den Garten führte. Und dort stand dieser Baum.

„Hör zu, Dicker.“ Ich erzählte ihm in allen Details von meiner Begegnung mit der Ockerbraunen, von dieser einen großartigen Nacht, die mit dieser alles zerstörenden Frage endete, und dann nagelte ich ihn fest: „Jetzt raus mit der Sprache! Hast du Idiot dich nicht mehr bei ihr gemeldet, weil sie etwas mit dir unternehmen wollte?“

Das interessierte mich jetzt noch mehr als damals die Frage, ob sie schluckte oder spuckte. Das wusste ich ja mittlerweile.

Zunächst schwieg er, aber dann nickte er zögerlich und sagte: „Na gut, du hast recht, mein Freund, jetzt ist es also heraußen! Auch ich hatte meine großartigen Nächte mit ihr. Ludmilla kam natürlich nicht zu mir wegen ihres eifersüchtigen Chirurgen, sondern wegen ihrer Wahnvorstellungen. Und psychische Krankheiten ziehen mich an, mehr als körperliche Perfektion. Es hätte also ein langer Traum werden können mit uns beiden, aber höre: Die gemeinsame Unternehmung ist doch der Tod jeder Erotik! Stell dir vor, du gehst mit einer wandern, und du siehst, dass sie dabei klobige Bergschuhe trägt!"

Ich stimmte ihm zu: „Eine schreckliche Vorstellung."

„Oder stell dir vor, sie trägt plötzlich Radfahrkleidung in Neongelb mit einem entsprechenden Helm. Willst du so etwas sehen?"

„Nein, natürlich nicht. Aber wenn du nur Fracksausen gekriegt hast, warum hast du ihr dann nicht einfach gesagt, du rufst sie an, und dann hättest du sie einfach nicht mehr angerufen? Wieso die zerstörte Visage? Und wer hat sie dir überhaupt zerstört, wenn es gar keinen migrantischen Hassan gibt?"

Jetzt wurde er laut: „Wieso? Wieso? Du fragst mich, wieso? Horst mit seinen geilen Weibern! Willi mit seiner langen Geschichte mit geilen Weibern! Du ständig mit deinen geilen Weibern!"

Ich dachte: Jetzt idealisiert er mich vielleicht ein bisschen.

„Und ich? Sandalenträgerinnen im Wickelrock, hennagefärbt! Ausgebrannte Kindergärtnerinnen mit gebatikten Shirts! Ich weiß doch, wie ihr im Pornhouse über mich denkt und redet."

Ich sagte: „Naja."

„Eben!", schrie er. „Ich wollte Ludmilla ins Kino mitnehmen und euch vorstellen, damit ihr endlich mit mir zufrieden seid. Aber plötzlich wollte sie etwas mit mir unternehmen! Ich war wie im Tunnel, entschied, dass es zumindest wie ein dramatisches Ende aussehen sollte, Variante Tony Soprano. Damit ich wenigstens damit bei euch punkten kann!"

Ich war beinahe gerührt.

„Du bist dann also zu Hause gegen den Türstock gerannt, um uns zu beeindrucken?"

„Ach komm, da hab ich echt andere Sachen drauf!"

„Details?"

„Ich habe Ziegen-Edi gefragt, ob er mir eine reinhauen kann. Edi ist ein einheimischer Rechtsextremist, der mir vom Amt zugeteilt wurde, weil er einen leichten Hang zu Sex mit Ziegen hat, aber im Grunde austherapiert war. Er wollte aber nicht zuschlagen, sondern lieber zu seinen Ziegen. Also habe ich Schiwago gefragt, einen russischen Schläger, der zum Geburtstag von seiner Freundin zehn Ein-Stunden-Gutscheine bekommen hat, mit denen er sein Gewaltproblem in den Griff kriegen wollte, also auch falsche Adresse. Schließlich bin ich raus auf die Straße und habe einem migrantischen Hassan gesagt, dass ich seine Mutter ficken werde ... Und Bumm!"

Wo wir schon dabei waren, haute ich ihm selbst noch eine auf die Nase: „Und wegen dem Scheiß fahre ich hin und her, bringe dich bei Willi unter und mache mir Sorgen um dich? Ganz schön unreif, würde ich sagen."

Er sagte: „Gutes Thema!"

***

„Da drüben im Bad sind die Menstruationscups, in denen Radenka ihr Menstruationsblut sammelt. Damit hat sie sich beträufelt, um es nach einer Vergewaltigung durch Horst aussehen zu lassen. Sie hat also gelogen, wie du vermutet hast. Das sollte ich doch für dich rausfinden? Bist du jetzt endlich zufrieden mit mir?“

„Nicht mit dem Menstruationsblut, aber mit der Aussage insgesamt. Hat sie dir erzählt, was passiert ist?“

„Horst war hier, genau auf diesem Teppich, und sie kniete vor ihm. Inszenierte eine Zeremonie nach indianischem Ritus, während derer es aber zu einer unglücklichen Begegnung voller Missverständnisse zwischen zwei Unglücklichen kam ...“

Ich blieb dabei: „Horst ist nie unglücklich!“

„Ja gut, wenn du meinst. Ich hingegen sage dir, dass er sogar überfordert war ...“

„Horst ist nie überfordert.“

„... vom Übervollen ihres Körpers, ihren prallen Brüsten möglicherweise, ihrem überquellenden Fleisch insgesamt, zu dem er sich gleichermaßen hingezogen fühlte, wie es ihn ängstigte. Und natürlich von ihrem durchschaubaren Verlangen. Er versagte.“

„Horst versagt nie!“

„Kann ja sein, mein Lieber, dass du da deine eigene Überforderung auf ihn projizierst und er somit den Druck auch von dir spürte, in der Art: Sogar mein Kumpel Rock erwartet von mir ständig nur Höchstleistungen, also muss ich sexuell performen, performen, performen. Aber was, wenn er gar nicht performen will? Was, wenn er Zärtlichkeit und Geborgenheit sucht?“

Ich sagte: „Horst sucht nie Zärtlichkeit und Geborgenheit!“

„Als Paartherapeut hätte ich den beiden geraten: Lasst es mal locker angehen, Kinder, lehnt euch zurück, streichelt einander, seid zärtlich, und vor allem: Redet miteinander!"

Ich fragte: „Worüber denn immer reden?"

„Über seine tiefe Sehnsucht, die nicht mit dem Bild übereinstimmt, das andere von ihm haben."

„Meinst du mich?"

„Ich tippe mal, dass es ein prägendes Erlebnis in seiner Kindheit gab mit einer übergriffigen Schwester – weißt du zufällig, ob er eine hatte, die Bertha hieß? Er hat Radenka nämlich Schwester Bertha genannt, als er sie bat, mit ihm das Löffelchen zu machen ..."

Ich blieb dabei: „Horst macht nie das Löffelchen!"

Und er blieb auch dabei: „Du idealisierst ihn."

Ich kam mir vor wie in einer Ecke, wo alle auf mich deuteten und sagten: „Du idealisierst ihn! Du idealisierst ihn! Du! Du! Du!" Ging zu der Türe, die zum Garten führte, und machte sie auf, weil mir das alles so auf den Sack ging und ich deswegen schon ordentlich schwitzte. Alles, was ich hörte über Horst, kannte ich nicht von ihm. Dass er das Löffelchen machen wollte, war so unmännlich, dass ich nun beinahe hoffte, dass zumindest das mit der Allergie stimmte. Weil so ein Niesanfall geradezu männlich war im Vergleich zum ... Löffelchen!

Ich rief gereizt nach hinten zu Ku, der an der Haustür stand: „Was ist mit dem Rotz?"

„Den Rotz empfand sie als Demütigung, wo sie doch seinen Samen wollte. Aus Enttäuschung, Wut, aus Rache inszenierte sie die Vergewaltigung. Sieht aber nun selbst ein, dass das kindisch und unreif war von ihr, und sie wird ihre Aussage gerne widerrufen, sobald sie wieder zu Hause ist."

Ich ging zurück zu ihm und fragte: „Wo ist sie denn überhaupt?"

„In der Arbeit."

„Es sind Ferien! Lehrerinnen arbeiten nicht in den Ferien!"

Radenka Vujicic, die sich Kerstin Block, die Lehrerin mit dem Blog, nannte, war aber, wie er mir nun sagte, überhaupt keine Lehrerin, sondern musste eine Frühschicht in einer Bäckerei am Nordbahnhof einschieben, wo sie Semmeln verkaufte, während Ku es schön gemütlich angehen ließ.

„Finde ich interessant", sagte ich. „Offenbar zieht es dich magisch zu solchen, die ein Problem mit ihrer sogenannten Scheißselbstwahrnehmung haben. Lehrerinnen, die in Wahrheit Semmelverkäuferinnen sind. Professorinnen für Dingsda, die in Wahrheit Lehrerinnen für Dingsda sind ..."

Ku aber ging gar nicht darauf ein, sondern sagte nur ruhig: „Da hab ich noch nicht drüber nachgedacht. Aber es könnte was dran sein. Lass mich mal kurz ..."

Während in mein Leben keine Ruhe einkehren wollte, war der schon wieder ganz zufrieden mit sich und der Welt. Die Erinnerungen an die Ockerbraune waren nicht nur längst verblasst, er konnte jetzt auch endlich wieder so sein, wie er war. Wollte nicht mehr so sein, wie wir ihn sehen wollten. Bald würde die Dicke mit ein paar Semmeln zurückkommen, die er dann in heiße Milch tauchen würde. Oder bei ihr eher: in heißen Tee, den sie ihm im Rahmen irgendeiner scheißindianischen Zeremonie servierte. Ich hatte also auch meinen Freund Ku verloren, an eine Semmelverkäuferin.

Ich wollte mich schon von ihm verabschieden und gehen, hinaus in mein geliebtes Azorenhoch, das schon von einem Tiefdruckwirbel bedroht wurde. Aber da kriegte er eine Message herein, schaute auf sein Phone, und plötzlich schien ihm das Nachthemd von dieser

Radenka doch um zwei Nummern zu eng, so unwohl fühlte er sich darin. Er wurde ganz weiß im Gesicht, so weiß, dass ich ihn fragen musste: „Was ist?“

„Naja. Sie fragt gerade, ob wir gemeinsam etwas unternehmen wollen, sobald sie mit dem Semmelverkauf fertig ist.“

„Aber hallo!“

„Das überrascht mich jetzt wirklich, so hätte ich sie nicht eingeschätzt. Ich dachte, sie ist perfekt, und zwar wirklich perfekt.“

„Du hast sie wohl idealisiert?“

Ich legte meine Hand auf seine hängenden Schultern und sagte: „Komm, wir gehen. Je schneller, desto besser!“

„Und was mach ich mit dem Schlüssel?“

„Den legst du rauf zu Marcel.“

***

Im Datsun gondelten wir dann gemütlich zurück in die Stadt. Verglichen mit dem Tag, an dem Ku mit meinem Badetuch um die schmalen Schultern vor dem Abdullah gestanden war, sodass der ihn für meine Alte hielt, hatte sich sein Zustand nicht wirklich verbessert, eher verschlechtert. Seine Nase sah noch ein bisschen mitgenommener aus, und der Zeltstoff von Kerstin Block ließ ihn aussehen wie einen römischen Kaiser. Einen von denen, die nicht lange durchhielten.

Ich fand, es war Zeit, ihm mal ein bisschen Selbstvertrauen mit auf den Weg zu geben. Schob ihm einen Joint in den Mund und sagte: „Ich bin richtig stolz auf dich. Das mit Ludmilla hast du wie ein richtiger Mann gelöst.“

Unsicher fragte er: „Ja? Ehrlich?“

„Auch wenn du gerade wirklich nicht wie einer aussiehst, aber: Ja!“

Wir fuhren ins Hard & Heavy von Jolanda, wohin ich Fink bestellt hatte. Der stand zwar „unter Druck“, weil er gerade wieder über windige Wahlkampfkostenabrechnungen des Jungkanzlers recherchieren musste. Aber die Aussicht auf Bier zwischendurch gegen den Durst und dann noch einige zum Trinken überzeugte ihn schließlich.

Als er kam, hatte er die Unterlagen, um die ich ihn gebeten hatte, unter seine schwitzenden Achseln geklemmt und sogar durchforstet nach dem Namen, den ich ihm genannt hatte. Schaute aber zunächst Kubelka in seinem Nachthemd an und wusste nicht recht, ob der gerade aus irgendeinem Spezialheim entflohen war und nicht selbst eine eigene, kleine Geschichte wert wäre. Er fragte: „Gehört der zu dir?“

„Aber Fink!“, sagte ich. „Das ist doch Kubelka! Du kennst ihn aus Dirty Willis Swedish Pornhouse, wo ihr während der Sommerfestwochen immer nur ein paar Reihen hintereinander sitzt! Denk dir seine ruinierte Nase weg, dann erinnerst du dich bestimmt an sein Gesicht!“

„Ich erinnere mich an seine Fürze.“

Die Schleier der Vergangenheit lichteten sich endlich, als er seine Zettel vor uns ausbreitete: „Dich interessiert wahrscheinlich das Erziehungsheim Lindenhof des sozialistischen Wiens. Ab den späten Fünfziger-, frühen Sechzigerjahren war das eine vorbildliche pädagogische Einrichtung, in der gestrandete Kinder und Jugendliche aus schwierigen Verhältnissen aufgenommen und betreut wurden. Leiterin der Einrichtung war keine geistliche Schwester, sondern eine Krankenschwester, eine warmherzige, lebensfrohe Person. So wurde sie von den jugendlichen Zeugen beschrieben. Füllig und rund mit vollen Wangen – die auch gerne mal einen trank, aber insgesamt Nestwärme ausstrahlte ...“

Und ganz sicher Zärtlichkeit und Geborgenheit, dachte ich da schon.

„Jugendliche Zeugen deshalb“, redete Fink weiter, „weil sie später Mittelpunkt eines Prozesses war, der 1977 gegen sie angestrengt wurde. Die Schwester war damals achtunddreißig Jahre alt und hieß Bertha Hodina.“

Ich bestellte noch ein Bier.

„Einen Heimo Aichner gab es zu diesem Zeitpunkt dort nicht, aber einen Heimo Stalka, Zwillingsbruder eines gewissen Horst Stalka. Als sie dort ankamen, waren beide acht Jahre alt, in ihrem gemeinsamen Akt sind eine Vielzahl von Streitigkeiten und Raufereien vermerkt ...“

„Was“, warf Kubelka ein, „bei Brüdern nicht unüblich ist, da sie ja zueinander in Konkurrenz stehen. Ich verweise auf Kain und Abel ...“

Und ich hätte auf Herschel und seinen Bruder Shmuel verweisen können, wollte aber kein neues Fass aufmachen.

„Es war der zwölfjährige Heimo, der zur Polizei gegangen und denen gesagt hatte, dass Schwester Bertha mit seinem Bruder Unzucht trieb, wie man das damals nannte, wobei sich auch in dieser Sache der Bruderkonflikt manifestierte: Der eine dürfte in den Genuss der Zärtlichkeiten dieser Schwester gekommen sein, der andere nicht.“

„Er fühlte sich wohl unterlegen und rächte sich“, sagte Kubelka. „Klassisch!“

„Im Prozess“, redete Fink weiter, „sagten die betroffenen Jugendlichen allesamt aus, dass sie von Schwester Bertha keinesfalls missbraucht wurden, sondern im Gegenteil: Sie hätten Geborgenheit und Zärtlichkeit erhalten, freilich im Übermaß. Und auch zum einen oder anderen vorzeitigen Samenerguss wird es gekommen sein. Aber insgesamt dürfte diese Schwester die Heranwachsenden vorbildlich in die Liebe eingeführt haben, man hätte wahrscheinlich einen geilen Softporno aus der Geschichte machen können. Das Gericht freilich wertete diese Handlungen trotzdem als Missbrauch und verdonnerte die Schwester zu einer Haftstrafe von sechs Jahren und zwei Monaten. Als der Richterspruch fiel, weinten die Jugendlichen, und die Schwester erhängte sich wenige Tage nach ihrer Einlieferung in die Haftanstalt. Da weinten die Jugendlichen noch mehr."

Wir schwiegen, weil uns das allen sehr naheging, während wir das dritte Bier bestellten. Vor allem Guttmann schien davon schwer betroffen, und um die betrübliche Stimmung ein wenig aufzulockern, fragte ich: „Gutti! Du bist doch nicht etwa auch ... ich meine ... wer sollte ... dich? Schau dich an!"

Diese Frage war natürlich als Witz gedacht, und auch als Weg hinaus aus der Sackgasse, in die uns Fink da hineingetrieben hatte. Denn wer redete schon gerne über *so etwas*?

Aber Gutti starrte nur in eine Ecke, als läge dort ein Haufen Würfelzucker, auf den ein Hund draufgepisst hatte. Und alles, was er bisher tief in seiner Wampe drinnen begraben hatte, kam ihm plötzlich wie bei einem Starkallergiker bei den Augen als Tränen heraus. Es schüttelte ihn immer stärker und er weinte immer heftiger, bis Kubelka den entscheidenden Satz anbrachte: „Willst du reden? Dann lass es raus, Alter!"

Und Guttmann sagte: „Es war Mama ..."

Ich fragte, und da tranken wir schon das vierte Bier: „Welche Mama meinst du jetzt genau? Meinst du Big Mama Joy, die kenianische Nutte aus dem Pink Flamingo? Oder Mama Mia, die schwedische Nutte aus dem Chez les Blondes?"

Er verneinte bei jeder der beiden und zitterte schon heftig, als er sagte: „Ich ... meine ... meine Mama ..."

Das verlangte nach einem fünften Bier für alle und einer Flasche Schnaps: „Plus vier Gläser!"

Guttmann wirkte, als würde er dringend einen Schuss Zucker brauchen, aber ich entschied, dass er zuerst einen Schuss serbische Brühe brauchte. Ich griff nach der Flasche und schenkte ihm erfreulich großzügig ein, dazu reichte ich ihm Würfelzucker, während ich zu Ku sagte: „Verdammt, jetzt gib ihm endlich deine Visitenkarte und mach ihm einen ordentlichen Preis, oder glaubst du, wir wollen uns das anhören?"

Während Ku nach einer Visitenkarte kramte, legte Fink einen zweiten Packen Unterlagen auf den Tisch: „Haus Emmaus der Brüder zum Blutenden Jesu in St. Magdalena, Kärnten. Diesem Heimo bekam sein Verrat nämlich nicht. Um ihn von seinem Zwillingsbruder, mit dem er ständig in Streit lag, zu trennen, wurde er dorthin gebracht, wo er in der Folge von Mönchen erzogen wurde und leider auch fortgesetzt missbraucht – keine Zärtlichkeit, keine Geborgenheit, sondern nur fest in den Arsch. Anstatt den Skandal aufzuarbeiten, wurden manche der Opfer in den kirchlichen Dienst aufgenommen, sobald sie volljährig waren, so erkaufte man sich wohl ihr Schweigen. Was das freilich für die Psyche der Betroffenen bedeutete und was das für Folgeerscheinungen zeitigen würde, das konnte keiner wissen."

„Äh. Ich schon", sagte Kubelka.

Bevor er uns jetzt volllabern würde mit seinem Scheiß, sagte ich ihm, dass ich ihn in zwei Minuten am Klo erwarten würde. Dort stellten wir uns vor die Muscheln, und dort stellte ich ihm die alles entscheidende Frage: „Nach allem, was wir jetzt über Horst und Schwester Bertha gehört haben ... Kann es sein, dass er tatsächlich lieber Geborgenheit und Zärtlichkeit mit einer Dicken hat als unfassbar geilen Sex mit Ladys der Kategorie Bunny Beach?“

„Das ist sogar hundertprozentig so!“

Und jetzt die wichtigste Frage, die für mich alles entscheidende: „Dann kann es auch sein, dass er gar nicht öfter Sex hatte als ich?“

„Ich weiß nicht, wie oft du Sex hast, aber Horst meidet den Sex mit solchen Frauen wie der Sozialist den Umgang mit dem Kapital, das kann ich dir aus psychologischer Sicht garantieren.“

Ein Hauch von Zufriedenheit durchströmte mich, als ich abtropfte, bevor ich ihm beim Waschbecken noch sagte: „Weißt du was? Vielleicht hast du ja recht, und ich habe ihn wirklich idealisiert. Aber ich möchte darüber nie wieder reden, hast du mich verstanden?“

***

Zwar wünschte man seinen besten Freunden natürlich immer das Beste, aber nicht unbedingt, dass sie öfter und besseren Sex hatten als man selbst. Mit einem guten Gefühl in der Brusttasche fuhr ich daher zum Landesgericht, und als ich dort ankam, idealisierte ich Horst schon deutlich weniger.

Aber was heißt schon „idealisieren“? Horst war immer noch Horst! Der beste Freund, den man sich wünschen konnte. Der für einen rundum sorglosen Sommer garantiert hätte, wenn er nicht mit dieser Dicken in diese Situation voller Missverständnisse geraten wäre: seine Präsenz, seine Ausstrahlung, seine Autorität, seine behaarte Brust ...

Na gut.

Ich parkte mich ein und meldete mich beim Portier wieder zum Besuch an. Der ließ mich durch, ohne mich blöd anzuschauen, kein hämisches Grinsen, als ich „Bademeister" sagte. Dafür sorgte meine Faust, die ich ihm vorsorglich unter die Nase hielt.

Ich fuhr mit dem Lift hinauf, und wieder holte mich dort die dicke Wärterin ab, führte mich wieder schwitzend zum Besucherraum, und als ich dort Horst sah, Horst, der sie alle haben konnte, knallte ich ihm die DNA-Analyse aus der Analyseküche der Biene Mayr auf den Tisch und sagte: „Es war Rotz, so wie du es mir versichert hast. Und Kerstin Block, die Lehrerin mit dem Blog, ist bereit, ihre Aussage zurückzuziehen, nachdem Kubelka ihr die Wahrheit aus der Nase gezogen hat, auch wenn das vielleicht noch etwas dauern wird, weil Ku ... Ach, scheiß drauf! Das alles wird Guttmann bei der Staatsanwaltschaft deponieren, und wenn du Glück hast, bist du heute Abend, morgen Früh hier raus. Das alles habe ich für dich getan, mein Freund Horst. Für dich! Und was hast du getan?"

Ich schaute zur Wärterin, die sich jetzt ganz nahe zu ihm gestellt hatte und nach seiner Hand fasste. Zwischen den beiden schien etwas zu sein, was es zwischen mir und Horst nicht gab. So etwas wie eine Scheiß-„Basis", wie Kubelka das immer nannte. Das brachte mich zur Einserfrage: „Wieso hast du mir nie gesagt, dass du auf Dicke stehst, ha? Und auch nie, dass du in einem Heim aufgewachsen bist? Und dass du einen Zwillingsbruder hast?"

Jetzt endlich reagierte Horst: „Ich dachte, der ist tot!"

„Das ist er aber nicht! Also, was sagst du jetzt?"

„Ich hoffe, dass der Idiot bald tot umfällt."

„Ah!", sagte ich. „Vielleicht wegen Schwester Bertha, die er dir weggenommen hat?"

„Hätten Sie ihm denn zugehört?", fragte die Wärterin nun mit sanfter Stimme, stand jetzt hinter Horst und hatte ihre kleinen, speckigen Finger auf seinen mächtigen Schultern liegen. „Hätten Sie denn die notwendige Achtsamkeit dafür aufgebracht sich anzuhören, was diese Schwester Bertha ihm bedeutete?"

Ich sagte: „Hab ich euch nicht schon einmal gesagt, dass ihr mich am Arsch lecken könnt mit Achtsamkeit?"

Sie sagte ruhig: „Sehen Sie. Sie haben ihn die ganze Zeit nur idealisiert. Haben ihn unter enormen Druck gesetzt zu performen, wenn Sie ihn hinter diesen oberflächlichen schlanken braun gebrannten Beachbunnys herschickten, wo er doch nichts lieber möchte als ..."

Sie schauten sich mit verliebten Augen an, und sie musste mir gar nicht mehr sagen, was er am liebsten hatte. Ich hatte es nun oft genug gehört, und er selbst hatte es wohl auch ihr schon oft genug erzählt.

„Jaja, ich weiß. Zärtlichkeit und Geborgenheit möchte er. Und wenn er das Löffelchen macht, dann schnurrt er zufrieden wie ein Hund hinter dem Ofen. Ich weiß."

„Ja genau", sagte Horst. „Und erst hier bei Luisa kann ich wieder sein, wer ich wirklich bin. Sie hat nämlich den Schlüssel zum Besucherraum, und wir können hier so lange bleiben, wie wir wollen."

Mit diesem Namen stellte er sie mir nun vor („Rock, das ist Luisa!"), als er aufstand und mir direkt in die Augen schaute. Er wollte mir etwas sagen, aber das war nicht mehr nötig, denn ich wusste natürlich längst, was es war.

Er liebte sie.

Ich ging zu ihm, schaute meinem Freund tief in die Augen, und dann umarmte ich ihn. Ich hatte auch ihn verloren, an eine dicke Wärterin, die nur halb so groß war wie er. Aber ihm geben konnte, wonach er sich wirklich sehnte.

Scheiß drauf.

Wir drückten uns so lange und heftig, dass Luisa schon glaubte, sie würde überhaupt nicht mehr drankommen. Aber das war natürlich nicht der Fall. Weil ich schon dabei war, umarmte ich auch sie, und dann umarmten wir uns alle drei, und einer von uns redete dann noch von Schicksal, das die beiden hier zusammengeführt habe inmitten unglücklicher Umstände. Und ich glaube sogar, dass ich es war, der diesen Scheiß redete.

Bis mir zum Abschied doch noch etwas Vernünftiges einfiel: „Dein Scheißzwillingsbruder ist in Wien aufgetaucht. Er wohnte in einem Obdachlosenheim, wo zufällig auch ein Kumpel von mir wohnte, der Kardinal. Du erinnerst dich? Wahrscheinlich hat er ihn umgebracht und ihm auch gleich noch den Schwanz abgeschnitten. Man fand reichlich DNA auf dem Kardinal, und zwar in Form von Rotz. Da diese DNA mit deiner identisch ist, kann dich Gutti noch ein paar Tage lang als Verdächtigen führen. Dann könntest du noch hier bleiben bei Luisa, und ihr könntet in Ruhe besprechen, wie das mit euch zwei Hübschen weitergehen soll ...“

Nun drehte er sich im Kreis und beinahe sprang er an die Decke. „Würdest du das für mich tun?“

Ich schaute ihn an und sagte: „Ich würde alles für dich tun, mein Lieber.“

Schließlich verdankte ich ihm die schönsten Sommer meines Lebens.

***

Wir mussten also noch ein paar Tage vertrödeln, damit Horst und Luisa im Besucherzimmer des Gefängnisses ihre gemeinsame Zukunft planen konnten: Zu dir oder zu mir?

Darum fuhr ich zu Guttmann und wies ihn ausdrücklich an, seine gelbe Warnweste zu tragen, sobald er zu mir in den Datsun stieg. Dann startete ich und drückte aufs Gas.

Interessiert fragte er mich: „Wohin soll es denn gehen? Fahren wir rauf ins Outlet?"

Ich sagte: „Aber Gutti! Es ist doch erst Juli, und wir fahren doch immer erst im November ins Outlet!"

Es sollte eine kleine Überraschung für ihn werden, als ich den Wagen über die Donau jagte und dann hinüber in Richtung Osten, wo wir bald die Grenze zur Slowakei überquerten und ins Land hineinfuhren.

Schon nach einer halben Stunde kamen wir zu einer abgelegenen Anhöhe, zu der mein Kumpel Lovegod mich dirigiert hatte. Dort parkte bereits sein tiefschwarzer Firebird mit der grellroten Farbe vorne an der Kühlerhaube, und neben dem hielt ich den Wagen schließlich an. Wir stiegen aus, und ich shakte mit Lovegod die Hand. Im Vergleich zu unserem letzten Treffen, das in einem Schnellimbiss in Bratislava stattgefunden hatte, wo ihm der Arsch schon seitlich vom Sessel hing, war er noch fetter geworden, ich fragte mich, wie der überhaupt in so einen schnittigen Sportwagen hineinpasste. Dafür waren seine Zähne noch weißer als die seines Kumpels John James, auf den ich dann gleich zu sprechen kam: „Hast du die Margen für deine Dealer noch weiter angezogen, du verdammter Geizkragen? Er konnte sich nur noch einen alten VW Jetta leisten und wohnte in einem Obdachlosenheim, als wir ihn dort ermordet auffanden. Und das

Schlimmste: Er musste Hurendienste erledigen, weil er mit deinen Drogen nichts verdiente!“

Lovegod zuckte nur die Schultern wie ein Plantagenbesitzer, den man auf den schlechten Gesundheitszustand seiner Sklaven aufmerksam machte, und verwies auf die Konkurrenz aus Albanien. Nachdem wir also das Unerfreuliche besprochen hatten, öffnete er den Kofferraum seines Firebirds und holte eine Panzerfaust 3 aus der Fabrikation der Dynamit Nobel Defense heraus, die er Guttmann gleich auf die Schulter legte. Er erklärte ihm im Schnelldurchlauf („Push here! Pull there!“), worum es ging, und dann schauten wir die Anhöhe hinunter zur Bahnstrecke, über die zweimal am Tag ein Güterzug riesige Monsterautos aus dem Osten in den Westen brachte, wo sie Guttmann dann wahnsinnig machten. Lovegod hatte auch drei Gartensesselchen mitgebracht, die er jetzt aufstellte, und ich steuerte Rauchwaren bei, die wir uns zuführten, während wir warteten.

Anschließend fuhren wir wieder zurück in die Stadt. Guttmann war zufrieden, er hatte immer noch das Strahlen in den Augen, und konnte nicht aufhören, von den herrlichen Farben zu reden und dem gewaltigen Rumms, den er angerichtet hatte. Dieses Strahlen hatte ich mir erwartet, als er aus Podersdorf am See zurückkam, von den Beachbunnys, die dort Beachvolleyball spielten. Aber so viele Leute es auf der Welt gab, so verschieden waren sie nun mal. Und ihn interessierten einfach zerstörte SUVs mehr als Sand auf der Haut eingeölter Bunnys.

Scheiß drauf!

Sein guter Lauf war aber noch nicht zu Ende, ich fragte ihn: „Kommst du mit ins Bad? Wenn du Glück hast, dann kannst du heute dort draußen den Mörder des Kardinals verhaften.“

Er war begeistert: „Ja, warum nicht?“

Das war eine kleine Überraschung. Aber Überraschungen passten gut zu diesem Sommer.

***

Ich stand dann zwei gute Stunden vor Mittag auf, hüpfte in die enge Badehose der Marke Fila und zog darüber die grüne Rapid-Hose der Marke Adidas aus den Achtzigerjahren an, die meine strammen, gut gebräunten und ausreichend behaarten Schenkel gut zur Geltung brachten. Anschließend bedeckte ich die behaarte Brust mit einem weißen Unterhemd, hängte mir ein orangerotes Hawaiihemd mit violetten Einsprengseln über die Schultern, schlüpfte in die Adiletten, schob mir die Siebzigerjahre-Sonnenbrille der Marke Carrera auf die Nase und setzte mir am Ende noch den kleinen Trilby-Strohhut aus dem Ein-Euro-Shop auf den Scheitel, der meinen Kopf gegen die Sonne schützen sollte.

So fuhr ich zum Kommissariat Mord-West, wo ich Guttmann und die Biene abholte. Die Biene sah umwerfend aus in ihrem Strandkleidchen aus Frottee, der großen Umhängetasche und dem Strohhut, der genau die richtige Größe hatte, sodass man darunter immer ihr wunderschönes Gesicht sehen konnte. Sie nahm natürlich neben mir Platz, und Guttmann musste sich hinten hineindrängen. Und dann fuhren wir noch den Umweg zu Kubelka, den wir hinten zu Guttmann stecken, sodass nun vorne das gut Gebräunte saß und hinten die Blässe, oder anders ausgedrückt: vorne das Azorenhoch und hinten der Tiefdruckwirbel.

So fuhren wir hinaus ins Bad, und auf dem Weg dorthin hörten wir im Radio, dass man im 2. Bezirk in der Nähe der Kleingartensiedlung Alt-Brasilien zwei alte Männer in Badehosen aufgegriffen hat, die dort offenbar seit Tagen herumirrten, verwirrt schienen und nach einer Ockerbraunen fragten, die angeblich irgendwo auf sie warten würde. „Hinweise bitte an die nächste Polizeidienststelle unter dem Kennwort Ockerbraun."

Ich drehte auf den *Oldies-but-Goldies*-Sender, und dort hörten wir nun *Out on the Weekend* von Neil Young.

„Uuuuhhuhhhuuuuu ..."

Ich hatte irgendwie ganz vergessen, dass heute schon Samstag war, und morgen, hieß es dann auf diesem Sender, würde das Tief endgültig das Hoch verdrängen.

Draußen im Bad checkte Friederike Freikarten für uns alle, und dann halfen wir ihr, die überquellenden Mistkübel zu leeren und die Wiese sauber zu machen. Lemmy hatte in den letzten Tagen in der Kammer mit den Sonnenschirmen geschlafen, zusammen mit Friederike, was ihr sehr gut bekam. Auch wenn man es ihm nicht ansah, aber Lemmy war für einen guten Fick zu haben, wie auch Friederike ihn zu schätzen wusste. Zärtlichkeit und Geborgenheit, ja. Aber eben nach einem guten Fick.

First things first.

Lemmy saß auf seiner Bank, als wir dort ankamen, und immerhin hatte er einen Sonnenschirm mit, auch wenn er noch nicht ganz verstanden hatte, dass man ihn auch aufspannen musste. Alles war easy cheesy bei ihm, nur dass ihm leider sein Gras ausgegangen war, sodass schon wieder deutlich mehr Unruhe hier herrschte und die ersten Jugendlichen bereits wieder seitlich ins Becken sprangen.

Die Biene und ich legten uns auf ein großes Handtuch neben diese Scheißpappeldattel, und Kubelka legte sich mit Guttmann darunter. Während ich die Biene einschmierte, vorschriftsmäßig von unten nach oben und wieder zurück, hörte ich Kubelka, wie er Guttmann bat, ihn ebenfalls einzucremen, aber der sagte: „Leck mich am Arsch, okay?“

Um kurz nach dreizehn Uhr tauchte er dann auf, nachdem wir schon gedacht hatten, es würde nicht mehr passieren. Aber Kubelka hatte uns versichert, dass vom „psychologischen Standpunkt her“ klar war, dass er wie ein Tier den fehlenden Teil in sich suchen würde, und die Biene hatte das mit den Genen erklärt: „Wenn es einen Zwilling zum Wasser zieht, dann ist das meist auch mit dem anderen der Fall, da gibt es Untersuchungen, wo welche über Jahrzehnte getrennt waren, und dann stellte sich heraus, dass sie unabhängig voneinander das genau gleiche Leben führten, bis hin zur Farbe der Klobrille.“

Wer nicht wusste, dass es nicht Horst sein konnte, der hätte nun unbedingt geglaubt, dass er es war: die Größe, die blonden Haare, der Schnauzer. Nur ich sah den Unterschied: Es fehlte ihm Horsts Ruhe, seine Souveränität, die Ausstrahlung. Es fehlte ihm alles, was Horst ausmachte. Dafür hatte er das Böse in den Augen.

Die Biene lag auf dem Rücken und hatte den Oberkörper mit den Ellenbogen abgestützt. Sie sah als Erste das Plastiksackerl, das er mit sich führte und um das sich die Fliegen scharten. Sie sagte: „In traditionellen Kulturen kommt das noch häufig vor, dass man seinem Feind den Schwanz abschneidet, nachdem man ihn getötet hat, damit man ihm die Macht nimmt, die er zuvor über einen hatte.“

„Und dann trägt man das Teil mit sich herum?“

„Ja. In traditionellen Kulturen macht man eine Kette oder irgendwas draus. Man verarbeitet ihn und lässt ihn nicht im Plastiksack vermodern."

Ich sagte zu Guttmann: „Schreib auf. Mutmaßlicher Tathergang. Der Verdächtige beobachtete und belauschte den Kardinal, wie dieser in seinem Zimmer die alte Frau Swoboda pimperte. Nachdem er fertig mit ihr war, schickte er sie weg. Und weil ihm heiß war nach der ganzen Anstrengung, öffnete er das Fenster zum Hof, in dem eine Dattelpappel stand. Biene?"

Die Biene erklärte das Medizinische: „Weil der Kardinal auch die Türe zu seinem Zimmer geöffnet hatte, kamen dem Verdächtigen die Pollen der Pappel in die Nase. Er fing an zu niesen, betrat sein Zimmer, und ... Ku?"

Jetzt war Ku an der Reihe: „Psychologisch gesehen, muss ihn der Nigerianer in seinem Kardinalgewand, mit runtergelassener Hose und seinem Riesenschlauch an seine Zeit im Erziehungsheim erinnert haben, wo er ..."

Ich sagte: „Schluss jetzt mit dem trüben Scheiß! Die Sonne scheint, also lasst uns fröhlich sein."

Mir war nämlich aufgefallen, dass die Jugendlichen aufgehört hatten, wie verrückt herumzulaufen, und dass seit zehn Minuten auch keiner mehr seitlich ins Becken sprang. Es war nicht wie bei Horst, aber es war immerhin fast wie bei Horst. Und so konnte ich jetzt endlich hier in der Sonne liegen, wie ich es mir vorgestellt hatte, und die Biene hatte ihre schöne Hand bereits an meinem kräftigen Schenkel.

Ich bat also Guttmann, der mit den Handschellen in der Hand schon unruhig auf seinem Badetuch hin und her wippte, dass er mit der Verhaftung von Heimo noch eine Stunde warten sollte.

„Geh mit Kubelka in die Kantine, kauft euch beide ein Eis!“

Und ich selbst würde für diese eine Stunde endlich glücklich sein, so wie ich es mir von einem perfekten Sommer erwartete.

THE END

Manfred Rebhandl
Der König der Schweine
Ein Kitty-Muhr-Krimi
280 Seiten, € 12.95
HAYMON taschenbuch 218
ISBN 978-3-7099-7860-3

Kitty Muhr ist nicht zimperlich. Sie wiegt ein bisschen mehr als ein Supermodel, sie raucht und trinkt und flucht, und sie mag Kerle. Richtige Kerle. Blöd nur, dass die Wiener Polizistin ausgerechnet einen Zwerg als Partner zugewiesen bekommt. Einen zugewanderten Kurden namens Ali Khan Kurtalan, der sein Heil in vollständiger Assimilierung sucht. Die beiden passen zusammen wie Kebab und Veggie-Burger: Sie fährt einen alten Benz, er fährt Rad; sie tritt Türen ein, er hält sie ihr auf. Dass es bei ihrem ersten Fall im Wiener Vorstadtweiber-Milieu alles andere als politisch korrekt zugeht, ist vorprogrammiert.

„Manfred Rebhandls Bücher sind auf verschrobene Weise komplett genial."
ORF

Manfred Rebhandl
Heiß ist die Liebe, kalt ist der Tod
Ein Kitty-Muhr-Krimi
256 Seiten, € 12.95
HAYMON taschenbuch 246
ISBN 978-3-7099-7890-0

Die Bridget Jones vom Gemeindebau ermittelt wieder! Für Kitty steht der Sommerurlaub an. Die Bikinis sind gekauft, aber Reisegefährtin Susi macht ihr einen Strich durch die Rechnung und verliebt sich in einen Filmproduzenten. Als der sie auch noch in seiner neuesten Schmonzette mitspielen lassen möchte, reicht es Kitty. Ein Mann muss her! Am besten gleich Ermittlerkollege Ali, mit dem könnte sie gemeinsam in die Türkei auf Urlaub fahren. Doch dann wird der Regisseur der besagten Schmonzette erschlagen in einem Hinterhof aufgefunden ...

„Grandioser Krimi-Anarcho!“
DIE WELT, Matthias Matussek

Manfred Rebhandl
Biermösel
Die Kultkrimis in einem Band
704 Seiten, fest gebunden mit Überzug
ISBN 978-3-7099-3458-6
€ 29.90

Blutbäder, Blähungen, Bierräusche: alle vier Biermösel-Krimis in einem Band – plus einer brandneuen Biermösel-Geschichte! Endlich: Biermösel, seines Zeichens trostloser Ausseer Gendarm mit Verdauungs- und auch sonstigen Störungen, darf wieder ermitteln. Wobei „ermitteln" eigentlich das falsche Wort ist für seine Aktivitäten, denn die bestehen hauptsächlich im maßlosen Konsum von Schweinsbraten, Bier und Marillenschnaps. Die Entdeckung für alle, die Stermann und Grissemann zu brav und Kurt Palm zu geschmackvoll finden!

„Manfred Rebhandl rockt."
Thomas Raab